Band 74
Michael Lermontoff
Ein Held unserer Zeit

Michael Lermontoff
Ein Held unserer Zeit

Band 74
1.Auflage
13*13 TLK Taschenb.-Literatur-Klassiker
Herausgeber Dipl.-Ing.(FH) Frank Weber, Marburg
Bibliografische Information der Deutschen Nationalbibliothek:
Die Deutsche Nationalbibliothek verzeichnet diese Publikation in der Deutschen
Nationalbibliografie; detaillierte bibliografische Daten sind im Internet abrufbar über
http://dnb.dnb.de
© 2018 Michael Lermontoff
Deutsch: Michael Feofanoff
ISBN: 9783752831719
Herstellung und Verlag: BoD – Books on Demand, Norderstedt

Inhalt:

Bela.

Ich reiste mit Postpferden aus Tiflis. Das ganze Gepäck meines
Wägelchens bestand aus einem einzigen kleinen Koffer, der zur Hälfte
mit Reisenotizen über Georgien vollgestopft war. Der grösste Teil
dieser Notizen ist zum Glück für Sie, meine Leser, verloren gegangen,
der Koffer aber mit den übrigen Sachen zum Glück für mich erhalten
geblieben. Die Sonne begann schon, sich hinter dem Schneekamm zu
verstecken, als ich das Koyschauer Tal erreichte. Der Kutscher, ein
Ossete, trieb die Pferde unermüdlich an, um vor Einbruch der Nacht
den Koyschauer Berg zu erklimmen, und sang aus vollem Halse seine
Lieder. Ein prächtiges Stückchen Erde ist dieses Tal! Von allen Seiten
unbezwingbare Berge, rötliche Felsen, berankt mit grünem Efeu und
mit dichten Platanen gekrönt, gelbe Abhänge, von den Spuren des
herabgeströmten Wassers bekritzelt und dort hoch, ganz oben der
goldene Saum des Schnees; unten aber schlängelt sich als Silberfaden
und glänzend wie eine Schlange mit ihren Schuppen, die Aragwa, Arm
in Arm mit einem anderen namenlosen Flüsschen, das aus einer
schwarzen mit Nebel erfüllten Schlucht tosend hervorstürzt.

Nachdem wir den Fuss des Koyschauer Berges erreicht hatten,
machten wir an einer Schenke Halt. Hier drängten sich lärmend etwa
zwanzig Georgier und Bergbewohner: in der Nähe hatte sich eine
Kamelkarawane zur Nacht niedergelassen. Ich musste Ochsen mieten,
um meinen Wagen auf diesen verwünschten Berg hinaufzubringen,
denn es war schon Herbst und Glatteis – dieser Berg aber hat eine
Länge von ungefähr zwei Werst. Es war nichts zu machen, ich mietete
sechs Ochsen und ein paar Osseten. Einer von ihnen lud auf seine
Schultern meinen Koffer, die übrigen aber begannen ein Geschrei, als
müssten sie die Ochsen bis zu ihrer äussersten Anstrengung treiben.

Hinter meinem Wagen zogen vier Ochsen mit Leichtigkeit einen
anderen Wagen, der bis oben beladen war. Dieser Umstand
verwunderte mich. Dem Wagen folgte sein Besitzer, eine kleine
silberbeschlagene Kabardinerpfeife rauchend. Er war mit einem
Offiziersrock ohne Epauletten und einer tscherkessischen Pelzmütze
bekleidet. Er schien etwa fünfzig Jahre alt zu sein; die braune
Gesichtsfarbe zeigte, dass er schon lange mit der kaukasischen Sonne
bekannt war, und der vorzeitig ergraute Schnurrbart entsprach nicht

seinem festen Gange und frischen Aussehen. Ich trat zu ihm heran und grüsste ihn; er erwiderte schweigend meinen Gruss und stiess eine ungeheure Rauchwolke aus.

»Wir sind Reisegefährten, wie es scheint?«

Er nickte wiederum schweigend.

»Sie reisen sicher nach Stawropol?«

»Ja . . . mit Regierungssachen.«

»Sagen Sie, bitte, warum ziehen Ihren schweren Wagen vier Ochsen mit Leichtigkeit, während meinen, der leer ist, sechs Ochsen mit Hilfe dieser Osseten kaum von der Stelle bewegen?«

Er lächelte verschmitzt und blickte mich bedeutungsvoll an.

»Sie sind wahrscheinlich nicht lange im Kaukasus?«

»Ein Jahr ungefähr« – antwortete ich.

Er lächelte zum zweitenmal.

»Was hat das zu sagen?«

»Ja so; diese Asiaten sind schreckliche Bestien. Sie meinen, dass sie helfen, weil sie schreien? Weiss der Teufel, was sie da schreien. Die Ochsen, die begreifen sie; Sie können zwanzig anspannen lassen, wenn sie aber in ihrer Sprache den Ochsen zuschreien, rühren sie sich nicht vom Fleck ... Fürchterliche Gauner! Und was fängt man mit ihnen an? ... Es ist ihre Beschäftigung, den Reisenden das Geld abzunehmen ... Die Halunken sind verwöhnt worden! Sie werden es sehen, sie werden von Ihnen noch Trinkgeld verlangen. Ich kenne sie; mich führen sie nicht an!«

»Dienen Sie schon lange hier?«

»Ich habe schon unter Alexei Petrowitsch Jermolow gedient« – antwortete er, sich eine würdevolle Haltung gebend. – »Als er nach dem Kaukasus kam, war ich Sekondeleutnant,« – fügte er hinzu, – »und unter seinem Kommando erhielt ich zwei Grade im Kriege gegen die Bergbewohner.«

»Und jetzt? . . .«

»Jetzt bin ich in dem dritten Linienbataillon. Und Sie, wenn ich fragen darf?«

Ich sagte es ihm.

Damit endete unser Gespräch, und wir setzten den Weg schweigend nebeneinander fort. Auf dem Gipfel des Berges fanden wir Schnee. Die Sonne war untergegangen, und die Nacht folgte dem Tage ohne Unterbrechung, wie gewöhnlich im Süden, aber dank dem Widerschein des Schnees konnten wir leicht den Weg unterscheiden, der immer noch bergan führte, obgleich nicht mehr so steil.

Ich befahl, meinen Koffer auf den Wagen zu legen, die Ochsen durch Pferde zu ersetzen, und zum letztenmal blickte ich in das Tal hinab; aber ein dichter Nebel, der in Wellen aus den Schluchten aufgestiegen war, bedeckte vollständig das Tal, und kein einziger Ton drang von dort an unser Ohr. Die Osseten umringten mich lärmend und verlangten ein Trinkgeld; aber der Stabskapitän schrie sie so drohend an, dass sie im Nu wegliefen.

»Solch ein Volk!« – sagte er –»Brot verstehen sie nicht mal russisch zu benennen, haben aber gelernt zu sagen: Gib zu einem Schnaps, Offizier! Dann sind mir schon die Tataren lieber, die trinken wenigstens nicht«...

Bis zur Station war es noch eine Werst. Ringsum war es still, so still, dass man an dem Gesumm einer Mücke ihren Flug verfolgen konnte. Links gähnte schwarz eine tiefe Schlucht; jenseits und vor uns zeichneten sich auf dem blauen Horizont, der noch den letzten Widerschein der Abendröte bewahrt hatte, dunkelblaue, mit Furchen bedeckte und mit Schnee überzogene Berggipfel ab. Am dunkeln Himmel begannen die Sterne zu flimmern, und seltsam: mir schien es, als ständen sie viel höher, als bei uns im Norden. Zu beiden Seiten des Weges ragten nackte schwarze Steinblöcke, hie und da schauten unter dem Schnee Gesträuche hervor, aber kein einziges trockenes Blättchen regte sich, und eine Freude war es, in diesem Totenschlafe der Natur das Schnauben der müden Postpferde und das ungleichmässige Klingeln des russischen Glöckchens zu hören.

»Morgen wird ein herrliches Wetter sein!« – sagte ich.

Der Stabskapitän erwiderte nichts und zeigte nur mit dem Finger auf einen hohen Berg, der sich gerade vor uns erhob.

»Was ist es?« – fragte ich.

»Gut-Gora ist es.«

»Na, und?«

»Schauen Sie, wie der Berg raucht.«

Und tatsächlich, Gut-Gora rauchte; an den Seiten des Berges krochen leichte Wolkenschleier, und auf seinem Gipfel lag eine schwarze Wolke, solch eine schwarze Gewitterwolke, dass sie am dunkeln Himmel wie ein Fleck erschien.

Wir konnten schon die Poststation, die Dächer der sie umgebenden Hütten wahrnehmen, und vor uns schimmerten gastliche Lichter, als sich ein feuchter kalter Wind erhob, in die Schlucht ein Brausen und ein feiner Regen niederströmte. Kaum hatte ich meinen Pelzmantel umgeworfen, als es stark zu schneien begann. Ich blickte ehrfurchtsvoll den Stabskapitän an ...

»Wir müssen hier zur Nacht bleiben,« – sagte er ärgerlich –»in solch einem Schneesturm kann man nicht über die Berge hinüber. Wie? Sind schon bei Krestowoi Lawinen abgestürzt?« – fragte er den Kutscher.

»Nein, Herr,« – antwortete der Kutscher, ein Ossete,–»es hängen aber viele herab.«

Da ein Zimmer für Reisende auf der Station nicht zu haben war, brachte man uns für die Nacht in einer verräucherten Hütte unter. Ich lud meinen Begleiter zu einem Glas Tee ein, denn ich führte einen eisernen Teekessel mit – mein einziger Trost auf den Reisen im Kaukasus.

Die Hütte stiess mit der einen Seite an einen Felsen; drei feuchte glitschige Stufen führten zu ihrer Türe. Tastend trat ich ein und stiess auf eine Kuh (der Stall ersetzt diesen Leuten das Vorzimmer). Ich wusste nicht, wohin ich mich wenden sollte: hier blöken Schafe, dort knurrt ein Hund. Zum Glück tauchte seitwärts ein schwacher Lichtstrahl auf und half mir zu einer anderen Öffnung, die einer Türe ähnlich war. Ein sonderbares Bild: die breite Hütte, deren Dach auf zwei verräucherten Balken ruhte, war mit Menschen angefüllt. In der Mitte knisterte ein kleines Feuer auf der Erde, und der Rauch, den der Wind aus der Öffnung im Dache zurückstiess, verbreitete sich ringsum zu einem dichten Schleier, sodass ich lange nichts unterscheiden konnte; am Feuer sassen zwei alte Frauen, eine Menge Kinder und ein hagerer Georgier, alle in Lumpen. Was war da zu machen! Wir liessen uns am Feuer nieder, steckten die Pfeifen an, und bald begann der Teekessel heimisch zu surren.

»Bedauernswerte Menschen!« – sagte ich zum Stabskapitän und wies auf unsere schmutzigen Wirte hin, die uns schweigend und wie erstarrt anschauten.

»Ein sehr dummes Volk!« – antwortete er. –»Glauben Sie mir – nichts verstehen sie, jeder Kultur sind sie unfähig! Unsere Kabardiner oder Tschetschenzen sind Räuber, ein verteufelt armes Volk, aber die Kerle haben wenigstens Mut; hier haben sie gar nichts für das Waffenhandwerk übrig: nicht einmal einen anständigen Dolch wird man bei ihnen finden. Sie sind echte Osseten!«

»Waren Sie lange unter den Tschetschenzen?«

»Ja, an zehn Jahre stand ich dort mit meiner Kompagnie in einem Fort bei Kamennoi Brod. – Kennen Sie es?«

»Ich habe davon gehört.«

»Diese Halsabschneider bereiteten uns viel Verdruss, mein Bester. Jetzt ist es, Gott sei Dank, ruhiger geworden; früher aber, wenn man sich auf hundert Schritt hinter die Wälle wagte, lag irgendwo ein zerzauster Teufelskerl und lauerte einem auf! War man nicht auf seiner Hut – so flog einem eine Schlinge um den Hals oder eine Kugel in den Kopf. Aber brave Burschen ...«

»Sie haben wohl viele Abenteuer erlebt?« – sagte ich voll Neugier.

»Gewiss habe ich manches erlebt.«

Hierbei begann er am Schnurrbart zu zupfen, liess den Kopf sinken und verfiel in Gedanken. Ich hätte ihm sehr gern die eine oder andere Geschichte entlockt, – ein Wunsch, der allen reisenden Schriftstellern eigen ist. Indessen war der Tee fertig; ich zog aus dem Koffer zwei kleine Gläser hervor, goss sie voll und stellte das eine vor ihn hin. Er nahm einen Schluck und sagte wie im Selbstgespräche: »Ja! . . . manches kam vor!« Dieser Ausruf gab mir grosse Hoffnungen. Ich weiss, die alten Haudegen im Kaukasus lieben zu plaudern und zu erzählen; sie kommen so selten dazu: mancher verbringt fünf Jahre mit seiner Kompagnie in irgend einem abgelegenen Winkel, und volle fünf Jahre sagt ihm niemand: »Guten Tag« (denn der Feldwebel sagt »Gehorsamer Diener«). Nie eine Gelegenheit zum Plaudern: ringsum haust ein wildes, merkwürdiges Volk; und doch bringt jeder Tag Gefahren mit sich; es geschieht immerfort etwas, und es tut einem ordentlich leid, dass man bei uns so wenig Notiz davon nimmt.

»Wollen Sie nicht Rum zugiessen?« – wandte ich mich zu meinem Gefährten: – »ich habe weissen Rum aus Tiflis mit; jetzt ist es kalt.«

»Nein, den trinke ich nicht.«

»Weshalb?«

»Ja so. Ich habe mich verschworen. Als ich noch Sekondeleutnant war, müssen Sie wissen, hatten wir einmal gezecht, in der Nacht aber wurde Alarm geschlagen; na, wir zogen vor die Front angeheitert, wie wir waren, und bekamen einen tüchtigen Verweis, als Alexei Petrowitsch es erfuhr: weiss Gott, wie wütend er wurde, fast vors Gericht hätte er uns gestellt. Es ist auch begreiflich: manchmal vergeht ein ganzes Jahr, und man sieht niemand. Wenn man sich dann noch dem Branntwein ergibt, ist man ein verlorner Mensch!«

Als ich dies vernahm, verlor ich fast die Hoffnung.

»Zum Beispiel die Tscherkessen,« – fuhr er fort:»wenn die auf einer Hochzeit oder bei einem Begräbnis sich an der Busa betrinken, greifen sie sofort zu den Waffen. Ich entkam einmal nur mit Mühe und Not, dabei war ich bei einem friedlichen Fürsten zu Gast.«

»Wie kam es denn?«

»Also . . .« – er stopfte eine Pfeife, steckte sie an und begann seine Erzählung, –»also, ich stand damals mit meiner Kompagnie in einem Fort jenseits des Terek – bald werden es fünf Jahre her sein. Einmal im Herbst kam ein Transport mit Proviant an; bei dem Transport war ein Offizier, ein junger Mann, etwa fünfundzwanzig Jahre alt. Er erschien bei mir in Galauniform und teilte mit, dass er den Befehl habe, bei mir im Fort zu bleiben. Er war so fein, so zart; sein Uniformrock war so neu, dass ich sofort erriet, dass er bei uns im Kaukasus seit kurzer Zeit sei.»Sie sind wahrscheinlich« – fragte ich ihn,»aus Russland hierher versetzt?« – »Zu Befehl, Herr Stabskapitän,« antwortete er. Ich nahm seine Hand und sagte zu ihm:»Freue mich sehr, freue mich sehr. Es wird Ihnen ein wenig langweilig sein ... na, aber wir werden in guter Freundschaft leben. Ja, ich bitte Sie, nennen Sie mich einfach Maxim Maximytsch und bitte – wozu die Galauniform? kommen Sie stets zu mir in der Mütze.« – Man wies ihm eine Wohnung an, und er liess sich in dem Fort nieder.«

»Wie hiess er?« – fragte ich Maxim Maximytsch.

»Er hiess . . . Grigori Alexandrowitsch Petschorin. Ein prächtiger Mensch war er, kann ich Ihnen versichern; nur ein wenig sonderbar. So ging er zum Beispiel im Regen und bei Kälte den ganzen Tag auf die Jagd; wenn die andern längst starr waren vor Frost und müde, verspürte er keinerlei Abspannung. Manchmal aber sass er in seinem Zimmer in einem leichten Luftzug und versicherte, dass er sich erkältet habe; ein Fensterladen schlug an, er fuhr auf und erbleichte; ich war selbst Zeuge, wie er ganz allein auf einen Eber losging; es kam vor, dass man stundenlang kein Wort aus ihm herausbrachte. Wenn er dann einmal zu erzählen anfing, musste man sich den Bauch vor Lachen halten ... Ja, ein sonderbares Kerlchen war es und wahrscheinlich ein reicher Mann: er hatte viele teure Sachen.«

»Und lebte er lange mit Ihnen?« – fragte ich von neuem.

»Etwa ein Jahr. Na, aber an dieses Jahr werde ich stets denken; er hat mir viel Sorge gemacht, aber nicht so will ich seiner gedenken ... Es gibt doch wahrlich solche Menschen, denen es bestimmt ist, dass ihnen allerhand ungewöhnliche Dinge passieren müssen.«

»Ungewöhnliche?« – rief ich neugierig aus und schenkte ihm Tee ein.

»Ich werde Ihnen einiges erzählen. Etwa sechs Werst vom Fort lebte ein friedlicher Fürst. Sein Sohn, ein Knabe von fünfzehn Jahren, hatte sich zur Angewohnheit gemacht uns zu besuchen: jeden Tag fast kam er, bald aus diesem, bald aus jenem Grunde. Und offen gesagt, Grigori Alexandrowitsch und ich verhätschelten ihn. Verwegen und geschickt war der Bengel! Im vollen Galopp hob er die Mütze von der Erde auf; auch mit dem Gewehr verstand er umzugehen. Nur eines war hässlich an ihm: er hatte eine wahre Gier nach Geld. Einmal versprach ihm scherzhalber Grigori Alexandrowitsch einen Dukaten, wenn er den besten Bock aus der väterlichen Herde stehle; und stellen Sie sich vor, – in der nächsten Nacht schleppte er den Bock an den Hörnern herbei. Doch wenn wir anfingen ihn zu necken, funkelten seine Augen vor Zorn, und er griff nach dem Dolche.»He, Asamat, du wirst schlecht enden,«sagte ich zu ihm:»deinen Kopf wirst du bestimmt verlieren!«

Eines Tages kam der alte Fürst selbst, uns zur Hochzeit einzuladen: er verheiratete seine älteste Tochter, und wir standen mit ihm im Freundschaftsverhältnis, waren seine Kunaks, da konnten wir die Einladung, wissen Sie, nicht ablehnen, obgleich er ein Tatare war. Wir gingen hin. Im Dorfe begrüsste uns eine Menge Hunde mit lautem Gebell. Die Frauen versteckten sich, als sie uns erblickten; die aber, deren Gesicht wir sehen konnten, waren durchaus keine Schönheiten.

»Ich hatte eine viel bessere Vorstellung von den Tscherkessinnen,« – sagte Grigori Alexandrowitsch zu mir. –»Warten Sie ab!« – erwiderte ich lächelnd. Ich hatte meine eignen Gedanken.

Im Hause des Fürsten hatte sich schon eine Menge Menschen versammelt. Wissen Sie, bei den Asiaten ist es Brauch, Hinz und Kunz zur Hochzeit zu laden. Man empfing uns mit allen Ehren und führte uns in das Festgemach. Ich hatte jedoch nicht vergessen mir zu merken, wohin man unsere Pferde hingestellt hatte, für einen unvorhergesehenen Fall, wissen Sie.«

»Wie feiert man denn bei ihnen die Hochzeit?« – fragte ich den Stabskapitän.

»Na ganz gewöhnlich. Zuerst liest ihnen der Mullah etwas aus dem Koran vor; dann beschenkt man die Neuvermählten und alle ihre Verwandten; dann isst und trinkt man die Busa; darauf beginnen die Reiterstückchen, die Dschigitowka; ein zerlumpter, schmutziger Bursche auf einem schlechten, lahmen Klepper spielt den Narren und reizt die versammelten Gäste zum Lachen; wenn die Dunkelheit anbricht, beginnt im Festgemach sozusagen der Ball. – Ein armer alter Mann klimpert auf einem dreisaitigen Dinge ... ich habe vergessen, wie sie es nennen ... na, es ist wie unsere Balalaika. Die jungen Mädchen und Burschen stellen sich in zwei Reihen einander gegenüber auf, klatschen mit den Händen und singen. Da treten ein junges Mädchen und ein Bursche in die Mitte und sprechen Verse in einem singenden Tone, was ihnen gerade in den Sinn kommt, die anderen wiederholen es im Chore. Ich sass mit Petschorin auf dem Ehrenplatze. Da kam die jüngste Tochter unseres Wirtes, ein Mädchen von sechzehn Jahren, und sagte ... wie soll ich mich ausdrücken, eine Art Kompliment her ...«
»Und was hat sie ihm vorgesungen, erinnern Sie sich nicht?«
»Warten Sie – etwa folgendes:»Schlank sind unsere jungen Reiter, sagte sie, und ihre Kaftans sind mit Silber besetzt, der junge russische Offizier aber ist schlanker als sie, und seine Tressen sind aus Gold. Er ist wie eine Pappel unter ihnen; es ist ihm nur nicht gegeben, zu wachsen und zu blühen in unserem Garten.« Petschorin stand auf, verbeugte sich vor ihr, legte die Hand auf die Stirn und auf das Herz und bat mich, ihr zu antworten; ich kenne ihre Sprache gut und übersetzte seine Antwort. Als sie sich von uns entfernt hatte, flüsterte ich Grigori Alexandrowitsch zu:»Nun, wie finden Sie sie?« –»Sie ist reizend,« – antwortete er, –»und wie heisst sie?«
»Sie heisst Bela,« antwortete ich.
Und wirklich, sie war schön: hochgewachsen, schlank, schwarz die Augen, wie bei einer Gemse, blickten einem in die Seele hinein. Petschorin war nachdenklich geworden und wandte die Augen nicht von ihr ab, auch sie blickte ihn ziemlich oft von der Seite an. Aber Petschorin war nicht der einzige, der sich an der hübschen Prinzessin nicht satt sehen konnte; aus einer Ecke des Zimmers blickte sie ein anderes Paar Augen unbeweglich und glühend an. Ich schaute hin und erkannte meinen alten Bekannten Kasbitsch. Er, wissen Sie, war weder unser Freund, noch unser Feind. Er war wohl stark im Verdacht, obgleich man nichts Nachteiliges von ihm bemerkt hatte.

Er brachte manches Mal zu uns in das Fort Schafe und verkaufte sie billig, aber handeln liess er mit sich nicht; was er verlangt hatte, musste man zahlen, – eher hätte man ihn umbringen können, als etwas abzuhandeln. Man erzählte, dass er liebe, mit den Abreken über den Kuban Streifzüge zu unternehmen, und offen gestanden, er hatte ein echtes Räubergesicht; er war klein, hager und breitschulterig . . . Ach, und gewandt war er, wie ein Teufel gewandt! Sein Rock war stets zerrissen, geflickt, die Waffen aber mit Silber beschlagen. Sein Pferd war in der ganzen Kabardie berühmt – und wirklich etwas Besseres als dieses Pferd kann man sich nicht vorstellen. Nicht umsonst beneideten ihn alle Reiter, und mehr als einmal versuchte man, es ihm zu stehlen, doch es gelang nie. Ich sehe jetzt noch deutlich dieses Pferd: schwarz wie Pech, die Beine wie Saiten und die Augen nicht schlechter als bei Bela und was für eine Kraft! Man konnte fünfzig Werst auf ihm jagen, und gut eindressiert war es – wie ein Hund folgte es seinem Herrn; sogar seine Stimme kannte es. Oft band er das Pferd gar nicht an. Es war ein echtes Räuberpferd! ...

An diesem Abend war Kasbitsch düsterer als je, und ich merkte, dass er unter seinem Rock ein Panzerhemd anhatte. –»Dieses Panzerhemd hat er nicht umsonst angezogen,« – dachte ich, –»wahrscheinlich hat er etwas im Sinn.«

Es wurde sehr schwül im Zimmer, und ich ging hinaus mich zu erfrischen. Die Nacht senkte sich schon auf die Berge, und der Nebel wallte in den Schluchten.

Mir fiel es ein, nach dem offenen Schuppen zu gehen, wo unsere Pferde standen; ich wollte nachschauen, ob sie Futter hätten und Vorsicht schadet ja nie; ich hatte ein prächtiges Pferd, und mehr als ein Kabardiner hatte es neidisch betrachtet.

Ich schlich den Zaun entlang und vernahm plötzlich Stimmen; die eine erkannte ich sofort: es war der Schlingel Asamat, der Sohn unseres Wirtes; der andere sprach seltener und leise.»Was verhandeln sie hier?« – dachte ich,»vielleicht über mein Pferd?« Ich liess mich also am Zaune nieder und begann zu lauschen. Ich gab mir Mühe kein Wort zu überhören. Ab und zu erstickten der Lärm der Lieder und das Stimmengewirr, die aus dem Hause herüberflogen, das für mich interessante Gespräch.

»Du hast einen prächtigen Gaul!« – sagte Asamat, –»wenn ich der Herr im Hause wäre und hätte eine Herde von dreihundert Stuten, ich würde dir die Hälfte für deinen Renner geben, Kasbitsch!«

»Ah! Kasbitsch ist es!« – dachte ich und erinnerte mich des Panzerhemdes.

»Ja,« – antwortete Kasbitsch nach einigem Schweigen; –»in der ganzen Kabardie wirst du kein solches Pferd finden. Einmal – es war jenseits des Terek – ritt ich mit den Abreken russische Pferdeherden einzujagen; uns glückte es nicht, und wir zerstreuten uns in verschiedene Richtungen. Hinter mir jagten vier Kosaken; ich hörte schon hinter mir das Geschrei der Giaurs und vor mir war ein dichter Wald. Ich duckte mich auf dem Sattel, empfahl mich Allah, und zum erstenmal im Leben beleidigte ich das Pferd durch einen Peitschenschlag. Wie ein Vogel schoss es durch die Zweige; spitze Dornen zerrissen mein Kleid, vertrocknete Äste schlugen mich ins Gesicht. Mein Pferd sprang über Baumstümpfe hinweg, riss mit der Brust Sträucher auseinander. Es wäre besser gewesen, das Pferd sich selbst zu überlassen und mich im Walde zu verstecken, mir tat es aber leid, mich von ihm zu trennen – und der Prophet hat mich belohnt. Ein paar Kugeln sausten an meinem Kopfe vorbei; ich hörte schon, wie die von den Pferden gestiegenen Kosaken hinter mir herliefen ... Plötzlich stand ich vor einem tiefen Abgrund; mein Pferd stutzte – und sprang hinüber. Seine Hinterhufe rissen sich von dem jenseitigen Rande los, und es hing an den Vorderbeinen über dem Abgrund. Ich liess die Zügel los und flog in die Schlucht hinab; das rettete mein Pferd: es sprang hinauf. Dies alles sahen die Kosaken, aber kein einziger ging mich suchen: sie dachten sicher, dass ich zerschmettert daläge, und ich hörte, wie sie meinem Pferde nachstürzten, um es einzufangen. Mein Herz übergoss sich mit Blut; ich kroch im dichten Grase die Schlucht entlang und sah: der Wald war hier zu Ende, einige Kosaken ritten aus demselben auf die Ebene hinaus, und da jagte ihnen entgegen mein Karagës; alle setzten ihm mit Geschrei nach; lange, lange verfolgten sie ihn, und einer von ihnen hätte beinahe zweimal die Schlinge um seinen Hals geworfen; ich begann zu zittern, senkte die Augen und betete. Nach einigen Augenblicken heb ich die Augen auf und sah, wie mein Karagës mit wehendem Schweife frei wie der Wind dahinflog und die Giaurs sich weit hinten in der Steppe einer nach dem anderen auf abgehetzten Pferden davonschleppten.

Allah! es ist wahr, es ist wirklich wahr, was ich erzähle! Bis tief in die Nacht sass ich in meiner Schlucht. Plötzlich, denke dir, Asamat, hörte ich in der Dunkelheit, wie am Rande des Abgrundes ein Pferd hin und herlief, schnaubte, wieherte und mit den Hufen die Erde stampfte; ich erkannte die Stimme meines Karagës, das war er, mein Kamerad! ... Seit der Zeit haben wir uns nie getrennt.«

Man hörte, wie er sein Pferd mit der Hand auf den glatten Hals klopfte und ihm allerhand zärtliche Namen gab.

»Wenn ich eine Herde von tausend Stuten hätte,« sagte Asamat, –»ich würde sie alle für deinen Karagës hingeben.«

»Ich will aber nicht,« – antwortete Kasbitsch gleichgültig.

»Höre, Kasbitsch,« – sagte Asamat schmeichelnd, –»du bist ein guter Mensch, ein tapferer Reiter, mein Vater aber fürchtet so die Russen und lässt mich nicht in die Berge. Gib mir dein Pferd, und ich werde alles, was du willst, tun; ich stehle für dich vom Vater das beste Gewehr oder den besten Säbel, was du nur willst, sein Säbel hat eine gute Klinge, man braucht nur die Schneide an die Hand zu legen, sie dringt von selbst in den Körper, und solch ein Panzerhemd, wie deines, ist gar kein Schutz dagegen.«

Kasbitsch schwieg.

»Seitdem ich zum erstenmal dein Pferd sah,« – fuhr Asamat fort, – »wie es unter dir sprang und mit blähenden Nüstern sich bäumte, und wie unter seinen Hufen Steine in Funken stoben, seitdem geschah in meinem Herzen etwas Unbegreifliches, und seitdem ist mir alles gleichgültig geworden; die besten Renner meines Vaters blickte ich mit Verachtung an, ich schämte mich auf ihnen mich zu zeigen. Ich war ganz trostlos darüber. Traurig verbrachte ich ganze Tage auf einem Felsen, und jeden Augenblick erschien mir in Gedanken dein schwarzer Renner mit seinem feinen Gang, mit seinem glatten, wie ein Pfeil geraden Rücken; er schaute mir in die Augen mit seinem frischen Blick, als wollte er mir etwas sagen. Ich werde sterben, wenn du ihn mir nicht verkaufst, Kasbitsch!« – sagte Asamat mit bebender Stimme.

Ich hörte, dass er weinte; ich muss Ihnen aber sagen, dass Asamat ein furchtbar hartnäckiger Junge war, und durch nichts konnte man ihn zum Wanken bringen, sogar als er noch jünger war.

Als Antwort auf seine Tränen vernahm ich eine Art Lachen.

»Höre,« – sagte Asamat mit fester Stimme, –»du siehst, ich bin zu allem entschlossen. Willst du, ich stehle für dich meine Schwester?

Wie die tanzt! Wie die singt und strickt und wundervoll mit Gold! Solch eine Frau hat sogar der türkische Sultan nicht gehabt ... Willst du? Erwarte mich morgen in der Nacht, dort, in der Schlucht, wo der Bach fliesst: ich gehe mit ihr dort vorbei in das Nachbardorf – und sie ist dein. Ist denn Bela deines Renners nicht wert?«

Lange, lange schwieg Kasbitsch; endlich begann er statt einer Antwort ein altes Lied halblaut zu singen: »Viele schöne Frauen haben wir, die Sterne glänzen im Dunkel ihrer Augen. Süss sie zu lieben ist ein beneidenswertes Los; aber lustiger ist die Burschenfreiheit. Das Gold erwirbt uns vier Frauen, ein braves Pferd ist mit nichts zu bezahlen: es jagt in der Steppe mit dem Windstoss zugleich, es bricht die Treue nicht und verlässt einen nie.«

Umsonst flehte ihn Asamat an, auf den Vorschlag einzugehen, weinte und schmeichelte ihm und beschwor ihn hoch und teuer; schliesslich unterbrach ihn Kasbitsch ungeduldig:

»Geh fort, wahnwitziger Junge! Du willst mein Pferd reiten? Bei den ersten drei Schritten wirft es dich ab, und du zerschmetterst dir den Schädel an den Steinen.«

»Mich!« – rief Asamat wütend, und der Stahl des Dolches des Knaben erklang an dem Panzerhemd. Ein starker Arm stiess ihn fort, und er schlug so hart gegen den Zaun, dass die hohen Latten zersplitterten.

»Das kann eine nette Geschichte werden!« dachte ich, stürzte in den Stall, zäumte unsere Pferde auf und führte sie auf den Hinterhof. Nach wenigen Minuten erhob sich im Hause ein schrecklicher Lärm: Asamat war in seinem zerrissenen Rock dort hineingestürzt und hatte gesagt, dass Kasbitsch ihn ermorden wollte. Alle sprangen auf, griffen zu ihren Gewehren, und der Spass ging los. Ein Geschrei, Lärm, Schüsse; aber Kasbitsch war schon auf seinem Pferde, schlug um sich auf der Strasse, wie ein Besessener, und verteidigte sich mit dem Säbel.

»Es ist nie angenehm für andere zu büssen,« – sagte ich zu Grigori Alexandrowitsch, und nahm ihn bei der Hand: – »ist es nicht ratsam, sich aus dem Staube zu machen?«

»Ja, warten Sie, wie es enden wird.«

»Sicher endet es schlimm; bei diesen Asiaten ist es stets so: berauschen sich an der Busa dann fängt der Kampf an!«

Wir bestiegen unsere Pferde und ritten nach Hause.«

»Und was wurde aus Kasbitsch?« – fragte ich den Stabskapitän ungeduldig.

»Solchen Leuten geschieht nichts!« – antwortete er und trank sein Glas Tee aus, – »er entkam.«

»Und wurde nicht verwundet?« fragte ich.

»Das mag der liebe Gott wissen! Diese Halunken haben ein zähes Leben. Ich habe manchen im Feuer gesehen: wie ein Sieb durchlöchert von Bajonettstichen, aber er schwingt noch immer seinen Säbel.« – Der Stabskapitän stampfte nach einigem Schweigen mit dem Fuss auf die Erde und fuhr fort:

»Eins werde ich mir nie verzeihen: als wir im Fort ankamen, plagte mich der Teufel Grigori Alexandrowitsch, alles, was ich hinter dem Zaune sitzend gehört hatte, wiederzuerzählen; er lachte – so schlau war er! – hatte sich aber einen Plan zurechtgelegt.«

»Was denn? Bitte erzählen Sie es.«

»Na, – da ich einmal angefangen habe, muss ich auch zu Ende erzählen.

Etwa vier Tage nach der Hochzeit kam Asamat in das Fort. Wie gewöhnlich ging er zu Grigori Alexandrowitsch, der stets für ihn Leckereien hatte. Ich war auch bei Petschorin. Das Gespräch kam auf Pferde, und Petschorin begann Kasbitschs Pferd zu loben: es sei so flink und schön wie eine Gemse – na, einfach, seinen Worten nach, gäbe es in der ganzen Welt nicht solch ein Pferd. Die Augen des jungen Tataren fingen an zu funkeln. Petschorin aber gab sich den Schein, als merke er nichts; ich versuchte von etwas anderem zu sprechen, er aber brachte das Gespräch sofort auf Kasbitschs Pferd zurück. Dies wiederholte sich jedesmal, wenn Asamat uns aufsuchte. Nach drei Wochen merkte ich, dass Asamat blass und mager wurde, wie es als Wirkung der Liebe in den Romanen erzählt wird. Was ging mit ihm denn vor?

Sehen Sie, erst später erfuhr ich die ganze Sache: Grigori Alexandrowitsch hatte ihn soweit gebracht, dass er bereit war, sich fast das Leben zu nehmen. Eines Tages sagte auch Petschorin zu ihm:»Ich sehe, Asamat, dass dieses Pferd dir stark ans Herz gewachsen ist, du wirst es aber nie erblicken, so wenig wie deinen eigenen Hinterkopf! Sage mal, was würdest du denn tun, wenn es dir jemand schenken würde? ...«

»Alles, was er wünschen wird,« – antwortete Asamat.

»In diesem Fall werde ich es dir verschaffen, aber unter einer Bedingung ... Schwöre mir, dass du sie erfüllen wirst ...«

»Ich schwöre . . . Schwöre auch du!«

»Gut! Ich schwöre, du wirst das Pferd besitzen; aber du musst mir dafür deine Schwester Bela geben: Karagës soll ihr Hochzeitsgeld sein. Ich hoffe, der Handel ist für dich von Vorteil.«

Asamat schwieg.

»Du willst nicht? Na, wie es dir gefällt! Ich dachte, du seiest ein Mann, du bist aber noch ein Kind: es ist für dich zu früh ein Pferd zu reiten ...«

Asamat flammte auf.

»Und mein Vater?« – fragte er.

»Reitet er denn nie von Hause fort?«

»Allerdings . . .«

»Bist du einverstanden?«

»Ja, ich bin einverstanden,« – flüsterte Asamat, bleich wie der Tod.

»Also wann?«

»Das erstemal, wenn Kasbitsch hierher kommt; er hat versprochen, ein Dutzend Hammel zu bringen; das übrige ist meine Sache. Also denk daran, Asamat!«

Da hatten sie also diese Sache beschlossen ... offen gestanden, eine schlechte Sache. Ich habe es auch später Petschorin gesagt, er aber antwortete mir, dass die wilde Tscherkessin glücklich sein müsste, solch einen lieben Mann, wie er, zu haben (denn nach ihren Gesetzen sei er doch ihr Mann), und dass Kasbitsch ein Räuber sei, den man bestrafen müsste. Urteilen Sie bitte selbst, was sollte ich dagegen einwenden? ... Aber damals wusste ich noch nichts von ihrer Verschwörung. Also, eines Tages kam Kasbitsch an und fragte, ob wir nicht Hammel und Honig brauchten; ich befahl ihm, sie am anderen Tage zu bringen.

»Asamat!« – sagte Grigori Alexandrowitsch, »morgen ist Karagës in meinen Händen; wenn Bela heute nacht nicht hier sein wird, ist das Pferd für dich verloren.«

»Gut!« erwiderte Asamat und eilte nach seinem Dorfe zurück. Am Abend ritt Grigori Alexandrowitsch bewaffnet aus dem Fort: wie sie es bewerkstelligt haben, weiss ich nicht, in der Nacht aber kehrten beide zurück, und der Wachtposten hat gesehen, dass über dem Sattel Asamats eine Frau lag, deren Füsse und Hände gebunden, der Kopf aber mit einem Schleier verhüllt war.«

»Und das Pferd?« fragte ich den Stabskapitän.

»Sofort, sofort erzähle ich es Ihnen. Am andern Tage früh morgens kam Kasbitsch und brachte ein Dutzend Hammel zum Verkaufe mit.

Nachdem er sein Pferd an den Zaun gebunden hatte, kam er zu mir herein, ich schenkte ihm ein Glas Tee ein, denn obgleich er ein Räuber war, stand er doch zu mir im Gastfreundschaftsverhältnis.

Wir fingen über dies und jenes zu plaudern an ... Plötzlich, sah ich, dass Kasbitsch zusammen zuckte, die Farbe wechselte und zum Fenster eilte; unglücklicherweise aber lag das Fenster nach dem Hofe hinaus.

»Was ist dir?« – fragte ich.

»Mein Pferd! ... mein Pferd!« sagte er, am ganzen Körper zitternd.

Und tatsächlich hörte ich Pferdestampfen.

»Wahrscheinlich ist ein Kosak angekommen ...«

»Nein, nein! Der Russe ist schlecht, schlecht!« – schrie er und stürzte endlich davon, wie ein wilder Panther. Mit zwei Sprüngen war er schon im Hofe; am Tore des Forts versperrte der Wachtposten ihm mit dem Gewehr den Weg; er sprang über das Gewehr hinüber und lief auf dem Wege fort ... In der Ferne wirbelte der Staub – Asamat jagte auf dem flinken Karagës dahin; im Laufen riss Kasbitsch das Gewehr aus dem Futteral und schoss. Einen Augenblick stand er unbeweglich, bis er sich überzeugte, dass er fehlgeschossen hatte; dann schrie er kreischend auf, schlug das Gewehr gegen einen Stein, zerbrach es in Splitter, warf sich auf die Erde und schluchzte wie ein Kind ... Rings um ihn versammelten sich die Menschen aus dem Fort – er beachtete niemand; man stand um ihn, besprach den Vorfall und ging wieder zurück; ich befahl das Geld für die Hammel neben ihn hinzulegen – er rührte es nicht an, lag mit dem Gesichte zur Erde, wie ein Toter, da. Können Sie mir glauben, er lag so bis tief in die Nacht und die ganze Nacht hindurch ... Erst am andern Morgen kam er in das Fort und bat, ihm den Dieb zu nennen. Der Wachtposten, der es gesehen, wie Asamat das Pferd losgebunden hatte und auf ihm davonritt, hielt nicht für nötig, es zu verheimlichen. Bei diesem Namen blitzten die Augen Kasbitschs und er begab sich in das Dorf, wo der Vater Asamats lebte.«

»Und was tat der Vater?«

»Ja, das ist es eben, dass Kasbitsch ihn nicht antraf! er war auf sechs Tage verreist, sonst wäre es schwerlich Asamat gelungen, die Schwester zu entführen. Als aber der Vater zurückkehrte, fand er weder den Sohn, noch die Tochter vor.

21

Solch ein schlauer Bursche! er wusste genau, dass es ihm den Kopf kosten würde, wenn er erwischt wurde. Seit der Zeit ist er auch verschwunden; wahrscheinlich hatte er sich zu einer Bande Abreken gesellt und seinen ruhelosen Kopf jenseits des Terek oder Kuban eingebüsst; ihm war auch recht geschehn! ...

Offen gesagt, auch ich hatte meinen tüchtigen Teil. Als ich erfuhr, dass die Tscherkessin bei Grigori Alexandrowitsch sich befinde, zog ich die Epauletten an, legte den Degen um und ging zu ihm.

Er lag in dem ersten Zimmer, die eine Hand unter den Kopf gelegt, auf einem Bette, in der anderen Hand hielt er eine erloschene Pfeife; die Türe zum zweiten Zimmer war verschlossen, und der Schlüssel stak nicht im Schlosse. Ich hatte dies sofort bemerkt ... Ich begann zu hüsteln und mit den Stiefelabsätzen gegen die Schwelle zu klopfen – er aber tat, als hörte er nichts.

»Herr Sekondeleutnant!« – sagte ich möglichst streng, – »sehen Sie denn nicht, dass ich gekommen bin?«

»Ah, guten Tag, Maxim Maximytsch! Ist Ihnen nicht eine Pfeife gefällig?« – antwortete er, ohne sich zu erheben.

»Entschuldigen Sie, ich bin nicht Maxim Maximytsch; ich bin der Stabskapitän.«

»Einerlei! Ist Ihnen nicht Tee gefällig? Wenn Sie wüssten, welche Sorgen mich quälen!«

»Ich weiss alles,« – erwiderte ich, an das Bett herantretend.

»Um so besser! ich bin nicht in der Stimmung zu erzählen.«

»Herr Sekondeleutnant, Sie haben sich eines Vergehens schuldig gemacht, für das auch ich verantwortlich gemacht werden kann ...«

»Ach, wo denn! Was ist es für ein Unglück! Wir teilen doch längst alles zusammen.«

»Was sind das für Scherze? Übergeben Sie mir Ihren Degen!«

»Mitjka, bringe den Degen! . . .«

Mitjka brachte den Degen. Als ich meine Pflicht erfüllt hatte, setzte ich mich zu ihm aufs Bett und sagte:»Höre mal, Grigori Alexandrowitsch, gestehe selbst, dass es schlecht ist ...«

»Was ist schlecht?«

»Ja, das, dass du Bela entführt hast . . . Das ist ein Halunke, der Asamat! ... Gestehe nur ein,« – sagte ich zu ihm.

»Ja, aber wenn sie mir gefällt? . . .«

Na, was sollte ich ihm darauf erwidern, bitte sagen Sie es mir ... Ich war unschlüssig. Jedoch nach einigem Schweigen sagte ich ihm, dass, wenn der Vater sie zurückverlangen würde, man sie ihm zurückgeben müsste.

»Es ist gar nicht nötig sie zurückzugeben.«

»Ja er wird doch erfahren, dass sie hier ist.«

»Wie wird er es denn erfahren?«

Ich war wieder bestürzt.

»Hören Sie, Maxim Maximytsch!« – sagte Petschorin, sich erhebend – »Sie sind doch ein guter Mensch – wenn wir aber die Tochter diesem Wilden zurückgeben, er wird sie entweder ermorden oder verkaufen. Die Sache ist geschehn, man muss sie nur nicht gutwillig verderben, lassen Sie das Mädchen mir und behalten Sie meinen Degen ...«

»Ja, zeigen Sie sie mir doch,« – sagte ich.

»Sie ist hinter dieser Türe; ich wollte heute selbst sie sehen, aber umsonst! sie sitzt in einem Winkel, mit dem Schleier verhüllt, spricht weder noch schaut sie einen an; sie ist furchtsam, wie eine wilde Gemse. Ich habe ein Weib angenommen, das tatarisch versteht, sie wird sie bedienen und sie an den Gedanken, dass sie mein ist, gewöhnen; denn sie wird niemand, ausser mir, gehören!« – fügte er hinzu und schlug dabei mit der Faust auf den Tisch.

Auch damit erklärte ich mich einverstanden ... Was sollte ich tun? Es gibt Menschen, mit denen man unbedingt einverstanden sein muss.«

»Und wie?« – fragte ich Maxim Maximytsch: – »hat er in der Tat sie an sich gewöhnt, oder ist sie in der Gefangenschaft aus Heimweh gestorben?«

»Bitte, warum denn aus Heimweh? Vom Fort aus konnte man ja dieselben Berge, wie aus ihrem Dorfe, sehen – und diese Wilden brauchen nicht mehr. Ja und ausserdem schenkte ihr Grigori Alexandrowitsch jeden Tag etwas; die ersten Tage stiess sie schweigend stolz die Geschenke von sich, die dann der Dienerin zufielen und deren Redseligkeit anfachten. Ach, Geschenke! was tut ein Weib nicht für einen bunten Lappen! ... Na, aber das ist nebensächlich ... Lange gab sich Grigori Alexandrowitsch mit ihr ab, lernte währenddessen tatarisch sprechen, und auch sie begann unsere Sprache zu verstehen. Allmählich gewöhnte sie sich an seinen Anblick, zuerst guckte sie unter der Stirn hervor, von der Seite und war fortwährend traurig.

Sie sang halblaut ihre Lieder, so dass es auch mir manches Mal traurig ums Herz wurde, wenn ich ihr aus dem Nebenzimmer zuhörte. Nie werde ich eine Szene vergessen! Ich ging vorüber und schaute durch das Fenster; Bela sass auf der Ofenbank, den Kopf auf die Brust gesenkt, Grigori Alexandrowitsch stand vor ihr.

»Höre, meine Peri,« – sagte er, – »du weisst doch, dass du über kurz oder lang die meine sein musst, warum quälst du mich denn so lange? Liebst du vielleicht einen Tschetschenzen? Wenn es der Fall ist, gebe ich dich frei, lasse dich nach Hause ziehn.«

Sie zuckte kaum bemerkbar auf und schüttelte den Kopf.

»Oder,« – fuhr er fort, – »hassest du mich zu sehr?«

Sie seufzte.

»Oder verbietet dir dein Glaube mich lieb zu gewinnen?«

Sie erbleichte und schwieg.

»Glaube mir, Allah ist für alle Völker ein und derselbe, und wenn er mir gestattet dich zu lieben, warum soll er denn dir verbieten auch mich zu lieben?«

Sie blickte ihm starr ins Gesicht, wie getroffen von diesem neuen Gedanken; ihre Augen drückten Misstrauen und das Verlangen sich zu überzeugen aus. Was waren das für Augen! sie glühten wie feurige Kohlen.

»Höre, liebe, gute Bela!« – fuhr Petschorin fort, – »du siehst, wie ich dich liebe; ich bin bereit alles zu tun, um dich zu zerstreuen; ich will, dass du glücklich bist. Wenn du aber wieder traurig sein wirst, werde ich sterben. Sage mir, wirst du fröhlicher sein?«

Sie sann nach, ohne von ihm ihre schwarzen Augen abzuwenden; dann lächelte sie und nickte freundlich mit dem Kopfe zum Zeichen ihres Einverständnisses. Er nahm sie an der Hand und begann sie zu überreden, ihn zu küssen; sie wehrte sich schwach und wiederholte nur immer: »bitte nicht, bitte nicht.«

Er aber liess sich nicht beirren, sie fing an zu zittern und zu weinen.

»Ich bin deine Gefangene,« – sagte sie, – »deine Sklavin; gewiss kannst du mich zwingen.« Und wieder weinte sie.

Grigori Alexandrowitsch schlug sich mit der Faust vor die Stirn und stürzte in das andere Zimmer. Ich ging zu ihm; er ging düster mit gekreuzten Armen auf und nieder.

»Was, lieber Freund?« – sagte ich zu ihm.

»Es ist ein Teufel, aber kein Weib!« – antwortete er, –»aber ich gebe
Ihnen mein Ehrenwort, dass sie mir gehören wird ...«
Ich schüttelte den Kopf.
»Wollen Sie eine Wette eingehen?« – sagte er, –»nach einer Woche.«
»Gut.«
Wir reichten uns die Hände, und ich verliess ihn.

Am andern Tage schickte er sofort einen Boten nach Kisljar nach
allerhand Einkäufen; man brachte eine Menge verschiedener
persischer Stoffe, eine Unmasse ... ich kann nicht alles aufzählen.

»Was meinen Sie, Maxim Maximytsch,« – sagte er und zeigte mir die
Geschenke, –»wird die asiatische Schöne gegen solch eine Batterie
standhalten?«

»Sie kennen die Tscherkessinnen nicht,« – antwortete ich, –»die sind
ganz anders, als die Georgierinnen oder die kaukasischen Tatarinnen,
ganz anders sind sie. Sie haben ihre Gebräuche; sie sind anders
erzogen.«

Grigori Alexandrowitsch lächelte und begann einen Marsch zu pfeifen.

Ich hatte aber doch recht: die Geschenke wirkten bloss zur Hälfte, – sie
wurde zutraulicher, freundlicher, aber weiter auch nichts; da entschloss
er sich zum letzten Mittel. Eines Morgens befahl er sein Pferd zu
satteln, kleidete sich in Tscherkessentracht, bewaffnete sich und ging
zu ihr.

»Bela!« sagte er, –»du weisst, wie ich dich liebe. Ich beschloss dich
zu entführen in der Meinung, dass du, wenn du mich näher kennen
wirst, mich auch lieben würdest; ich habe mich getäuscht: – leb wohl!
Bleibe als volle einzige Herrin von allem, was ich besitze; wenn du
willst, kehre zum Vater zurück – du bist frei. Ich bin schuld vor dir und
muss mich bestrafen. Leb wohl, ich reise fort – wohin, weiss ich nicht!
Hoffentlich werde ich nicht lange eine Kugel oder einen Säbelhieb zu
suchen brauchen; dann erinnere dich meiner und vergib mir.«

Er wandte sich ab und streckte ihr die Hand, zum Abschied entgegen.
Sie nahm sie nicht und schwieg. Hinter der Türe, durch den Spalt,
konnte ich ihr Gesicht sehen; und mir tat sie schmerzlich leid – solch
eine tödliche Blässe bedeckte das liebe Gesichtchen! Da er keine
Antwort erhielt, tat Petschorin einige Schritte zur Türe hin; er bebte –
und was soll ich Ihnen sagen – ich weiss, er war tatsächlich im stande
das zu vollbringen, was er scherzend gesagt hatte. Er war wirklich
solch ein Mensch, weiss der liebe Gott.

Kaum aber berührte er die Türe, als Bela aufsprang, aufschluchzte und sich ihm an den Hals warf ... Glauben Sie mir oder nicht, ich weinte auch hinter der Türe, das heisst, wissen Sie, eigentlich weinte ich nicht, aber es hatte mich so ... eine Dummheit überkommen! ...«

Der Stabskapitän schwieg.

»Ja, offen gestanden,« – sagte er nach einer Weile am Schnurrbart zupfend, – »mich ärgerte es, denn mich hatte nie ein Weib so geliebt.«

»Und dauerte ihr Glück lange?« – fragte ich.

»Ja, sie gestand, dass ihr Petschorin seit dem ersten Tage oft im Traume erschienen sei, und dass kein einziger Mann auf sie je solch einen Eindruck gemacht habe. – Ja, sie waren glücklich!«

»Wie langweilig dies ist!« – rief ich unwillkürlich aus. In der Tat, ich erwartete eine tragische Lösung, und plötzlich wurden meine Hoffnungen so unerwartet getäuscht ... »Ja, kam denn der Vater nicht auf den Gedanken,« – fuhr ich fort – »dass sie bei Ihnen im Fort wäre?«

»Das heisst, wahrscheinlich ahnte er es. Einige Tage später erfuhren wir, dass der Alte ermordet worden war. Es hat sich so zugetragen ...«

Meine Aufmerksamkeit war von neuem erweckt.

»Ich muss erwähnen, dass Kasbitsch sich eingebildet hat, Asamat habe mit Einvernehmen des Vaters das Pferd gestohlen, wenigstens denke ich es mir so. Da lauerte er denn eines Tages dem Alten am Wege, etwa drei Werst von dem Dorfe, auf; der Alte kehrte von einem vergeblichen Streifzuge nach der verschwundenen Tochter zurück; seine Reiter waren zurückgeblieben – es war in der Dämmerung – er ritt in Gedanken versunken im Schritt, als plötzlich Kasbitsch, wie eine Katze, hinter einem Busche auftauchte, von hinten auf das Pferd sprang, mit einem Dolchstosse ihn zu Boden warf, die Zügel ergriff und auf und davon jagte; einige Reiter sahen das alles von einer Anhöhe aus; stürzten sich ihm nach, aber holten ihn nicht ein.«

»Er entschädigte sich für den Verlust des Pferdes und rächte sich,« – sagte ich, um die Meinung meines Begleiters zu erfahren.

»Gewiss, nach ihrer Auffassung« – sagte der Stabskapitän, – »war er im vollen Rechte.«

Ich erstaunte unwillkürlich über die Fähigkeit des Russen, sich den Sitten und Gebräuchen der Völker, unter denen er gezwungen ist zu leben, anzupassen. Ich weiss nicht, ob diese Geisteseigenschaft Tadel oder Lob verdient, sie beweist aber eine ungemeine Schmiegsamkeit des Geistes, das Vorhandensein eines klaren gesunden Verstandes, der das Böse überall vergibt, wo er seine Notwendigkeit oder die Unmöglichkeit seiner Vernichtung erblickt.

Indessen war der Tee ausgetrunken; die Pferde waren längst angespannt und froren im Schnee; der Mond erblasste im Westen und war schon bereit, sich in schwarze Wolken zu versenken, die an den weit entfernten Gipfeln hingen, wie die Fetzen eines zerrissenen Vorhangs. Wir traten hinaus. Der Wetterprophezeiung meines Reisegefährten zum Trotz hatte es sich aufgeklärt. Das versprach uns einen stillen Morgen; Sternenreigen verschlangen sich am weiten Firmament zu wundervollen Verzierungen, und einer nach dem andern erlosch, während sich der blasse Widerschein des Ostens über das dunkellila Gewölbe verbreitete und allmählich die steilen mit jungfräulichem Schnee bedeckten Abhänge der Berge beleuchtete. Rechts und links gähnten düstere geheimnisvolle Abgründe. Nebel krochen dorthin, wogten und wanden sich wie Schlangen über die Furchen der Nachbarfelsen hinab, als ob sie das Nahen des Tages fühlten und sich fürchteten.

Rings am Himmel und auf der Erde war es still, wie im Herzen eines Menschen beim Morgengebet; nur ab und zu kam ein kühler Wind von Osten her und hob die mit Reif bedeckten Mähnen der Pferde auf. Wir machten uns auf den Weg; mit grosser Mühe schleppten fünf magere Klepper unsere Wagen auf dem Zickzackwege nach Gut-Gora. Wir schritten zu Fuss hinterher und legten Steine unter die Räder, wenn den Pferden der Atem ausging; es schien, als führte der Weg in den Himmel, denn soweit das Auge schauen konnte, schlängelte er sich höher und höher und verlor sich schliesslich in eine Wolke, die schon am Abend zuvor auf dem Gipfel des Gut-Gora sich niedergesetzt hatte, wie ein auf Raub lauernder Geier. Der Schnee knirschte unter meinen Füssen; die Luft wurde so dünn, dass das Atmen beschwerlich wurde; das Blut floss unaufhörlich nach dem Kopf, aber gleichzeitig durchströmte alle meine Adern ein freudiges Gefühl und mir war es sonderbar froh zumute, so hoch über der ganzen Welt zu schweben – ein kindisches Gefühl, das bestreite ich nicht; sowie wir uns aus der Gesellschaft mit ihren gezwungenen Pflichten entfernen und uns der Natur nähern, werden wir unwillkürlich zu Kindern; alles Erworbene fällt von der Seele ab, und sie wird von neuem, wie sie einst war und wie sie sicherlich noch einmal wird. Wem es, wie mir, gewährt war, in einsamen Bergen herumzuwandern, lange, lange ihre phantastischen

Bilder zu schauen und gierig die in ihren Schluchten schwebende belebende Luft einzuatmen, der wird meinen Wunsch begreifen, diese zaubervollen Bilder wiederzugeben, sie zu schildern und zu malen. – Da endlich hatten wir die Gut-Gora erstiegen, machten Halt und schauten uns um: über den Berg kroch eine graue Wolke, und ihr kalter Atem drohte mit einem nahen Sturm; im Osten aber war alles so klar und golden, dass wir, das heisst ich und der Stabskapitän, den sich nahenden Sturm völlig vergassen ... Ja, auch der Stabskapitän war hingerissen: in den Herzen schlichter Menschen ist das Gefühl der Schönheit und Erhabenheit der Natur stärker, hundertfach lebendiger, als in uns, den in Worten und über dem Papier begeisterten Erzählern.

»Ich meinte, Sie hätten sich schon an diesen prachtvollen Anblick gewöhnt,« – sagte ich zu ihm.

»Ja, man kann sich auch an das Sausen der Kugeln gewöhnen, das heisst sich daran gewöhnen, das unwillkürliche Klopfen des Herzens zu verbergen.«

»Ich habe umgekehrt gehört, dass für manchen alten Soldaten diese Musik gerade angenehm sei.«

»Selbstverständlich ist diese Musik einem auch angenehm, wenn Sie wollen; aber wohl nur deshalb, weil das Herz höher schlägt. Schauen Sie,« fügte er hinzu, nach Osten weisend, – »was für ein Land!«

Und wahrlich solch ein Panorama werde ich nie wiedersehen: unter uns lag das Koyschauer Tal, von der Aragwa und einem anderen Flüsschen wie von zwei silbernen Fäden zerteilt; ein bläulicher Nebel zerfloss darüber und flüchtete sich vor den warmen Morgenstrahlen in die benachbarten Schluchten; rechts und links kreuzten sich Bergkämme, einer höher als der andere, streckten sich lang aus, mit Schnee und Gesträuch bedeckt; in der Ferne erhoben sich bewaldete Berge, niemals glichen sich zwei dieser Felsen. – Der Schnee brannte im roten Sonnenlicht hell und lustig. Man hätte die Ewigkeit hier erwarten mögen; die Sonne tauchte hinter einem dunkelblauen Berge auf. Man bemerkte es kaum, nur ein geübtes Auge konnte sie von einer Gewitterwolke unterscheiden; über der Sonne aber stand ein blutroter Streifen, auf den mein Begleiter eine besondere Aufmerksamkeit richtete.

»Ich habe Ihnen gesagt«, – rief er aus, – »dass heute ein Unwetter losbrechen wird; wir müssen uns beeilen, sonst wird es uns vielleicht auf dem Krestowoi überraschen. Vorwärts!« rief er den Kutschern zu.

Unter den Rädern wurden anstatt Hemmschuhe Ketten angebracht; die Pferde wurden am Zügel genommen, und wir begannen den Abstieg.

Zu unsrer Rechten erhob sich ein steiler Felsen, und links war das Tal so tief, dass ein ganzes Dörfchen Osseten, die auf seinem Grunde dort lebten, wie ein Schwalbennest erschien; ich zuckte bei dem Gedanken zusammen, dass hier auf diesem Wege, wo zwei Wagen aneinander nicht vorbei können, ein Kurier oft in dunkler Nacht an ein dutzendmal im Jahre reist, ohne aus seinem gebrechlichen Wagen auszusteigen. Der eine unserer Kutscher war ein russischer Bauer aus dem Jaroslawschen Gouvernement, der andere ein Ossete. Der Ossete führte das Mittelgespann mit der allergrössten Vorsicht am Zügel, nachdem er die Vorderpferde vorher abgespannt hatte, – unser sorgloser Russe aber war nicht einmal von seinem Bock abgestiegen. Als ich ihm bemerkte, dass er wenigstens meinem Koffer zuliebe, dem in diesen Abgrund nachzukriechen ich gar kein Verlangen habe, mehr Vorsicht anwenden könne, antwortete er mir:

»Ach, mein Herr! Der liebe Gott wird geben, dass wir nicht schlechter, als die ankommen; ich fahre doch nicht zum ersten Male!«

Und er hatte recht: wir konnten in der Tat ja auch nicht ankommen, aber wir kamen an. Und wenn alle Menschen mehr nachdenken würden, so würden sie sich überzeugen, dass das Leben nicht wert ist, sich so viel darum zu sorgen ...

Aber, vielleicht willst du, lieber Leser, das Ende von Belas Geschichte erfahren? Erstens schreibe ich keine Erzählung, sondern Reisebilder: folglich kann ich nicht den Stabskapitän zwingen, früher zu erzählen, als er es in Wirklichkeit tut. Also geduldige dich oder schlag die paar Seiten um, aber ich rate es nicht, denn der Übergang über den Krestowoi (oder wie ihn der Gelehrte Gamba nennt, le Mont St. Christophe) ist deine Neugier wert. Wir stiegen also von der Gut-Gora in das Tschertow Tal ... Das ist ein romantischer Name! Du siehst schon im Geiste zwischen den unzugänglichen Felsen den Schlupfwinkel des Bösen – nichts von alledem: der Name Tschertow Tal stammt vom Worte »Tscherta« (die Grenze) und nicht von »Tschert« (der Teufel) – denn hier war einst die Grenze von Georgien. Dieses Tal war mit hochangewehten Schneehügeln angefüllt, die mich ziemlich lebhaft an Saratow, Tambow und andere »nette« Gegenden unseres Vaterlandes erinnerten.

»Da ist der Krestowoi!« – sagte der Stabskapitän zu mir, als wir im Tschertow Tal angelangt waren, und wies auf einen mit Schnee bedeckten Hügel; auf seinem Gipfel erhob sich dunkel ein steinernes Kreuz, und an ihm führte ein kaum sichtbarer Weg vorbei, den man nur dann benutzte, wenn der Seitenweg vom Schnee verschüttet war; unsere Kutscher teilten uns mit, dass noch keine Lawinen abgestürzt wären, und um die Pferde zu schonen, führten sie uns auf dem Seitenwege. Bei einer Biegung trafen wir fünf Osseten; sie boten uns ihre Dienste an, fassten an die Räder und begannen mit Geschrei unsern Wagen zu ziehen und zu stützen. Und in der Tat, der Weg ist gefährlich: rechts hingen über unsern Köpfen Schneemassen, wie es schien, bereit mit dem ersten Windstosse in die Schlucht abzustürzen; der schmale Weg war teilweise mit Schnee bedeckt, worin an manchen Stellen unsere Füsse versanken, an anderen Stellen wieder war der Schnee von der Wirkung der Sonnenstrahlen und des nächtlichen Frostes zu Glatteis gefroren, so dass wir nur mit Mühe vorwärts kamen; die Pferde stürzten hin; – zur linken Hand gähnte ein tiefer schmaler Abgrund. Ein Bergbach rauschte dorther, versteckte sich bald unter der Eisdecke, bald schäumte er und sprang über die schwarzen Steine. In zwei Stunden konnten wir mit Mühe und Not den Krestowoi umgehn – zwei Werst in zwei Stunden! Indessen verschwanden die Sonnenstrahlen, es begann zu hageln und zu schneien; der Wind heulte und pfiff, wie der Räuber, den die russische Volkssage »Nachtigall« getauft hat, in den Schluchten, und bald war das steinerne Kreuz im Nebel verschwunden, dessen Wogen, eine finsterer und dunkler als die andere, vom Osten heraneilten ...

Nebenbei gesagt, über dieses Kreuz existiert eine sonderbare, aber allgemein verbreitete Sage, es sei von Kaiser Peter dem Ersten bei seiner Durchreise im Kaukasus errichtet; aber erstens war Peter nur in Dagestan gewesen, und zweitens stand auf dem Kreuz mit grossen Buchstaben geschrieben, dass es auf Befehl des General Jermolow im Jahre 1824 aufgestellt worden ist. Die Sage hat sich jedoch, trotz der Inschrift, so eingebürgert, dass man wirklich nicht weiss, woran man glauben soll, um so mehr, da wir nicht gewohnt sind, Inschriften zu trauen.

Wir mussten noch fünf Werst über mit Eis bezogenen Felsen und durch lockeren Schnee hinabsteigen, bis wir die Station Kobi erreichten. Die Pferde waren ermattet und wie von Kälte erstarrt; der Schneesturm tobte stärker und stärker, ganz wie im Norden in unserer Heimat; sein Heulen war nur trauriger, trostloser. »Auch du, verbannter Wind,« – dachte ich, – »weinst um deine weiten freien Steppen! Dort kannst du deine kalten Schwingen entfalten, hier aber ist es dir zu eng und dumpf wie einem Adler, der schreiend gegen das Gitter seines eisernen Käfigs schlägt!«

»Es steht schlimm!« – sagte der Stabskapitän; – »schaun Sie, ringsum kann man nichts sehen als Nebel und Schnee, es kann leicht passieren, dass wir in eine Schlucht abstürzen oder irgendwo hier stecken bleiben. Und dort unten, denke ich, ist der Baidar so stürmisch, dass wir nicht hinüber kommen werden. Ist mir auch ein schönes Land, dieses Asien! weder den Menschen, noch den Flüssen kann man vertrauen.« Die Kutscher schlugen schreiend und fluchend die Pferde, die bloss schnaubten, sich widersetzten und um keinen Preis trotz der eindringlicheren Sprache der Peitschen sich von der Stelle rühren wollten.

»Euer Gnaden,« – sagte schliesslich einer von den Kutschern, – »wir kommen doch heute nach Kobi nicht mehr hin; vielleicht befehlen Sie, solange der Sturm es noch erlaubt, links abzubiegen? Dort auf dem Hügel ist etwas Schwarzes zu sehen – wahrscheinlich sind es Hütten; dort machen stets die Reisenden bei Unwetter Halt. Die sagen, dass sie uns hinführen werden, wenn Sie ihnen ein Trinkgeld geben,« – fügte er hinzu und zeigte auf einen Osseten.

»Weiss schon, Bruder, weiss schon ohne dich!« – sagte der Stabskapitän. – »Das sind Halunken! freuen sich jeder Gelegenheit, um ein Trinkgeld zu erhalten.«

»Sie müssen doch zugeben,« – sagte ich, – »dass es uns ohne sie noch schlechter ergangen wäre.«

»Es ist ja wahr!« – murmelte er, – »sind mir nette Kerle, diese Führer; sie wittern schon von weitem, wo was zu holen ist, als ob man nicht auch ohne sie den Weg finden könnte.«

Wir bogen links ab und erreichten nach vielen Anstrengungen und Mühen eine elende Behausung; zwei Hütten, die aus Steinfliesen und rohem Feldstein aufgeführt und mit einer Mauer aus demselben Material umgeben waren. Die zerlumpten Wirte empfingen uns freundlich. Ich erfuhr später, dass die Regierung ihnen Geld und Lebensmittel gibt unter der Bedingung, dass sie die vom Unwetter ereilten Reisenden aufnehmen.

»Alles endigt zum besten,« – sagte ich, und setzte mich am Feuer nieder. – »Jetzt werden Sie mir ihre Geschichte über Bela zu Ende erzählen; ich bin überzeugt, dass sie damit nicht endigte.«

»Warum sind Sie davon überzeugt?« – erwiderte mir der Stabskapitän mit einem verschmitzten Lächeln.

»Weil es nicht in der Ordnung der Dinge ist: was auf eine ungewöhnliche Art seinen Anfang genommen hat, muss auch ebenso enden.«

»Sie haben richtig geraten . . .«

»Freut mich sehr.«

»Das ist eine billige Freude, mir aber ist es wahrhaftig traurig ums Herz, wenn ich daran denke. Sie war ein herrliches Mädchen, diese Bela. Ich habe mich später so an sie gewöhnt, wie an eine Tochter, auch sie hatte mich gern. Ich muss Ihnen sagen, dass ich keine Familie habe; von meinem Vater und meiner Mutter habe ich schon seit zwölf Jahren keine Nachricht, mir eine Frau zu nehmen, kam mir früher nicht in den Sinn – jetzt aber, wissen Sie, würde es mir nicht gut stehn. Und da freute ich mich denn, dass ich jemand gefunden hatte, den ich verhätscheln konnte. Sie sang uns oft Lieder vor oder tanzte die Lesginka ... Ah, und wie sie tanzte! Ich habe in der Gouvernementsstadt unsere jungen Mädchen gesehen, und einmal war ich sogar in Moskau auf einem Adelsball – vor zwanzig Jahren vielleicht – aber die konnten sich nicht mit ihr messen! Ganz was anderes war es! ... Grigori Alexandrowitsch kleidete sie wie eine Puppe; er verzärtelte und verhätschelte sie, und sie wurde immer schöner und schöner, einfach wunderbar! Die braune Farbe verschwand von ihrem Gesichte und den Händen und ein schönes Rot spielte auf ihren Wangen ... Und wie lustig und heiter sie war, und trieb ihren Scherz stets mit mir ... Gott, verzeihe es ihr! ...«

»Und was geschah, als sie ihr den Tod des Vaters mitteilten?«

»Wir verheimlichten es lange vor ihr, bis sie sich an ihre Lage gewöhnt hatte; als man es ihr aber sagte, weinte sie ein paar Tage und vergass es dann. Vier Monate ging alles, wie man es nicht besser wünschen kann. Ich glaube es schon gesagt zu haben, dass Grigori Alexandrowitsch leidenschaftlich die Jagd liebte; früher zog es ihn unwiderstehlich in den Wald, Ebern oder Gemsen nachzujagen, jetzt aber ging er nicht mal über den Wall des Forts hinaus. Allein ich merkte mit einem Male, dass er wieder zu grübeln anfing; er wanderte, die Hände auf dem Rücken, im Zimmer auf und ab; dann ging er eines Tages, ohne jemand etwas zu sagen, auf die Jagd – einen ganzen Morgen blieb er fort; es wiederholte sich noch einmal und kam dann öfter und öfter vor ...«

»Das ist nicht gut,« – dachte ich, –»wahrscheinlich ist zwischen ihnen etwas vorgefallen.«

Eines Morgens kam ich zu ihnen – es steht mir noch jetzt vor den Augen: Bela sass auf dem Bette in einem schwarzen seidenen Umhang, bleich und so traurig, dass ich erschrak.

»Wo ist Petschorin?« – fragte ich.

»Auf der Jagd.«

»Ist er heute fortgegangen?« – Sie schwieg, als fiele es ihr schwer zu sprechen.

»Nein, schon gestern,« – sagte sie endlich mit einem schweren Seufzer.

»Vielleicht ist ihm etwas zugestossen?«

»Ich dachte gestern den ganzen, ganzen Tag nach,« – antwortete sie unter Tränen, –»ersann mir allerhand Unglücksfälle: bald schien es mir, er sei von einem Eber verwundet, bald dachte ich, er sei von einem Tschetschenzen in die Berge verschleppt ... Heute aber scheint es mir, er liebe mich nicht mehr!«

»In der Tat konntest du dir nichts Schlimmeres ausdenken, meine Liebe.«

Sie weinte von neuem, dann hob sie freudig den Kopf auf, wischte die Tränen ab und fuhr fort:

»Wenn er mich nicht mehr liebt, wer hindert ihn denn mich nach Hause zu schicken? Ich zwinge ihn doch nicht. Wenn aber dies so fortgeht, gehe ich von selbst fort: ich bin nicht seine Sklavin – ich bin eine Fürstentochter! ...«

Ich begann sie zu überreden.

»Höre, Bela, er kann doch nicht hier ewig sitzen, als wäre er an deinen Rock genäht: er ist ein junger Mann, liebt dem Wilde nachzujagen – wenn er auch fortgeht, so kommt er doch wieder; wenn du aber traurig sein wirst, wird er bald deiner überdrüssig werden.«

»Es ist wahr, es ist wahr,« – antwortete sie, –»ich werde heiter sein.«

Und lachend ergriff sie ihr Tamburin, begann zu singen, zu tanzen und um mich herumzuhüpfen; aber auch dies währte nicht lange: sie fiel wieder auf das Bett hin und bedeckte ihr Gesicht mit den Händen.

Was sollte ich mit ihr anfangen? Ich habe nie Umgang mit Frauen gehabt, müssen Sie wissen; ich sann hin und her, wie ich sie trösten könnte, und fand nichts; einige Zeit schwiegen wir beide ... Eine höchst unangenehme Lage!

Schliesslich sagte ich zu ihr:

»Willst du mit mir auf dem Wall spazieren gehen, das Wetter ist herrlich!«

Es war im September. Und in der Tat war es ein wundervoller, klarer und nicht heisser Tag; alle Berge konnte man wie auf einem Teller sehen. Wir gingen, wanderten auf dem Wall schweigend hin und her, und schliesslich liess sie sich auf den Rasen nieder, ich setzte mich neben sie hin. Nein, wirklich, es ist rein lächerlich, wenn ich mich daran erinnere: ich lief hinter ihr her, wie ein Kindermädchen.

Unser Fort stand auf einer Anhöhe, und die Aussicht vom Walle war schön: von der einen Seite grenzte eine breite Ebene, von einigen Schluchten durchzogen, an einen Wald, der sich bis an die Bergkämme hinaufzog; in der Ebene stieg hie und da Rauch von den zerstreuten Dörfern auf. Es grasten Viehherden, an der anderen Seite eilte ein seichtes Flüsschen dahin, dann kam dichtes Gesträuch. Es bedeckte die steinigen Anhöhen, die sich mit der Hauptkette des Kaukasus vereinigen. Wir sassen in der Ecke der Bastei, so dass wir zu beiden Seiten alles übersehen konnten. Plötzlich sah ich, wie aus dem Walde jemand auf einem grauen Pferde immer näher und näher heranritt, endlich jenseits des Flüsschens ungefähr hundert Faden von uns stehn blieb und anfing sein Pferd zu drehen wie ein Besessener. Was bedeutete dies! ...

»Schau mal, Bela, hin,« – sagte ich, –»du hast junge Augen, was ist das für ein Reiter, was macht der für Spässe dort? ...«

Sie sah hin und rief:

»Es ist Kasbitsch!«

»Ach, dieser Räuber! Ist er etwa gekommen, sich über uns lustig zu machen?«

Ich sah schärfer hin und in der Tat, es war Kasbitsch; es war seine gebräunte Fratze, er war zerlumpt und schmutzig wie immer.

»Das ist das Pferd meines Vaters,« – sagte Bela und erfasste meine Hand; sie zitterte wie ein Blatt am Baume und ihre Augen funkelten.

»Aha!« – dachte ich, –»auch in dir, mein liebes Kind, spricht das Räuberblut.«

»Komm mal her,« – sagte ich zu dem Wachtposten, –»sieh dein Gewehr nach und schiesse mir diesen Burschen herunter – du erhältst dafür einen Silberrubel.«

»Zu Befehl, Herr Stabskapitän; aber er steht nicht still auf einem Fleck...«

»Befiehl es ihm doch!« – sagte ich lachend.

»He, mein Lieber!« – rief der Wachtposten und winkte ihm mit der Hand, –»halte ein wenig still, was drehst du dich, wie ein Kreisel?«

Kasbitsch hielt tatsächlich an und begann hinzuhorchen: wahrscheinlich meinte er, dass man mit ihm sich in Unterhandlungen einliesse – aber so war es nicht gemeint! ... Mein Grenadier legte an ... bauz! ... vorbeigeschossen; – kaum, dass das Pulver aufflammte, gab Kasbitsch seinem Pferde einen Ruck und es sprang zur Seite. Er richtete sich in den Bügeln auf, rief etwas in seiner Mundart, drohte mit der Peitsche – und fort war er!

»Schämst du dich nicht!« – sagte ich zu dem Wachtposten.

»Herr Stabskapitän! er ist weggeritten, um zu sterben,« – antwortete er, –»es sind solche verfluchte Menschen, man kann sie nicht unter Feuer zur Strecke bringen.«

Nach einer Viertelstunde kehrte Petschorin von der Jagd zurück. Bela warf sich ihm an den Hals und hatte für ihn weder eine Klage noch einen Vorwurf wegen der langen Abwesenheit ... Sogar ich ärgerte mich stark über ihn.

»Hören Sie,« – sagte ich, –»hier war soeben jenseits des Flüsschens Kasbitsch, und wir haben auf ihn geschossen; Sie konnten doch leicht auf ihn stossen. Diese Bergbewohner sind ein rachsüchtiges Volk; meinen Sie, dass er nicht ahnt, dass Sie teilweise dem Asamat geholfen haben? Ich gehe eine Wette mit Ihnen ein, dass er heute Bela erkannt hat. Ich weiss, dass sie vor einem Jahr ihm stark gefiel – er hat es mir selbst gesagt – und wenn er gehofft hätte, ein anständiges Brautgeld einzusammeln, hätte er selber um sie gefreit ...«

Da wurde Petschorin nachdenklich.

»Ja,« – antwortete er, –»man muss vorsichtiger sein ... Bela! vom heutigen Tage an musst du nicht mehr auf den Wall gehen.«

Am Abend hatte ich mit ihm eine lange Unterredung: mich ärgerte es, dass er sich dem armen Mädchen gegenüber geändert hatte. Nicht nur, dass er den halben Tag auf der Jagd verbrachte, auch sonst war sein Benehmen kalt zu ihr, er war selten zärtlich.

Sie wurde von Tag zu Tag magerer, ihr Gesichtchen schmäler, und die grossen Augen verloren an Glanz.

Manchmal fragte ich sie:

»Worüber seufzest du, Bela? Bist du traurig?«

»Nein.«

»Vielleicht hast du einen Wunsch?«

»Nein.«

»Sehnst du dich nach deinen Verwandten?«

»Ich habe keine Verwandte.«

Es kam vor, dass man aus ihr tagelang ausser »ja« und »nein« nichts herausbrachte. Ja und darüber sprach ich dann mit ihm.

»Hören Sie, Maxim Maximytsch,« – erwiderte er, – »ich habe einen unglückseligen Charakter: ob die Erziehung daran schuld ist, oder ob Gott mich so erschaffen hat, – ich weiss es nicht; ich weiss aber nur eins, dass wenn ich die Ursache fremden Unglückes bin, ich selbst nicht weniger unglücklich bin. Selbstverständlich ist Ihnen dies ein schlechter Trost – aber die Sache ist nun einmal so. In meiner ersten Jugend, von dem Augenblicke an, als ich die Vormundschaft meiner Angehörigen los wurde, begann ich, wie wahnsinnig alle Vergnügungen, die man für Geld erhalten kann, zu geniessen, und selbstverständlich wurden sie mir bald zuwider. Dann stürzte ich mich in das Getriebe der grossen Welt und bald war ich auch der Gesellschaft überdrüssig; ich verliebte mich in schöne Weltdamen und wurde auch geliebt; aber ihre Liebe reizte nur meine Phantasie und Eigenliebe, das Herz dagegen blieb leer ... Ich begann zu lesen, zu lernen – die Wissenschaft wurde mir auch zum Überdruss; ich sah, dass weder Ruhm noch Glück von ihr abhängt, denn die glücklichsten Menschen sind die Unwissenden, der Ruhm aber ist ein glücklicher Zufall, und um ihn zu erreichen, muss man bloss gewandt sein. Da wurde es mir langweilig Bald darauf versetzte man mich nach dem Kaukasus: dies war die glücklichste Zeit meines Lebens. Ich hoffte, dass die Langeweile unter den Kugeln der Tschetschenzen nicht lebe – umsonst aber: nach einem Monat hatte ich mich so an ihr Sausen und an die Nähe des Todes gewöhnt, dass ich tatsächlich mehr Aufmerksamkeit den Mücken zuwandte, und mir wurde es langweiliger, als früher, denn ich hatte fast die letzte Hoffnung verloren. Als ich Bela in meinem Hause sah, als ich zum erstenmal sie auf meinen Knien hielt und ihre schwarzen Locken küsste, dachte ich, dass sie der Engel sei, den mir das mitleidige Schicksal gesandt habe

... Ich hatte mich wieder getäuscht: die Liebe der Wilden ist um weniges besser, als die Liebe einer vornehmen Dame; die Unwissenheit und die Einfalt der einen werden einem ebenso überdrüssig, wie die Koketterie der anderen. Wenn Sie wollen, ich liebe sie noch, ich bin ihr für ein paar süsse Augenblicke dankbar, ich kann für sie mein Leben lassen – aber es langweilt mich in ihrer Nähe ... Bin ich ein Tor oder ein Bösewicht – ich weiss es nicht; aber das ist auch wahr, dass ich ebenso bedauernswert bin, vielleicht sogar mehr, als sie; meine Seele ist von der Welt verdorben, meine Phantasie unstet und mein Herz unersättlich. Mir ist alles zu wenig, an die Trauer gewöhne ich mich ebenso leicht, wie an den Genuss, und mein Leben wird von Tag zu Tag leerer; ein einziges Mittel ist mir geblieben, – zu reisen. Sobald es mir möglich sein wird, mache ich mich auf den Weg – aber nur nicht nach Europa, Gott behüte! Ich reise nach Amerika, Arabien oder Indien – hoffentlich sterbe ich unterwegs. Wenigstens bin ich überzeugt, dass dieser letzte Trost, dank den Stürmen und schlechten Wegen, nicht bald erschöpft wird.«

In dieser Weise redete er lange, und seine Worte prägten sich mir ins Gedächtnis ein, denn zum erstenmal hörte ich solche Dinge von einem fünfundzwanzigjährigen jungen Mann, und Gott wird geben, dass es auch zum letztenmal war ...

»Es ist zum Verwundern! Sagen Sie, bitte« – fuhr der Stabskapitän fort, sich an mich wendend, – »Sie haben doch in der Hauptstadt gelebt und sind nicht lange fort – sind denn alle jungen Leute dort so?« Ich antwortete ihm, dass es viele Menschen gäbe, die dasselbe sprächen, und dass es wahrscheinlich auch solche gäbe, die die Wahrheit sprächen; dass übrigens der sogenannte Weltschmerz wie alle Moden, in den höchsten Schichten der Gesellschaft entstanden, in die niedrigeren gedrungen sei, wo er weiter abgetragen werde, und dass gegenwärtig die, welche am meisten und tatsächlich sich langweilten, dieses Unglück wie ein Laster zu verbergen suchten. Der Stabskapitän begriff diese Feinheiten nicht, schüttelte den Kopf und lächelte schlau. –

»Diese Mode sich zu langweilen haben, meine ich, auch wieder die Franzosen eingeführt?«

»Nein, die Engländer haben es getan.«

»Aha, so steht die Sache! . . .« – rief er aus, –»sie waren ja stets berüchtigte Trinker gewesen.«

Ich erinnerte mich unwillkürlich einer jungen Dame in Moskau, die die Behauptung aufstellte, Byron sei weiter nichts als ein Trunkenbold. Übrigens war die Bemerkung des Stabskapitäns eher zu entschuldigen; um seine Enthaltsamkeit zu stärken, suchte er sich selbstverständlich zu überreden, dass alles Unglück in der Welt von der Trunksucht stamme.

Indessen fuhr er in seiner Erzählung fort:

»Kasbitsch zeigte sich nicht wieder. Aber ich weiss nicht, warum, – ich konnte den Gedanken nicht loswerden, dass er nicht umsonst gekommen sei und irgend etwas Böses im Sinne habe.

Eines Tages überredete mich Petschorin, mit ihm auf die Eberjagd zu gehen; ich sträubte mich lange: denn für mich war ein Eber nichts Wunderbares! Jedoch ich ging mit. Wir nahmen fünf Soldaten als Begleitung mit und ritten frühmorgens fort. Bis zehn Uhr streiften wir in Schilf und Wald umher – von dem Wild keine Spur.

»Ist es nicht besser, wir kehren heim?« – sagte ich, –»wozu eigensinnig sein? Wir haben offenbar einen unglücklichen Tag.«

Grigori Alexandrowitsch aber wollte nicht, trotz Hitze und Müdigkeit, ohne Beute zurückkehren ... Er war solch ein Mensch! was ihm in den Sinn gekommen war, musste er haben; anscheinend war er als Kind von der Mama verzogen ... Endlich stiessen wir gegen Mittag auf einen verfluchten Eber – paff! paff! umsonst aber: er war in das Schilf entkommen ... es war nun einmal ein unglücklicher Tag! ... Wir rasteten ein wenig und traten dann den Heimweg an. Wir ritten schweigend nebeneinander mit lose gehaltenem Zügel und waren schon fast am Fort; ein Gebüsch verdeckte es nur vor uns. Plötzlich krachte ein Schuss ... Wir blickten einander an: uns durchfuhr ein und derselbe Verdacht ... Wir sprengten dorthin zu, wo der Schuss gefallen war – und sahen: auf dem Walle hatten sich Soldaten versammelt und zeigten auf das Feld, dort aber flog mit rasender Eile ein Reiter und hielt etwas Weisses im Sattel. Grigori Alexandrowitsch schrie nicht schlechter, wie ein Tschetschenze, auf, riss das Gewehr aus dem Futteral und jagte nach; ich folgte ihm.

Zum Glück waren unsere Pferde dank der schlechten Jagd nicht ermüdet; sie rasten förmlich und mit jedem Augenblick kamen wir näher und näher ... Und endlich erkannte ich Kasbitsch, konnte aber nicht unterscheiden, was er vor sich im Sattel hielt. Ich holte Petschorin ein und rief ihm zu: – »es ist Kasbitsch!« Er blickte mich an, nickte mit dem Kopfe und versetzte dem Pferde einen Peitschenhieb. Da, endlich waren wir von ihm in Schussweite; war Kasbitschens Pferd ermattet oder war es schlechter, als unsere, jedenfalls bewegte es sich trotz aller Anstrengung langsam vorwärts. Ich denke, in diesem Augenblick erinnerte er sich seines Karagës ... Ich sah plötzlich, wie Petschorin im vollen Rennen anlegte ... »Schiessen Sie nicht!« – rief ich ihm zu, – »schonen Sie den Schuss; wir holen ihn auch so ein.« Aber diese Jugend! stets erhitzt sie sich im unpassendsten Augenblick ...

Der Schuss krachte schon, und die Kugel traf das Pferd in ein Hinterbein; es machte noch etwa zehn Sprünge, stolperte und stürzte auf die Knie. Kasbitsch sprang ab und da erblickten wir, dass er in den Armen eine mit einem Schleier verhüllte Frauengestalt hielt ... Es war Bela ... die arme Bela! Er rief uns etwas in seiner Mundart zu und zückte über ihr den Dolch ... Es war keine Zeit zu verlieren: ich schoss meinerseits auf gut Glück ab; offenbar war die Kugel ihm in die Schulter gedrungen, denn plötzlich liess er den Arm sinken. Als der Rauch sich verzogen hatte, lag auf der Erde das verwundete Pferd und neben ihm Bela; Kasbitsch aber hatte sein Gewehr weggeworfen und kletterte im Gebüsch einen Felsen, gleich einer Katze, hinan. Ich wollte ihn herunterholen – mein Gewehr war aber nicht geladen. Wir sprangen von den Pferden und stürzten zu Bela hin. Die Arme lag unbeweglich da, und das Blut floss in Strömen aus einer Wunde ... Solch ein Bösewicht! – hätte er sie wenigstens ins Herz getroffen, so wäre mit einemmal alles aus gewesen; er hatte ihr aber den Stoss in den Rücken versetzt ... ein echter Räuberstoss! Sie war bewusstlos. Wir zerrissen den Schleier und verbanden so fest wie möglich die Wunde. Vergebens küsste Petschorin sie auf die kalten Lippen – nichts konnte sie ins Bewusstsein bringen.

Petschorin bestieg das Pferd; ich hob sie vom Boden auf und legte sie ihm auf den Sattel; er hielt sie im Arm und so ritten wir zurück. Nach einigem Schweigen sagte Grigori Alexandrowitsch zu mir: »Hören Sie, Maxim Maximytsch, wir bringen sie auf diese Weise nicht lebend nach Hause.«

»Sie haben recht!« – sagte ich, und wir spornten die Pferde zu vollem Galopp an.

Am Tore des Forts erwartete uns eine Menge Menschen. Wir brachten mit aller Vorsicht die Verwundete zu Petschorin hin und sandten nach dem Arzte. Obwohl er betrunken war, kam er doch, schaute sich die Wunde an und erklärte, dass Bela länger als einen Tag nicht leben könne; er hatte sich aber geirrt ...«

»Genas sie?« – fragte ich den Stabskapitän, ihn in einer unwillkürlichen freudigen Aufwallung an der Hand fassend.

»Nein,« – antwortete er, – »der Arzt hat sich nur darin getäuscht, dass sie noch zwei Tage lebte.«

»Bitte erklären Sie mir aber, wie hatte Kasbitsch zu stande gebracht, sie zu entführen?«

»Die Sache verhielt sich so: trotz des Verbotes Petschorins war sie aus dem Fort hinaus und zu dem Flüsschen gegangen. Es war, müssen Sie wissen, sehr heiss; sie liess sich auf einen Stein nieder und tauchte ihre Füsse ins Wasser. Kasbitsch schlich sich heran, fasste sie, verstopfte ihr den Mund und schleppte sie in die Büsche, dort sprang er auf sein Pferd und machte sich aus dem Staube. Indessen war es ihr gelungen um Hilfe zu rufen; die Wachtposten schlugen Lärm, schossen auf ihn, aber vergebens, und da kamen wir denn dazu.«

»Aber warum wollte Kasbitsch sie entführen?«

»Warum? Ja, diese Tscherkessen sind doch genügend als Diebe bekannt; sie können es schwer über sich bringen, nicht zu stehlen, was schlecht verwahrt ist; auch wenn sie es nicht brauchen, stehlen sie es doch ... das muss man ihnen nicht übel nehmen! Und ausserdem gefiel sie ihm ja schon lange.«

»Und Bela starb?«

»Ja, sie starb; sie quälte sich aber lange, und auch wir litten dabei stark. Gegen zehn Uhr abends kam sie zu sich; wir sassen an ihrem Bette; kaum öffnete sie die Augen, als sie Petschorin zu rufen begann.

»Ich bin hier, bei dir, mein Täubchen,« – antwortete er und nahm ihre Hand.

»Ich werde sterben!« – sagte sie.

Wir wollten sie trösten, sagten ihr, dass der Arzt versprochen hätte, sie unbedingt herzustellen. Sie schüttelte das Köpfchen und wandte sich zu der Wand hin: sie wollte nicht sterben! ...

In der Nacht begann sie zu phantasieren; ihr Kopf brannte; ab und zu durchlief ihren Körper ein Fieberfrost. Sie redete ohne Zusammenhang vom Vater, dem Bruder; sie wollte in die Berge, nach Hause ... Dann sprach sie von Petschorin, gab ihm allerhand zärtliche Namen oder warf ihm vor, dass er sein Täubchen nicht mehr liebe.

Er hörte ihr schweigend, den Kopf auf die Hände gesenkt, zu; aber die ganze Zeit hatte ich keine einzige Träne an seinen Wimpern bemerkt: konnte er tatsächlich nicht weinen, oder beherrschte er sich – ich weiss es nicht; was mich anbetrifft, so habe ich nichts Schmerzlicheres gesehen.

Gegen Morgen verging das Phantasieren; etwa eine Stunde lag sie unbeweglich, blass und so ermattet, dass man kaum merken konnte, ob sie noch atme; dann wurde ihr besser, und sie begann zu sprechen, aber, was meinen Sie, worüber? ... Solch ein Gedanke kommt doch nur einem Sterbenden in den Sinn! ... Sie fing an, schmerzlich zu bedauern, dass sie nicht Christin sei und dass ihre Seele in jener Welt nicht mit der Seele Grigori Alexandrowitsch zusammenträfe und dann eine andere Frau seine Gefährtin im Paradiese sein werde. Mir kam der Gedanke, sie vor dem Tode noch taufen zu lassen, ich machte ihr den Vorschlag; sie blickte mich unschlüssig an und konnte lange nichts sagen; endlich antwortete sie mir, dass sie in dem Glauben, in welchem sie geboren sei, auch sterben werde. So verging ein ganzer Tag. Wie hatte sie sich an diesem einen Tag verändert! Die bleichen Wangen waren eingefallen, und die Augen gross, sehr gross geworden; die Lippen brannten; sie fühlte eine innere Hitze, als ob in ihrer Brust glühendes Eisen läge.

Die zweite Nacht brach ein; wir wachten an ihrem Bett. Sie quälte sich entsetzlich, stöhnte, und kaum begann der Schmerz nachzulassen, als sie versuchte, Grigori Alexandrowitsch einzureden, dass es ihr besser gehe, er solle sich nur schlafen legen. Sie küsste seine Hand und liess sie aus ihren nicht los. Gegen Morgen begann sie den wehmütigen Schmerz des Todes zu empfinden, fing an sich hin und herzuwälzen, riss den Verband ab, und das Blut floss von neuem. Als die Wunde verbunden war, beruhigte sie sich für einen Augenblick und bat Petschorin, dass er sie küsse. Er lag auf den Knien neben dem Bette, hob ein wenig ihren Kopf vom Kissen und presste seine Lippen an ihre erkaltenden Lippen; sie umschlang mit zitternden Händen fest seinen Hals, als wollte sie mit diesem Kuss ihm ihre Seele geben ...

Nein, sie hat gut getan, dass sie starb! Was würde mit ihr geworden sein, wenn Grigori Alexandrowitsch sie verlassen hätte? Und das wäre geschehen, früher oder später ...

Die Hälfte des anderen Tages war sie still, schweigsam und gefügig; unser Arzt quälte sie aber mit Medikamenten und Kompressen.

»Erbarmen Sie sich!« – sagte ich zu ihm, – »Sie haben doch selbst gesagt, dass sie unbedingt sterben wird, wozu nützen denn alle Ihre Medikamente?«

»Es ist doch besser, Maxim Maximytsch,« – erwiderte er, – »ich beruhige mein Gewissen.«

Ein gutes Gewissen!

Am Nachmittage begann schrecklicher Durst und Hitze sie zu quälen. Wir öffneten die Fenster, aber draussen war es heisser als im Zimmer; wir stellten am Bette Eis auf – nichts half. Ich wusste, dass dieser unauslöschbare Durst ein Zeichen des nahenden Endes wäre, und sagte es Petschorin.

»Wasser, Wasser! . . .« bat sie mit heiserer Stimme, sich vom Bette erhebend.

Petschorin war kreidebleich geworden, nahm ein Glas, goss es ein und reichte es ihr. Ich bedeckte meine Augen mit den Händen und begann zu beten – ich erinnere mich nicht, was ich betete ... Ja, mein Lieber, ich habe oft gesehen, wie Menschen in Hospitälern und auf dem Schlachtfelde starben, aber dies alles war nicht das, ganz und gar nicht! ...

Ich muss noch gestehen, eins macht mich traurig: sie hatte sich vor dem Tode kein einziges Mal meiner erinnert, und ich habe sie doch wie ein Vater geliebt ... Na, Gott möge es ihr verzeihen! ... Und offen gesagt, was habe ich denn gross, dessen man sich vor dem Tode zu erinnern hätte? –

Als sie das Wasser getrunken hatte, wurde es ihr besser, und nach ein paar Minuten starb sie. Wir hielten einen Spiegel an die Lippen – er blieb ungetrübt! ...

Ich führte Petschorin aus dem Zimmer fort, und wir gingen auf den Wall; dort schritten wir lange ohne ein Wort zu sagen, die Hände auf den Rücken gelegt, nebeneinander hin und her; sein Gesicht drückte nichts Besonderes aus, und mich ärgerte es: ich würde an seiner Stelle vor Gram gestorben sein. Schliesslich setzte er sich auf die Erde im Schatten hin und begann mit einem Stab etwas in den Sand zu zeichnen. Ich wollte, wissen Sie, mehr aus Anstand ihn trösten und fing an zu sprechen; er hob den Kopf und lachte ... Mich durchlief bei diesem Lachen ein eisiger Schauer ... Ich ging fort, einen Sarg zu bestellen.

Offen gestanden, ich nahm diese Angelegenheit in die Hand, teilweise um mich zu zerstreuen. Ich hatte ein Stück Seidenstoff, liess damit den Sarg beschlagen und schmückte ihn noch mit tscherkessischen Silberborten, die Grigori Alexandrowitsch für sie einmal gekauft hatte. Am anderen Tage früh morgens beerdigten wir sie hinter dem Fort, am Flüsschen, neben der Stelle, wo sie zum letztenmal gesessen hatte; um ihr kleines Grab stehen jetzt dichte Sträucher von weissen Akazien und Holunder. Ich wollte ein Kreuz aufstellen, aber, wissen Sie, es ist peinlich: sie war doch keine Christin ...«

»Und Petschorin?« – fragte ich.

»Petschorin war lange krank, magerte ab, der arme Kerl; aber wir sprachen nie über Bela; ich sah, dass es ihm unangenehm sein würde, also wozu denn! – Nach drei Monaten versetzte man ihn in ein anderes Regiment, und er reiste nach Georgien ab. Seit der Zeit haben wir uns nicht wiedergesehen ... Ja, ich erinnere mich, jemand erzählte mir vor kurzem, er sei nach Russland zurückgekehrt, in den Listen des Armeekorps aber stand nichts davon. Übrigens, unser einer erhält die Nachrichten spät.«

Hier liess er sich weitschweifend darüber aus, wie unangenehm es sei, alle Neuigkeiten ein Jahr später zu erfahren – wahrscheinlich um die traurigen Erinnerungen zu dämpfen.

Ich unterbrach ihn nicht und hörte ihm auch nicht zu. Nach einer Stunde bot sich die Möglichkeit, weiter zu reisen; der Sturm hatte sich gelegt, der Himmel war klar geworden, und wir begaben uns auf den Weg. Unterwegs brachte ich unwillkürlich wieder das Gespräch auf Bela und Petschorin.

»Haben Sie nicht zufällig gehört, was aus Kasbitsch geworden ist?« – fragte ich.

»Aus Kasbitsch? Ich weiss es wirklich nicht ... Ich habe gehört, dass auf dem rechten Flügel unserer Feinde ein gewisser Kasbitsch, ein kühner Bursche, in einem roten Beschmet langsam unter unseren Kugeln vorüberreitet und sich sehr höflich verbeugt, wenn eine Kugel in seiner Nähe vorübersaust; aber es ist unwahrscheinlich, dass es derselbe sei ...«

43

In Kobi trennte ich mich von Maxim Maximytsch; ich nahm Postpferde, er aber konnte mir infolge seines schweren Gepäcks nicht folgen. Wir hofften nicht, uns je wieder zu sehen, wir trafen aber doch zusammen, und wenn die Leser es wünschen, erzähle ich: es ist eine ganze Geschichte ... Du wirst zugeben, mein Leser, Maxim Maximytsch ist ein Mensch, der alle Achtung verdient? ... Wenn du das tust, bin ich vollkommen für meine, vielleicht zu lange Erzählung belohnt.

Maxim Maximytsch.

Nachdem ich mich von Maxim Maximytsch getrennt hatte, durchjagte ich schnell die Schluchten des Terek und Darjal, frühstückte zu Kasbek, trank den Tee zu Lars und beeilte mich zum Abendbrot nach Wladikawkas. Ich verschone den Leser mit der Beschreibung der Berge, mit Ausrufen, die nichts ausdrücken, mit Bildern, die nichts darstellen, besonders für die, welche dort nicht gewesen sind, und mit statistischen Anmerkungen, die entschieden niemand lesen wird. Ich stieg in einem Gasthof ab, wo alle Reisenden abzusteigen pflegen, wo indessen niemand einen Fasan zu braten oder eine Kohlsuppe zu kochen versteht, denn die drei Invaliden, denen der Gasthof anvertraut ist, sind so dumm oder so betrunken, dass man von ihnen nichts Vernünftiges bekommt.

Man sagte mir, dass ich hier noch drei Tage verbringen müsste, weil die Gelegenheit aus Jekaterinograd nicht eingetroffen sei und folglich noch nicht zurückkehren könne. Welch eine Gelegenheit! ... Mir kam es in den Sinn, zur Zerstreuung die Erzählung Maxim Maximytsch von Bela niederzuschreiben, ohne zu ahnen, dass sie das erste Glied einer langen Reihe von Erzählungen sein wird. Du siehst, mein Leser, dass ein unbedeutender Zufall bisweilen grausame Folgen haben kann! ... Vielleicht aber weisst du nicht, was die Leute eine Gelegenheit nennen? Es ist eine militärische Bedeckung, die aus einer halben Kompagnie Infanterie und einer Kanone besteht, unter der die Proviantzüge durch die Kabardie von Wladikawkas nach Jekaterinograd ihren Weg machen.

Den ersten Tag verbrachte ich sehr langweilig; am andern frühmorgens fuhr in den Hof ein Wagen ein ... Ah! Maxim Maximytsch! Wir begrüssten uns wie alte Freunde. Ich bot ihm mein Zimmer an; er nahm ohne Umstände an, klopfte mich sogar auf die Schulter und verzog den Mund zu einer Art Lächeln. Solch ein komischer Kauz! ... Maxim Maximytsch besass tiefe Kenntnisse in der kulinarischen Kunst: er hatte einen Fasan wunderbar gebraten, ihn mit einer Gurkensauce trefflich begossen, und ich muss gestehn, dass ich ohne ihn mit kaltem Essen hätte vorlieb nehmen müssen. Eine Flasche Kachetinerwein half uns die bescheidene Zahl der Gerichte, deren nur ein einziges da war, vergessen, wir steckten unsere Pfeifen an und setzten uns hin – ich ans Fenster, er aber an den geheizten Ofen, denn es war ein feuchter und kalter Tag. Wir schwiegen. Worüber sollten wir auch reden? ... Er hatte mir schon alles Interessante von sich erzählt, ich aber hatte nichts zu erzählen. Ich schaute zum Fenster hinaus. Eine Menge kleiner niedriger Häuser, die am Ufer des hier breiten Terek zerstreut waren, flimmerten durch die Bäume, weiter aber erhoben sich in blauer Ferne, wie eine gezackte Mauer, Berge, und hinter ihnen schaute der Kasbek in seinem weissen Bischofshut hervor. Ich nahm von ihnen in Gedanken Abschied: mir taten sie leid ...

So sassen wir lange. Die Sonne verbarg sich hinter die kalten Gipfel, und ein weisslicher Nebel verbreitete sich in den Tälern, als auf der Strasse das Geläute eines Glöckchens und das Geschrei von Kutschern ertönte. Ein paar Wagen mit schmutzigen Armeniern fuhren auf den Hof der Herberge, und ihnen folgte eine leere Reisekalesche; ihr leichter Gang, bequeme Konstruktion und elegantes Aussehen hatten ein gewisses ausländisches Gepräge. Hinter der Kalesche schritt ein Mann mit einem grossen Schnurrbart, in einem Schnürrock, für einen Bedienten ziemlich gut gekleidet; über seine Stellung konnte man sich nicht irren beim Anblick der flotten Art und Weise, wie er seine Pfeife ausklopfte und den Kutscher anschrie. Er war offenbar der verzogene Diener eines faulen Herrn – eine Art russischer Figaro.

»Sage mal, mein Lieber,« – rief ich ihm aus dem Fenster zu, – »ist etwa die Gelegenheit angekommen?«

Er blickte mich ziemlich frech an, rückte seine Krawatte zurecht und wandte sich ab; ein Armenier, der neben ihm einherschritt, antwortete lächelnd an seiner Stelle, dass die Gelegenheit in der Tat angekommen sei und morgen früh zurückkehren werde.

»Gott sei Dank!« – sagte Maxim Maximytsch, der eben an das Fenster herangetreten war.

»Das ist eine prachtvolle Kalesche!« – fügte er hinzu,– »wahrscheinlich reist irgend ein Beamter nach Tiflis zur Untersuchung. Offenbar kennt er unsere Berge nicht! Nein, mein Bester, das ist ein schlechter Scherz, die Berge werden dieses Ding tüchtig mitnehmen, wenn es auch englische Arbeit ist. Wer kann es aber sein – wir wollen uns mal erkundigen ...«

Wir gingen in den Korridor hinaus. Am Ende des Korridors stand die Türe zu einem Nebenzimmer offen. Die Diener und der Kutscher trugen die Koffer hinein.

»Hör mal, Bruder,« – fragte der Stabskapitän den Bedienten, – »wem gehört diese herrliche Kalesche? Ah! ... Eine schöne Kalesche ist es...«

Der Diener murmelte, ohne sich umzuwenden, ein paar Worte vor sich hin und schnürte einen Koffer los. Maxim Maximytsch wurde ärgerlich; er fasste den unhöflichen Burschen an der Schulter und sagte:

»Ich spreche mit dir, mein Lieber . . .«

»Wem die Kalesche gehört? . . . Meinem Herrn ...«

»Und wer ist dein Herr?«

»Petschorin . . .«

»Was sagst du? Was? Petschorin? . . . Ach, mein Gott! ... hat er nicht im Kaukasus gedient?« – rief Maxim Maximytsch, mich am Ärmel ziehend. In seinen Augen glänzte die Freude.

»Er hat dort gedient, wie es scheint – ich bin erst seit kurzem bei ihm.

»Nun so ist er's! . . . Grigori Alexandrowitsch? ... So heisst doch dein Herr? Ich kenne deinen Herrn,« fügte er hinzu und klopfte den Diener freundschaftlich auf die Schulter, so dass dieser wankte ...

»Erlauben Sie, mein Herr; Sie stören mich,« – antwortete der Diener mürrisch.

»Schau, Bruder, wie du bist! . . . ja weisst du auch, dass ich und dein Herr gute Freunde waren, dass wir zusammen gelebt haben? ... Ja, wo ist er denn selbst? ...«

Der Diener sagte, dass Petschorin bei dem Oberst N. zum Abendessen und zur Nacht geblieben sei.

»Kommt er heute abend nicht auf einen Augenblick hierher?« – fragte Maxim Maximytsch, –»oder vielleicht gehst du noch einmal zu ihm hin? ... Wenn du zu ihm hingehst, sage ihm, dass Maxim Maximytsch hier sei – sage es nur ... er weiss schon ... Ich gebe dir ein paar Franken als Trinkgeld ...«

Der Diener schnitt eine verächtliche Miene, als er solch ein bescheidenes Versprechen hörte, sagte aber zu Maxim Maximytsch, dass er den Auftrag erfüllen werde. –

»Er wird sofort herbeieilen! . . .« sagte Maxim Maximytsch triumphierend zu mir; –»ich werde ihn am Tor erwarten ... Schade, dass ich N. nicht kenne.«

Maxim Maximytsch setzte sich am Tor auf eine Bank, ich aber ging in mein Zimmer. Ich muss eingestehen, dass auch ich mit einer gewissen Ungeduld das Erscheinen dieses Petschorin erwartete; obgleich ich aus der Erzählung des Stabskapitän mir eine nicht sehr vorteilhafte Meinung über ihn gebildet hatte, schienen mir jedoch einige Züge seines Charakters interessant zu sein. Nach einer Stunde brachte ein Invalide den kochenden Samowar und eine Teekanne herein.

»Maxim Maximytsch, wollen Sie nicht Tee trinken?« – rief ich ihm durch das Fenster zu.

»Danke sehr, ich möchte nicht.«

»Kommen Sie doch trinken! Es ist ja schon spät und kalt.«

»Hat nichts zu sagen; nein, ich danke . . .«

»Na, wie Sie wollen!«

Ich begann allein den Tee zu trinken; nach zehn Minuten aber kam mein Alter herein.

»Sie haben doch recht – ein Gläschen Tee wird sogar gut sein. Ich habe fortwährend gewartet. Sein Diener ist schon lange fort, wahrscheinlich aber konnte er nicht abkommen.«

Er trank rasch eine Tasse, lehnte die zweite ab und ging wieder in einer grossen Unruhe zum Tore hin: man sah, dass den Alten die Gleichgültigkeit Petschorins gekränkt habe, und um so mehr, da er mir vor kurzem von seiner Freundschaft mit ihm erzählt hatte und noch vor einer Stunde überzeugt war, dass Petschorin sofort herbeieilen würde, sobald er seinen Namen höre. –

Es war schon spät und dunkel, als ich von neuem das Fenster öffnete, Maxim Maximytsch zu rufen begann und ihm sagte, es sei Zeit zum schlafen; er murmelte etwas zwischen den Zähnen; ich wiederholte meine Aufforderung – er antwortete mir nicht.

Ich legte mich, in meinen Mantel eingehüllt, auf das Sofa und liess das Licht auf der Ofenbank brennen.

Ich schlief bald ein und würde ruhig geschlafen haben, wenn mich Maxim Maximytsch – es war schon ziemlich spät – beim Eintreten in das Zimmer nicht aufgeweckt hätte. Er warf seine Pfeife auf den Tisch, begann im Zimmer auf und abzugehen und im Ofen das Feuer zu schüren, endlich legte er sich hin, aber hustete lange, spie aus, drehte sich hin und her ...

»Beissen Sie vielleicht die Wanzen?« – fragte ich.

»Ja, die Wanzen . . .« antwortete er mit einem schweren Seufzer.

Am anderen Tage erwachte ich recht früh, aber Maxim Maximytsch war mir zuvorgekommen. Ich fand ihn am Tor auf einer Bank sitzend.

»Ich muss zu dem Kommandanten hingehen,« – sagte er, – »wenn also Petschorin kommen soll, bitte schicken Sie nach mir ...«

Ich versprach es. Er lief fort, als hätten seine Glieder die jugendliche Kraft und Gewandtheit wiedererlangt.

Es war ein frischer und schöner Morgen. Goldene Wolken türmten sich auf den Bergen, wie eine neue Kette luftiger Berge; vor dem Tore breitete sich ein weiter Platz aus; hinter ihm wimmelte der Markt von Menschen, denn es war Sonntag. Barfüssige Ossetenknaben mit Körben voll Honigscheiben auf dem Rücken umringten mich; ich verwünschte sie, hatte für sie nichts übrig, da ich die Unruhe des guten Stabskapitäns auch zu teilen begann. Es vergingen keine zehn Minuten, als am anderen Ende des Platzes der erschien, den wir erwarteten. Er kam mit dem Obersten N., der ihn bis zu dem Gasthof begleitete, sich von ihm verabschiedete und in das Fort zurückging. Ich schickte sofort einen Invaliden nach Maxim Maximytsch.

Der Diener ging Petschorin entgegen und meldete ihm, dass die Pferde sofort angespannt würden; reichte ihm eine Kiste mit Zigarren, erhielt einige Befehle und ging fort, Vorbereitungen zur Abreise zu treffen. Sein Herr steckte sich eine Zigarre an, gähnte ein paarmal und setzte sich auf eine Bank an der anderen Seite des Tores. Jetzt muss ich euch erzählen, wie er aussah.

Er war von mittlerer Grösse, schlank und fein gebaut; seine breiten Schultern zeugten von einer kräftigen Konstitution, die alle Mühen eines Wanderlebens und klimatischen Wechsel zu ertragen fähig und

weder von den Ausschweifungen der Hauptstadt, noch von seelischen Stürmen besiegt schien; der staubige Samtrock, dessen zwei untere Knöpfe nur zugeknöpft waren, liess eine blendend weisse Wäsche erblicken, die die Gewohnheit eines anständigen Menschen bewies; seine beschmutzten Handschuhe schienen auf Bestellung für seine kleine aristokratische Hand gemacht zu sein, und als er einen Handschuh auszog, setzte mich die Hagerkeit seiner blassen Finger in Staunen. Sein Gang war nachlässig und faul, aber ich bemerkte, dass er die Hände dabei nicht hin und her schwenkte – ein sicheres Zeichen einer gewissen Verschlossenheit des Charakters. Übrigens sind dies meine eignen Bemerkungen, die sich auf meine Beobachtung stützen, und ich will den Leser durchaus nicht zwingen, mir blind zu glauben. Als er sich auf der Bank niederliess, senkte sich sein Oberkörper nach vorn, als hätte er im Rücken keinen einzigen Knochen; die ganze Haltung seines Körpers stellte eine nervöse Schwäche dar; er sass wie eine dreissigjährige Balzacsche Kokette auf ihrem weichen Sessel nach einem ermüdenden Ball. Beim ersten Blick auf sein Gesicht hätte ich ihm nicht mehr als dreiundzwanzig Jahre gegeben, obgleich ich später bereit war, ihn auf dreissig zu schätzen. In seinem Lächeln lag etwas Kindliches. Seine Haut hatte eine gewisse weibliche Zartheit; blondes, natürlich gelocktes Haar umrahmte malerisch seine bleiche edle Stirn, auf der man nur nach langer Betrachtung Falten bemerken konnte, die einander durchschnitten und die wahrscheinlich in den Augenblicken des Zornes oder seelischer Unruhe viel deutlicher hervortraten. Trotz der hellen Farbe seiner Haare waren Schnurrbart und Augenbrauen schwarz – ein Zeichen von Rasse bei Menschen, ebenso wie eine schwarze Mähne und schwarzer Schweif bei einem weissen Pferde. Um das Porträt zu vollenden, muss ich hinzufügen, dass er eine leicht aufgeworfene Nase, blendend weisse Zähne und braune Augen hatte; über die Augen muss ich noch ein paar Worte sagen.
Erstens lachten sie nicht, wenn er lachte! Hast du einmal Gelegenheit gehabt, solch eine Eigentümlichkeit bei einem Menschen zu beobachten? ... Es ist das Zeichen eines bösen Charakters oder einer tiefen beständigen Traurigkeit. Unter den halbverschlossenen Lidern leuchteten sie in einem phosphorartigen Glanze, wenn man sich so ausdrücken kann. Es war aber kein Widerschein einer Seelenglut oder einer spielenden Phantasie; es war ein Glanz, ähnlich dem eines glatten Stahles – blendend, aber kalt; sein Blick, kurz, aber durchdringend und

scharf, hinterliess den unangenehmen Eindruck einer unbescheidenen Frage und könnte dreist erscheinen, wenn er nicht so gleichgültig-ruhig wäre.

Alle diese Bemerkungen kommen mir vielleicht nur darum in den Sinn, weil ich einige Einzelheiten seines Lebens kannte, und es ist möglich, dass auf einen anderen sein Aussehen einen ganz entgegengesetzten Eindruck gemacht hätte; da du aber von niemandem ausser von mir über ihn etwas vernehmen wirst, musst du dich schon mit dieser Schilderung zufrieden geben. Zum Schluss möchte ich noch hinzufügen, dass er im ganzen nicht schlecht aussah, und dass er eine jener originellen Physiognomien besass, die besonders den Frauen gefallen.

Die Pferde waren angespannt; das Glöckchen ertönte ab und zu unter dem Kummet, und der Diener war schon zweimal an Petschorin mit der Meldung herangetreten, dass alles bereit sei. Maxim Maximytsch aber erschien noch immer nicht. Zum Glück war Petschorin, die Augen auf die blauen Zacken des Kaukasus gerichtet, in Gedanken versunken und schien es mit der Abreise gar nicht eilig zu haben. Ich trat auf ihn zu.

»Wenn Sie noch ein wenig warten wollen« – sagte ich– »werden Sie das Vergnügen haben, einen alten Freund wiederzusehen ...«

»Richtig, ja!« – antwortete er rasch, – »man sagte es mir gestern, aber wo ist er denn?«

Ich wandte mich dem Platze zu und erblickte Maxim Maximytsch, der eilig herbeilief ... Nach einigen Minuten war er schon bei uns; er konnte kaum atmen; der Schweiss strömte über sein Gesicht; feuchte Büschel grauer Haare waren unter der Mütze hervorgetreten und klebten an seiner Stirn; seine Knie zitterten ... er wollte sich Petschorin an den Hals stürzen, aber dieser streckte ihm ziemlich kalt, obgleich mit einem freundlichen Lächeln, die Hand entgegen. Der Stabskapitän war einen Augenblick bestürzt, aber dann ergriff er die Hand mit seinen beiden Händen: er konnte noch immer nicht sprechen.

»Wie ich mich freue, teurer Maxim Maximytsch! Nun, wie geht es Ihnen?« – sagte Petschorin.

»Und . . . du? . . . und Sie? . . .« murmelte der Alte mit Tränen in den Augen: – »wieviel Jahre ... wieviel Tage ... wohin geht aber die Reise? . . .«

»Ich reise nach Persien – und noch weiter . . .«

»Doch nicht sofort? . . . Bleiben Sie ein wenig hier, mein Lieber! ...
Wir werden doch nicht sofort Abschied nehmen? ... Wie lange haben
wir uns nicht gesehen ...«
»Ich muss weiter, Maxim Maximytsch,« – war die Antwort.
»Mein Gott, mein Gott! wohin eilen Sie denn so? ... Ich möchte Ihnen
so vieles sagen ... Sie so vieles fragen ... Nun, wie? sind Sie ausser
Dienst? ... wie? ... wie haben Sie gelebt?...«
»Ich habe mich gelangweilt!« – antwortete Petschorin lächelnd.
»Und erinnern Sie sich noch, wie wir in dem Fort zusammen gelebt
haben? ... Eine prächtige Gegend für die Jagd! ... Sie waren doch ein
leidenschaftlicher Jäger ... Und Bela ...«
Petschorin erbleichte ein wenig und wandte sich ab ...
»Ja, ich erinnere mich!« – sagte er und gähnte fast in dem Augenblick
gezwungen. Maxim Maximytsch begann ihn zu bestürmen, noch
einige Stunden mit ihm zu verbringen.
»Wir werden herrlich zu Mittag speisen,« – sagte er – »ich habe zwei
Fasanen, und der Kachetinerwein ist hier ausgezeichnet ... selbst-
verständlich nicht so, wie in Georgien, jedoch eine bessere Sorte ... Wir
plaudern dann ... Sie erzählen mir von Ihrem Leben in Petersburg ...
Ja? ...«
»Ich habe wirklich nichts zu erzählen, lieber Maxim Maximytsch ...
Jedoch, leben Sie wohl, es ist schon Zeit ... ich habe Eile ... Danke
Ihnen, dass Sie mich nicht vergessen haben ...« – fügte er hinzu, seine
Hand ergreifend.
Der Alte zog die Augenbrauen zusammen . . . er war traurig und
ärgerlich, obgleich er es zu verbergen suchte.
»Vergessen!« – brummte er, – »ich wenigstens habe nichts vergessen
... Nun, Gott mit Ihnen ... So habe ich mir unser Wiedersehn nicht
vorgestellt ...«
»Nun, nun!« – sagte Petschorin, ihn freundschaftlich umarmend, –
»bin ich denn nicht derselbe? Was soll man tun? ... Jeder hat seinen
eigenen Weg ... Ob wir uns noch einmal wiedersehen – weiss Gott!«
... Während er dieses sprach, sass er schon in seiner Kalesche, und der
Kutscher zog die Zügel strammer an.
»Halt, halt!« – rief plötzlich Maxim Maximytsch aus und fasste an die
Wagentür, – »ich hätte ganz vergessen ... Sie haben bei mir Ihre
Papiere hinterlassen, Grigori Alexandrowitsch ... ich schleppe sie mit

mir ... hoffte Sie in Georgien zu treffen, Gott aber hat es anders eingerichtet. ... Was soll ich mit den Papieren machen?«
»Was Sie wollen!« – antwortete Petschorin. – »Leben Sie wohl ...«
»Also nach Persien gehen Sie? . . . Und wann kehren Sie zurück? ...«
rief ihm Maxim Maximytsch nach.

Der Wagen war schon weit, und Petschorin machte mit der Hand eine Bewegung, die man in folgender Weise übersetzen konnte:
Sehr fraglich, ob ich zurückkehre und wozu auch!
Schon längst war weder das Läuten des Glöckchens, noch das Rasseln der Räder auf dem steinigen Wege zu hören, und noch immer stand der arme alte Mann an derselben Stelle in seinen Gedanken versunken.

»Ja,« – sagte er endlich und versuchte ein gleichgültiges Aussehen anzunehmen, obgleich ab und zu an seinen Wimpern eine Träne des Ärgers schimmerte, – »gewiss waren wir Freunde – aber was ist Freundschaft in unserer Zeit! ... Was liegt ihm an mir? Ich bin nicht reich, habe keinen hohen Rang und ausserdem bin ich ihm an Jahren ganz und gar nicht gleich ... Schau mal einer, was für ein Geck er geworden ist, nachdem er wieder in Petersburg war ... Was für eine Kalesche! ... Wieviel Gepäck! ... Und der Diener ist erst stolz! ...«
Diese Worte sprach er mit einem ironischen Lächeln. –
»Sagen Sie mir,« – fuhr er fort, sich zu mir wendend, – »was denken Sie darüber? ... Welch ein Teufel jagt ihn jetzt nach Persien? ... Es ist lächerlich, bei Gott, es ist lächerlich! ... Ich wusste ja längst, dass er ein leichtsinniger Mensch ist, auf den man sich nicht verlassen kann ... Wahrhaftig aber, schade ist es doch, dass er schlimm enden wird ... ja und anders geht es nicht! ... Ich habe es stets gesagt, dass mit dem nichts los ist, der seine alten Freunde vergisst!...«
Hier wandte er sich ab, um seine Aufregung zu verbergen, ging im Hofe um seinen Wagen herum, und gab sich den Anschein, als untersuche er die Räder, wobei aber seine Augen sich immer wieder mit Tränen füllten.
»Maxim Maximytsch,« – sagte ich, indem ich zu ihm trat, – »was sind das für Papiere, die Petschorin Ihnen hinterlassen hat?«
»Weiss Gott! eine Art Aufzeichnungen . . .«
»Was wollen Sie damit machen?«
»Ich werde Patronen daraus machen lassen.«
»Geben Sie sie lieber mir.«

Er sah mich verwundert an, murmelte etwas zwischen den Zähnen und begann in seinem Koffer zu suchen; da zog er endlich ein Heft hervor und warf es verächtlich auf den Boden; ein zweites, ein drittes und andere folgten nach und hatten dasselbe Schicksal: in seinem Ärger war etwas Kindisches; mir wurde lächerlich und traurig zu Mute...

»Da sind sie alle,« – sagte er, –»gratuliere Ihnen zu dem Schatze...«
»Und ich kann mit ihnen tun, was ich will?«
»Veröffentlichen Sie sie sogar in den Zeitungen. Was geht es mich an? ... Bin ich denn ein Freund oder ein Verwandter von ihm? ... Allerdings haben wir lange unter einem Dache gelebt ... Aber mit wem habe ich nicht alles zusammen gelebt!...«

Ich ergriff die Papiere und brachte sie schnell fort, in der Befürchtung, dass der Stabskapitän es bereuen könnte. Bald kam man, uns zu melden, dass die Gelegenheit in einer Stunde abfahren würde; ich befahl anzuspannen. Der Stabskapitän kam gerade ins Zimmer, als ich schon die Mütze aufsetzte; er schien sich zur Abreise nicht vorzubereiten, und hatte ein gezwungenes kaltes Aussehen.

»Reisen Sie denn nicht mit, Maxim Maximytsch?«
»Nein.«
»Warum denn nicht?«
»Ich habe ja den Kommandanten noch nicht gesprochen und muss ihm einige Dienstsachen abgeben.«
»Sie waren doch bei ihm?«
»Gewiss war ich da,« – sagte er zögernd, –»aber er war nicht zu Hause ... und ich wartete nicht auf ihn...«

Ich begriff ihn: der arme Alte hatte vielleicht zum erstenmal in seinem Leben Dienstsachen *eigener Angelegenheit wegen*, wie es in der Kanzleisprache heisst, vernachlässigt – und wie war es ihm vergolten.
»Das tut mir sehr leid,« – sagte ich, –»sehr leid, dass wir uns trennen müssen, Maxim Maximytsch.«
»Wie kann sich unser einer, wie ich – ein alter ungebildeter Mann, mit Ihnen gleichstellen! ... Ihr Jungen verkehrt in der grossen Welt und seid stolz; ja solange ihr unter den Tscherkessenkugeln steht, da geht es noch an ... später aber, wenn man euch begegnet, schämt ihr euch sogar, unsereinem die Hand zu reichen.«
»Ich habe diese Vorwürfe nicht verdient, Maxim Maximytsch.«
»Ja, wissen Sie, ich sage es ja nur so; übrigens wünsche ich Ihnen viel Glück und eine fröhliche Reise.«

Wir verabschiedeten uns ziemlich trocken. Der gute Maxim Maximytsch war ein halsstarriger und brummbärtiger Stabskapitän geworden. Und aus welchem Grunde? Weil Petschorin aus Zerstreutheit oder aus einem anderen Grunde ihm die Hand geboten hat, als er ihm um den Hals fallen wollte. Es ist traurig anzusehn, wie ein Jüngling seine besten Hoffnungen und Träume verliert, wenn der rosige Schleier vor ihm schwindet, durch den er die Taten und die Gefühle der Menschen betrachtet hat, obwohl die Hoffnung vorhanden ist, dass er die alten Verirrungen durch neue, nicht weniger flüchtige, aber dafür nicht weniger süsse ersetzen werde ... Wodurch aber kann man sie in den Jahren eines Maxim Maximytsch ersetzen? Unwillkürlich verhärtet sich das Herz und verschliesst sich die Seele...

Ich reiste allein ab.

Petschorins Tagebuch

Vorwort

Ich erfuhr vor kurzem, dass Petschorin auf der Rückreise aus Persien gestorben sei. Diese Nachricht hat mich sehr erfreut: sie gab mir das Recht, diese Aufzeichnungen zu veröffentlichen, und ich benutzte die Gelegenheit, meinen Namen unter ein fremdes Werk zu setzen. Gebe Gott, dass die Leser mich für solch eine unschuldige Fälschung nicht bestrafen!

Ich muss zuerst ein wenig die Gründe erklären, die mich veranlasst haben, dem Publikum die Herzensgeheimnisse eines Menschen wiederzugeben, den ich nie gekannt habe. Wäre ich wenigstens sein Freund gewesen: die hinterlistige Unbescheidenheit eines wahren Freundes ist jedem verständlich. Aber ich habe ihn nur ein einziges Mal in meinem Leben auf der Landstrasse gesehen, folglich kann ich zu ihm den unerklärlichen Hass nicht empfinden, der sich unter der Maske der Freundschaft verbirgt und nur den Tod oder ein Unglück des Geliebten erwartet, um auf sein Haupt einen Hagel von Vorwürfen, Ratschlägen, Spott und Mitleid zu entladen.

Während ich diese Aufzeichnungen las, überzeugte ich mich von der Aufrichtigkeit dessen, der so erbarmungslos die eigenen Schwächen und Fehler offen vortrug. Die Geschichte einer menschlichen Seele, wenn auch der flachsten, ist vielleicht interessanter und nützlicher, als die Geschichte eines ganzen Volkes, besonders wenn sie die Folge von Beobachtungen eines reifen Geistes über sich selbst ist und wenn sie ohne den ehrgeizigen Wunsch, Teilnahme oder Bewunderung zu erregen, niedergeschrieben ist. Die Bekenntnisse Rousseaus haben schon den Fehler, dass er sie seinen Freunden vorlas.

Also einzig der Wunsch, Nutzen zu bringen, zwang mich, Bruchstücke aus einem Tagebuche, das ich zufällig erhielt, zu veröffentlichen. Obwohl ich alle Eigennamen geändert habe, werden doch die, von denen darin die Rede ist, sich wahrscheinlich erkennen, und vielleicht werden sie eine Rechtfertigung für die Handlungen finden, deren sie bis jetzt einen Menschen anklagten, der heute mit dieser Welt nichts Gemeinsames mehr hat: wir entschuldigen fast stets das, was wir begreifen.

Ich habe in diesem Buche nur das untergebracht, was sich auf Petschorins Aufenthalt im Kaukasus bezieht. In meinem Besitze befindet sich noch ein dickes Heft, in dem er sein ganzes Leben erzählt. Einmal wird auch das vor dem Gerichte der Welt erscheinen; jetzt aber darf ich diese Verantwortung aus vielen triftigen Gründen nicht auf mich nehmen.

Vielleicht möchten einige Leser meine Meinung über den Charakter Petschorins erfahren. Meine Antwort ist der Titel dieses Buches. – Das ist ja böse Ironie! – werden sie sagen. – Ich weiss es nicht.

Taman.

Taman ist das schlechteste Nest von allen Seestädten Russlands. Ich wäre dort fast vor Hunger gestorben, und obendrein wollte man mich dort ertränken. Ich kam spät in der Nacht mit einem Fuhrwerk an. Der Kutscher hielt die ermüdete Troika vor dem Tore des einzigen steinernen Hauses an, das bei der Einfahrt liegt. Der Wachtposten, ein Kosak vom Schwarzen Meer, schrie, als er das Schellengeläute hörte, mit einer vor Verschlafenheit wilden Stimme: – »Wer da?«

Der Unteroffizier und der Älteste kamen heraus. Ich erklärte ihnen, dass ich Offizier sei, in Dienstangelegenheiten zu dem im Gefecht stehenden Korps reise, und verlangte ein Quartier. Der Älteste führte uns in der Stadt herum. Jede Bauernhütte, bei der wir vorfuhren, war besetzt. Es war kalt: ich hatte drei Nächte nicht geschlafen, war ermattet und fing an, mich zu ärgern.

»Führe mich irgend wohin, Schuft! und sei's zum Teufel selbst, nur in ein Haus!« – schrie ich ihn an.

»Es gibt noch ein Quartier« – antwortete der Älteste, sich den Hinterkopf kratzend, –»aber Euer Gnaden wird es nicht gefallen: dort ist es nicht sauber!«

Ohne die richtige Bedeutung des letzten Wortes begriffen zu haben, befahl ich ihm, voran zu gehen, und nach langer Wanderung durch schmutzige Gassen, wo ich zu beiden Seiten nur verfallene Zäune sah, kamen wir zu einer kleinen Hütte unmittelbar am Ufer des Meeres.

Der Vollmond beleuchtete das Schilfdach und die weissen Wände meiner neuen Behausung; auf dem Hofe, der mit einer Mauer aus Kieselsteinen umgeben war, stand, zur Seite geneigt, eine andere Hütte, kleiner und älter als die vordere. Das Ufer fiel fast bei den Wänden zum Meere hin steil ab, und unten plätscherten in ununterbrochenem Gemurmel die dunkelblauen Wellen. Der Mond sah still auf das unruhige, ihm aber ergebene Element, und ich konnte bei seinem Scheine weit vom Ufer entfernt zwei Schiffe unterscheiden, deren schwarzes Takelwerk sich unbeweglich gleich einem Spinngewebe am blassen Streifen des Himmels abzeichnete.

»Im Hafen sind Schiffe,« – dachte ich, –»morgen reise ich nach Gelendschick.«

Ein Kosak von der Linie vertrat bei mir die Stelle eines Burschen. Nachdem ich ihm befohlen hatte, den Koffer auszupacken und den Kutscher zu entlassen, rief ich den Eigentümer – keine Antwort; ich klopfte – niemand kam . . . was bedeutete das? Endlich kam aus dem Hausflur ein Knabe von ungefähr vierzehn Jahren zögernd herein.

»Wo ist der Besitzer?«

»Er ist nicht da.«

»Wie, ist er wirklich nicht da?«

»Nein, wirklich nicht.«

»Und die Frau?«

»Ist ins Dorf gegangen.«

»Wer wird mir denn die Türe aufschliessen?« – sagte ich und stiess den Fuss dagegen. Die Türe öffnete sich von selbst; aus der Hütte hauchte mich Feuchtigkeit an. Ich steckte ein Schwefelhölzchen an und brachte es ganz nahe an das Gesicht des Knaben: es beschien zwei weisse Augen. Er war blind, vollständig blind von Geburt an. Er stand vor mir unbeweglich, und ich betrachtete die Züge seines Gesichtes.

Ich muss gestehn, ich habe ein starkes Vorurteil gegen alle Blinden, Einäugigen, Tauben, Stummen, Lahmen, Armlosen, Buckligen und dergleichen. Ich habe bemerkt, dass stets eine merkwürdige Beziehung zwischen dem Äussern eines Menschen und seiner Seele besteht; als ob die Seele mit dem Verlust eines Gliedes irgend ein Gefühl einbüsse. Ich wollte also das Gesicht des Blinden erforschen, aber was kann man in einem Gesichte, dem die Augen fehlen, lesen? ... Lange sah ich ihn mit unwillkürlichem Mitleid an, als plötzlich ein verstohlenes Lächeln über seine dünnen Lippen huschte, und ich weiss nicht warum, es machte auf mich einen sehr unangenehmen Eindruck. In meinem Kopfe entstand der Argwohn, dass dieser Blinde nicht so blind sei, wie es schien; vergebens versuchte ich mich zu überzeugen, dass es unmöglich sei, weisse Augäpfel nachzumachen, und zu welchem Zweck wohl? Was sollte ich aber anfangen – ich neige oft zu Vorurteilen ...

»Bist du der Sohn des Eigentümers?« – fragte ich ihn schliesslich.

»Nein.«

»Wer bist du denn?«

»Eine arme Waise.«

»Hat die Frau aber Kinder?«

»Nein; sie hatte wohl eine Tochter. Die ist aber mit einem Tataren über das Meer verschwunden.«

»Wer war der Tatare?«

»Weiss der Teufel, wer er war! Ein Tatare aus der Krim – ein Schiffer aus Kertsch.«

Ich trat in die Hütte: zwei Bänke, ein Tisch und ein ungeheurer Kasten neben dem Ofen waren ihre ganze Ausstattung. An der Wand war kein einziges Heiligenbild – ein schlechtes Zeichen! Durch die zerbrochene Scheibe pfiff der Seewind. Ich nahm aus meinem Koffer eine Wachskerze, steckte sie an und begann meine Sachen auszupacken; in die Ecke stellte ich den Säbel und das Gewehr, die Pistolen legte ich auf den Tisch, breitete die Burka auf der einen Bank aus und der Kosak die seine auf der anderen; nach zehn Minuten schnarchte er schon, ich aber konnte nicht einschlafen: vor mir bewegte sich die ganze Zeit über in der Dunkelheit der Knabe mit den weissen Augen.

So verging ungefähr eine Stunde. Der Mond leuchtete durch das Fenster, und seine Strahlen spielten auf dem irdenen Boden der Hütte. Plötzlich huschte über den hellen Streifen, der den Boden durchschnitt, ein Schatten. Ich erhob mich und blickte zum Fenster hinaus: jemand lief zum zweiten Male dort vorüber und verschwand Gott weiss wohin. Ich konnte es mir nicht denken, dass dieses Geschöpf das abschüssige Ufer hinabgelaufen sei; jedoch anderswohin konnte es nicht verschwinden. Ich stand auf, warf den Beschmet um, schnallte den Dolch um und ging sehr leise aus der Hütte hinaus; da kam der blinde Knabe auf mich zu. Ich verbarg mich am Zaune, und er ging mit sicheren, aber vorsichtigen Schritten an mir vorbei. Unter dem Arme trug er ein Bündel und begann, nachdem er zu dem Hafen eingebogen war, den schmalen und steilen Pfad hinabzusteigen. –

»An jenem Tage werden die Stummen reden und die Blinden sehen,« – dachte ich und folgte ihm in solch einem Abstande, dass ich ihn nicht aus den Augen verlor.

Inzwischen begann der Mond sich mit Wolken zu bedecken, und auf dem Meere erhob sich ein Nebel; das Laternenlicht am Steuer des nächsten Schiffes durchdrang ihn kaum; am Ufer blitzte der Schaum der Wellen, die ihn jeden Augenblick zu ertränken drohten. Mit Mühe stieg ich den abschüssigen Pfad hinab und sah plötzlich, dass der Blinde einen Augenblick stehen blieb und sich dann am Ufer nach rechts wandte. Er ging so nahe am Wasser, dass es schien, als könne ihn jeden Augenblick eine Welle erfassen und forttragen, aber offenbar war dies nicht seine erste Wanderung, nach der Sicherheit zu urteilen, mit der er von Stein zu Stein schritt und die Tiefen vermied. Endlich blieb er stehn, als ob er lauschte, setzte sich auf die Erde hin und legte das Bündel neben sich. Ich versteckte mich hinter einem hervorspringenden Felsen und beobachtete seine Bewegungen. Nach einigen Minuten erschien von der entgegengesetzten Richtung eine weisse Gestalt; sie trat an den Blinden heran und setzte sich neben ihn hin. Der Wind, trug mir hin und wieder ein paar Worte zu.

»Was, Blinder?« – sagte eine weibliche Stimme, – »der Sturm ist stark. Janko wird nicht kommen.«

»Janko fürchtet den Sturm nicht,« – antwortete der Blinde.

»Der Nebel wird dichter,« – entgegnete wieder die weibliche Stimme mit einem Ausdruck von Trauer.
»Im Nebel ist es leichter an den Wachschiffen vorbeizukommen,« – war die Antwort.
»Und wenn er ertrinkt?«
»Na, was ist dabei? Dann gehst du am Sonntage ohne das neue Band in die Kirche.«
Nun blieb es still; eins setzte mich jedoch in Erstaunen: der Blinde hatte mit mir kleinrussisch gesprochen, jetzt aber unterhielt er sich in reinem Russisch.
»Siehst du, ich habe recht,« – sagte wieder der Blinde und klatschte in die Hände, –»Janko fürchtet weder das Meer, noch die Winde, weder den Nebel, noch die Küstenwächter. Horch mal! da klatscht nicht das Wasser, ich weiss es – das sind seine langen Ruder.«
Die Frau sprang auf und begann voll Unruhe in die Ferne zu schauen.
»Du phantasierst, Blinder!« – sagte sie, –»ich sehe nichts.«
Offen gestanden, so sehr ich mich auch bemühte, in der Ferne etwas wie ein Boot zu entdecken, es war erfolglos. So vergingen ungefähr zehn Minuten, und plötzlich tauchte zwischen den Bergen von Wellen ein dunkler Punkt auf, der sich bald vergrösserte, bald verkleinerte. Langsam die Wellenkämme erklimmend und schnell hinabgleitend, näherte sich dem Ufer ein Boot. Verwegen war der Schiffer, der in solch einer Nacht eine Meeresenge von zwanzig Werst Breite zu durchqueren gewagt hatte, und ein wichtiger Grund musste es sein, der ihn dazu bewogen hatte. Mit diesen Gedanken beobachtete ich mit unwillkürlichem Herzklopfen das arme Boot; es tauchte, wie eine Ente, unter und schoss dann mit einem schnellen Aufschlag der Ruder, gleich Flügeln, aus der Tiefe zwischen den schäumenden Wellen hervor. Da, meinte ich, würde es mit vollem Schwunge an das Ufer prallen und in tausend Stücke zerschellen, aber das Boot wendete geschickt und schlüpfte unversehrt in die kleine Bucht. Dem Boote entstieg ein Mann von mittlerer Gestalt in einer tatarischen Lammfellmütze; er winkte mit der Hand, und alle drei begannen irgend etwas aus dem Boote zu schleppen; die Last war so gross, dass ich jetzt noch nicht begreife, wie das Boot nicht untergegangen war. Nachdem jeder von ihnen ein Bündel auf die Schulter genommen hatte, gingen sie das Ufer entlang, und bald verlor ich sie aus den Augen.

Ich musste nun nach Hause zurückkehren, aber offen gestanden, mich beunruhigten alle diese Eigentümlichkeiten, und ich erwartete mit grosser Ungeduld den Morgen. Mein Kosak war sehr überrascht, als er, erwacht, mich vollständig angekleidet erblickte. Ich sagte ihm jedoch nicht den Grund.

Nachdem ich mich eine Zeitlang aus dem Fenster an dem blauen mit zerrissenen Wölkchen besäeten Himmel und an dem fernen Ufer der Krim erfreut hatte, das sich gleich einem Lilaband hinzieht und mit einem Felsen endet, auf dessen Gipfel der Leuchtturm weiss schimmert, ging ich in die Festung Fanagoria, um von dem Kommandanten die Stunde meiner Abreise nach Gelendschick zu erfahren.

Aber – o weh! – der Kommandant konnte mir nichts Bestimmtes sagen. Alle Schiffe, die im Hafen lagen, waren entweder Wacht- oder Kauffarteischiffe, die man nicht mal zu laden begonnen hatte.

»Vielleicht kommt in drei oder vier Tagen ein Postschiff,« – sagte der Kommandant, –»und dann werden wir sehen.«

Ich kehrte düster und schlechter Laune nach Hause zurück. In der Türe begrüsste mich mein Kosak mit erschrecktem Gesicht.

»Schlimm ist es, Euer Gnaden!« – sagte er mir.

»Ja, Bruder. Weiss Gott, wann wir von hier abreisen.«

Hierbei wurde er noch unruhiger, und sich zu mir beugend sagte er mir im Flüstertone:

»Hier ist es nicht geheuer! Ich traf heute den Gendarm von Tschernomorsk. Ich kenne ihn – er war im vorigen Jahre beim Heere. Als ich ihm sagte, wo wir abgestiegen wären, meinte er –»da ist es nicht geheuer, Bruder, da sind schlimme Menschen!...« Und in der Tat, was ist mit dem Blinden los! ... Er geht überall allein hin, – auf den Markt, nach Brot und holt Wasser ... hier, scheint es, hat man sich daran gewöhnt.«

»Na, lass gut sein! Hat sich wenigstens die Wirtin gezeigt?«

»Heute, als Sie fort waren, kam die Alte mit ihrer Tochter.«

»Was für eine Tochter? Sie hat doch keine Tochter.«

»Weiss Gott, wer sie dann ist, wenn sie nicht die Tochter ist. Übrigens sitzt ja die Alte jetzt in ihrer Hütte.«

Ich ging hinein. Der Ofen war stark geheizt, und da wurde ein für arme Leute ziemlich üppiges Mahl gekocht. Die Alte antwortete mir auf alle meine Fragen, sie sei taub und höre nichts. Was sollte ich mit ihr tun?

Ich wandte mich an den Blinden, der vor dem Ofen sass und Reisig ins Feuer warf.

»Nun, blinder kleiner Teufel,« – sagte ich und fasste ihn ans Ohr, – »sage mal, wohin zogst du in der Nacht mit dem Bündel? ... Ah?«
Plötzlich begann mein Blinder zu weinen, zu schreien und zu seufzen.
»Wohin bin ich gegangen? . . . Nirgends bin ich hingegangen ... mit einem Bündel ... mit was für einem Bündel?«
Die Alte hörte diesmal und begann zu brummen:
»Was Sie sich alles ausdenken und dazu noch gegen ein armes Kind! Was wollen Sie von ihm? Was hat er Ihnen getan?«
Mich langweilte jetzt die ganze Geschichte, und ich ging hinaus mit dem festen Entschluss, den Schlüssel zu diesem Rätsel zu finden.

Ich wickelte mich in die Burka ein, setzte mich auf einen Stein an der Mauer und schaute in die Ferne. Vor mir zog sich das Meer hin, aufgeregt durch den nächtlichen Sturm, und sein eintöniges Rauschen, gleich dem Gemurmel einer einschlummernden Stadt, erinnerte mich an vergangene Jahre und trug meine Gedanken nach dem Norden, in unsere kalte Residenz. Im Bann der Erinnerungen versank ich in Träumen ... So verging etwa eine Stunde, vielleicht aber auch mehr ... Plötzlich schlug an mein Ohr etwas wie Gesang. Ja, es war wirklich Gesang – eine frische weibliche Stimme, aber woher? ... Ich lauschte: die Melodie war rein – bald gedehnt und traurig, bald schnell und lebhaft. Ich sah mich um – niemand war ringsum; ich lauschte von neuem – die Töne schienen vom Himmel zu fallen. Ich hob die Augen auf: auf dem Dach meiner Hütte stand ein junges Mädchen in einem gestreiften Kleide, mit aufgelöstem Haar – eine wahre Wassernixe. Sie hatte die Augen vor den Sonnenstrahlen mit der flachen Hand geschützt und schaute unverwandt in die Ferne, bald lachte sie und sprach mit sich selbst, bald sang sie von neuem das Lied.
Ich entsinne mich des Liedes wörtlich:

>Lustig und frei
>Leicht über grünem Meere
>Tanzen die Schifflein. Juchhei!
>Mit Segeln so weiss.
>
>Unter den Booten, ei!
>Ist auch mein Boot dabei,
>Ledig von Segel und Mast,

Ruder hats zwei.
Schleicht sich der Sturmwind um,
Huschen sie ihm vorbei
Mit ihren Flügeln – ein, zwei, drei –
Fliegen davon.

Ich muss aber bittend stehn,
Muss zu den Winden flehn
»Rührt mir mein Boot nicht an
Mein Boot im Meer.«

Mein kleines Boot im Meer
Trägt Glück und Seligkeit her;
Mitten durch dunkle Nacht
Führt es der Freund!«

Mir kam unwillkürlich der Gedanke, dass ich in der Nacht dieselbe Stimme gehört hätte. Ich dachte einen Augenblick nach, und als ich von neuem zu dem Dache hinaufschaute, war das Mädchen nicht mehr da. Plötzlich lief sie an mir vorbei; etwas anderes summend und mit den Fingern schnalzend, verschwand sie bei der Alten, und es begann zwischen ihnen ein Streit. Die Alte war böse, sie aber lachte laut. Ich sah, wie meine Undine wieder hüpfend fortlief. In meiner Nähe blieb sie stehn und blickte mir scharf in die Augen, als ob sie über meine Anwesenheit verwundert wäre; dann wandte sie sich nachlässig um und ging langsam nach dem Hafen. Dabei blieb es nicht, – den ganzen Tag schwirrte sie um meine Behausung; das Singen und Hüpfen hörte keinen Augenblick auf. Ein merkwürdiges Geschöpf! In ihrem Gesichte waren keine Spuren von Wahnsinn; im Gegenteil blieben ihre Augen an mir mit durchdringender Keckheit haften, und diese Augen schienen eine magnetische Macht zu besitzen und jedesmal eine Frage zu erwarten. Aber sobald ich zu reden begann, lief sie tückisch lächelnd davon.

Ein ähnliches Weib hatte ich sicher nie gesehen. Sie war bei weitem keine Schönheit, aber ich habe auch in der Frage der Schönheit meine Vorurteile. Sie hatte sehr viel Rasse ... und Rasse ist, wie bei den Weibern, so auch bei den Pferden, eine Hauptsache: diese Entdeckung gehört Jung-Frankreich. Dies, das heisst die Rasse und nicht Jung-Frankreich, äussert sich meistenteils am Gange, an den Händen und

Füssen; besonders kommt sehr viel auf die Nase an. Eine regelmässige Nase trifft man in Russland seltener, als einen kleinen Fuss. Mein Singvogel schien nicht älter als achtzehn Jahre zu sein. Die aussergewöhnliche Schmiegsamkeit ihres Oberkörpers, die besondere, nur ihr eigene Bewegung des Kopfes, die langen blonden Haare, ein goldiger Schimmer ihrer leicht gebräunten Haut am Halse und auf den Schultern, und insbesondere die regelmässige Nase – dies alles war für mich bezaubernd, obwohl ich in ihren Seitenblicken etwas Ungestümes und Argwöhnisches las, obwohl ihr Lächeln etwas Unbestimmtes hatte. Aber so mächtig sind die Vorurteile: die regelmässige Nase hatte mich um den Verstand gebracht; ich bildete mir ein, Goethes Mignon – diese wunderliche Schöpfung seiner deutschen Phantasie – gefunden zu haben. Und in der Tat, sie hatten viel Ähnlichkeit miteinander, dieselben schnellen Übergänge von der grössten Unruhe zur vollen Unbeweglichkeit, dieselben rätselhaften Reden, die seltsamen Lieder, dasselbe Hüpfen ...

Gegen Abend, als ich sie an der Türe angehalten hatte, knüpfte ich folgendes Gespräch mit ihr an.

»Sage mir, meine Schöne,« – fragte ich, –»was tatest du heute auf dem Dache?«

»Ich schaute, woher der Wind kommt.«

»Wozu willst du das wissen?«

»Woher der Wind kommt, daher kommt auch das Glück.«

»Was? Hast du mit dem Liede das Glück heranlocken wollen?«

»Wo man singt, dort ist auch Glück.«

»Und wenn du dir durch Singen zufällig einen Kummer heranlockst?«

»Na, was ist dabei? Wo es nicht besser wird, wird es schlechter, und vom Schlechten bis zum Guten ist wieder nicht weit.«

»Wer hat dich denn dieses Lied gelehrt?«

»Niemand hat es mich gelehrt; wenn es mir einfällt – singe ich. Wer es hören soll, wird es auch hören, und wer es nicht hören soll, wird es nicht verstehn.«

»Und wie heisst du, meine Sängerin?«

»Wer mich getauft hat, weiss es.«

»Und wer hat dich getauft?«

»Wie soll ich das wissen?«

»Schau, wie geheimnisvoll du bist. Ich habe aber über dich etwas erfahren.« – Sie veränderte keine Miene im Gesicht, zuckte nicht mit den Lippen, als ob die Sache ihr nichts anginge. – »Ich habe erfahren, dass du gestern in der Nacht an das Ufer gegangen bist.« Und hierbei erzählte ich ihr voll Wichtigkeit alles, was ich gesehen hatte, in dem Glauben, sie zu verwirren; – erfolglos, sie lachte aus vollem Halse. »Sie haben viel gesehen, aber wissen wenig. Was Sie aber wissen, behalten Sie mal für sich.« »Und wenn es mir einfiele, es z. B. dem Kommandanten anzuzeigen?« – hierbei machte ich ein ernstes, sogar strenges Gesicht.

Sie sprang plötzlich auf, begann zu singen und verschwand wie ein im Gebüsch aufgescheuchtes Vöglein. Meine letzten Worte waren durchaus überflüssig; damals ahnte ich ihre Folgen nicht, später aber hatte ich Gelegenheit, sie zu bereuen. Sobald es dunkel wurde, befahl ich dem Kosaken, den Tee zu bereiten wie im Feldzuge, steckte ein Licht an, setzte mich an den Tisch und rauchte meine Reisepfeife. Ich war schon mit dem zweiten Glas Tee fertig, als plötzlich die Tür knarrte und ich hinter mir ein leises Geräusch von Kleidern und Schritten vernahm; ich zuckte auf und wandte mich um – sie war es, meine Undine. Sie setzte sich mir gegenüber hin, leise und schweigsam, und richtete ihre Augen auf mich, und ich weiss nicht warum, aber dieser Blick schien mir wunderbar zärtlich. Er erinnerte mich an einen von jenen Blicken, die in alten Tagen so eigenmächtig mit meinem Leben gespielt hatten. Sie schien eine Frage zu erwarten, ich schwieg aber, mich überfiel eine unerklärliche Verwirrung. Ihr Gesicht war mit fahler Blässe bedeckt, die von einer seelischen Erregung zeugte; ihre Hand tastete ziellos auf dem Tische, und ich bemerkte ein leichtes Zittern; ihre Brust hob sich bald stark, bald schien sie den Atem zurückzuhalten. Diese Komödie dauerte fast zu lange, und ich war im Begriff, das Schweigen auf die prosaischste Weise zu brechen, das heisst ihr ein Glas Tee anzubieten, als sie plötzlich aufsprang, mit den Armen meinen Hals umschlang und einen feuchten feurigen Kuss auf meine Lippen drückte. Vor meinen Augen wurde es dunkel, der Kopf schwindelte, ich presste sie mit der ganzen Kraft jugendlicher Leidenschaft in meine Arme, aber sie entschlüpfte, gleich einer Schlange, meinen Armen, flüsterte mir ins Ohr – »heute nacht, wenn alle eingeschlafen sind, komm ans Ufer,« – und wie ein Pfeil sprang sie aus dem Zimmer. In dem Korridor stiess sie den Teekessel und das Licht, das auf der Diele stand, um.

»So ein Teufel von Mädel!« – rief mein Kosak, der sich auf dem Stroh niedergelassen hatte und von dem Reste des Tees sich erwärmen wollte. Da kam ich zur Besinnung.

Nach etwa zwei Stunden, als am Hafen alles still war, weckte ich meinen Kosaken auf.

»Wenn ich meine Pistole abschiesse,« – sagte ich ihm, »laufe ans Ufer.«

Er glotzte mich an und antwortete mechanisch: »Zu Befehl, Euer Gnaden.«

Ich steckte die Pistole in den Gürtel und ging hinaus.

Sie erwartete mich am Rande des Abhanges; ihre Kleidung war mehr als leicht, ein kleines Tuch umgürtete ihre schmiegsame Taille.

»Folgen Sie mir!« – sagte sie, nahm mich bei der Hand, und wir begannen hinabzusteigen. Ich begreife nicht, dass ich mir den Hals nicht gebrochen habe; unten am Ufer wandten wir uns nach rechts und gingen denselben Weg, auf dem ich in der vorigen Nacht dem Blinden gefolgt war. Der Mond war noch nicht aufgegangen, und nur zwei kleine Sterne glitzerten wie zwei rettende Leuchttürme auf dem dunkelblauen Gewölbe. Schwere Wellen rollten regelmässig und ruhig hintereinander und hoben kaum das einsame Boot, das am Ufer gelandet war.

»Steigen wir ins Boot,« – sagte meine Begleiterin. Ich zögerte – ich bin kein Liebhaber von sentimentalen Partien auf der See; aber es war keine Zeit zurückzutreten. Sie sprang in das Boot, ich ihr nach und ehe ich Zeit hatte, mich zu besinnen, bemerkte ich, dass wir schwammen.

»Was bedeutet das?« – fragte ich ärgerlich.

»Das bedeutet,« – antwortete sie, indem sie mich auf die Bank niederzog und mich um die Taille fasste, – »das bedeutet, dass ich dich liebe ...«

Ihre Wange presste sich an meine, und ich fühlte auf meinem Gesicht ihren flammenden Atem. Plötzlich fiel etwas geräuschvoll ins Wasser; ich fasste an meinen Gürtel – die Pistole war nicht mehr da. Oh! da schlich sich ein schrecklicher Verdacht in meine Seele, und das Blut stieg mir zu Kopf! Ich schaute mich um – wir waren vom Ufer etwa fünfzig Klafter entfernt. Ich konnte nicht schwimmen! Ich wollte sie von mir stossen – sie hatte sich, gleich einer Katze, an meine Kleider festgeklammert, und plötzlich hätte mich beinahe ein starker Stoss in das Meer geschleudert.

65

Das Boot schwankte, aber ich behielt das Gleichgewicht, und zwischen uns begann ein verzweifelter Kampf; die Wut gab mir Kraft, aber bald merkte ich, dass ich meiner Gegnerin an Gewandtheit unterlegen war ...

»Was willst du?« – rief ich und presste stark ihre kleinen Hände; ihre Finger krachten, sie aber schrie nicht auf, – ihre Schlangennatur hielt diese Tortur aus.

»Du hast beobachtet,« – antwortete sie, –»du wirst uns anzeigen!« Und mit einer übernatürlichen Anstrengung warf sie mich auf den Rand des Bootes; wir beide hingen bis zum Gürtel aus dem Boote heraus; ihre Haare berührten das Wasser; es war ein entscheidender Augenblick. Ich stemmte mich mit dem Knie gegen den Boden, packte sie mit der einen Hand bei dem Zopfe, mit der anderen bei der Kehle, sie liess meine Kleider los, und ich warf sie blitzschnell ins Meer.

Es war schon ziemlich dunkel; ihr Kopf tauchte ein paarmal zwischen den schäumenden Wellen auf. Dann sah ich nichts mehr ...

Auf dem Boden des Bootes fand ich ein Stück von einem alten Ruder und nach vielen Anstrengungen landete ich mit Mühe und Not am Ufer. Während ich am Ufer entlang zu meiner Hütte ging, schaute ich unwillkürlich auf die Stelle, an der gestern der Blinde den nächtlichen Schiffer erwartet hatte. Der Mond stand schon an dem Himmel, und mir schien es, als sässe jemand im weissen Gewande am Ufer. Ich schlich heran, von Neugier getrieben, und legte mich ins Gras über dem Uferabhang; als ich meinen Kopf ein wenig vorneigte, konnte ich vom Abhange aus alles sehen, was unten vorging, und war nicht sehr überrascht, eher erfreut, als ich meine Wassernixe erkannte. Sie presste den Meeresschaum aus ihren langen Haaren aus. Das nasse Hemd zeichnete ihren biegsamen Körper und die hohe Brust ab. Bald tauchte ein Boot in der Ferne auf und näherte sich schnell dem Ufer; ihm entstieg, wie gestern, ein Mann mit einer Tatarenmütze, sein Haar war aber nach Kosakenart verschnitten, und hinter dem ledernen Gürtel stak ein langes Messer.

»Janko,« – sagte sie, – »alles ist verloren!«

Dann wurde ihr Gespräch fortgesetzt, aber so leise, dass ich nichts mehr hören konnte.

»Und wo ist der Blinde?« – fragte schliesslich Janko mit erhobener Stimme.

»Ich habe ihn hingeschickt,« – war die Antwort.

Nach einigen Minuten erschien der Blinde mit einem Sack auf dem Rücken, der in das Boot gelegt wurde.

»Hör mal, Blinder!« – sagte Janko, –»hüte die Stelle ... du weisst. Dort liegen teure Waren ... sage (den Namen hörte ich nicht), dass ich ihm nicht mehr zu Diensten stände; die Dinge stehen schlecht, er wird mich nicht mehr sehen. Jetzt ist es gefährlich; ich fahre fort, um an einer anderen Stelle Arbeit zu suchen, und solch einen verwegenen Burschen wird er nicht mehr finden. Ja und sage ihm, wenn er die Arbeit besser bezahlt hätte, so hätte ihn Janko auch nicht verlassen. Ich brauche mich um meinen Weg nicht zu sorgen, solange Wind weht und das Meer rauscht!«

Nach einigem Schweigen fuhr Janko fort:

»Sie geht mit mir; hier kann sie nicht bleiben. Und der Alten sage, dass ich ihr mitteilen liesse – es sei für sie Zeit zu sterben, sie lebe schon zu lange und soll Platz machen. Uns wird sie nicht mehr wiedersehen.«

»Und ich?« – sagte der Blinde mit kläglicher Stimme.

»Was soll ich mit dir?« lautete die Antwort.

Inzwischen sprang meine Undine in das Boot und winkte dem Gefährten mit der Hand; er gab dem Blinden etwas in die Hand und sagte:

»Da hast du etwas, kaufe dir Pfefferkuchen.«

»Das ist alles?« – sagte der Blinde.

»Na, da hast du noch was« – und eine Münze klirrte beim Fallen, indem sie auf den Stein schlug. Der Blinde hob sie nicht auf. Janko setzte sich in das Boot; der Wind wehte vom Ufer; sie hissten ein kleines Segel und flogen schnell dahin. Noch lange schimmerte beim Scheine des Mondes das weisse Segel zwischen den dunklen Wellen; der Blinde blieb am Ufer sitzen, und plötzlich schien es mir, als hörte ich Schluchzen: der blinde Knabe weinte tatsächlich und lange, lange ... Mir wurde traurig zumut. Warum musste mich das Schicksal in den friedlichen Kreis *ehrlicher Schmuggler* schleudern? Gleich einem Stein, den man in eine ruhige Quelle wirft, hatte ich ihre Ruhe gestört, und wie ein Stein wäre ich beinahe selbst auf den Grund gesunken.

Ich kehrte nach Hause zurück. Im Korridor knisterte ein abgebranntes Licht auf einem hölzernen Teller, und mein Kosak schlief trotz des Befehles einen festen Schlaf und hielt das Gewehr mit beiden Händen. Ich liess ihn in Ruhe, nahm das Licht und trat in die Hütte ein.

O weh! meine Schatulle, der Säbel mit dem silbernen Griff, der Dagestaner Dolch – das Geschenk eines Freundes – alles war verschwunden. Da begriff ich, was für Sachen der verdammte Blinde geschleppt hatte. Nachdem ich den Kosaken mit einem ziemlich unhöflichen Stoss geweckt hatte, schalt ich ihn aus, ärgerte mich, aber es war nichts mehr zu tun. Und wäre es nicht lächerlich gewesen, bei der Behörde Klage zu führen, weil mich ein blinder Knabe bestohlen und eine Achtzehnjährige mich beinahe ertränkt hätte? Ich war froh, dass sich am Morgen die Möglichkeit zu reisen bot, und ich verliess Taman.

Was aus der Alten und dem armen Blinden geworden ist, weiss ich nicht. Ja, und was gehen mich die menschlichen Freuden und Leiden an, – mich, einen herumwandernden Offizier, und noch dazu mit einem Reiseschein in Regierungsangelegenheiten! ...

Prinzessin Mary

11. Mai

Gestern bin ich in Pjatigorsk angekommen, habe mir am Ende der Stadt, auf der höchsten Stelle, am Fusse des Maschuk eine Wohnung gemietet: während des Gewitters werden die Wolken sich bis zu meinem Dache senken. Heute morgen um fünf Uhr, als ich das Fenster öffnete, füllte sich mein Zimmer mit dem Dufte von Blumen, die in dem bescheidenen Gärtchen vor dem Hause wachsen. Die Zweige der blühenden Weichselbäume blickten durch das Fenster zu mir herein, und der Wind bestreute ab und zu meinen Schreibtisch mit ihren weissen Blüten. Die Aussicht nach drei Seiten war wunderbar: im Westen erhoben sich in bläulichem Schimmer die fünf Kuppen des Beschtu, wie »die letzte Wolke eines verwehten Sturmes«; im Norden stand der Maschuk, wie eine zottige persische Mütze, und verdeckte diesen ganzen Teil des Horizonts; nach Osten hin war es lustiger zu schauen: unter mir lag in bunten Farben ein reinliches, junges Städtchen, die Heilquellen rauschten, dort lärmte ein Menschenhaufen, ein Gewirr von Völkern, – und dort, ferner erhoben sich die Berge wie ein Amphitheater, nach den Gipfeln zu dunkelte das Blau, die Nebel wurden massiger, und am Rande des Horizonts zog sich eine silberne

Kette von Schneegipfeln hin, vom Kasbek bis zum doppelköpfigen Elbrus. Es war eine Freude in einem solchen Lande zu leben! Ein wohliges Gefühl durchströmte alle meine Adern. Die Luft war rein und frisch, wie der Kuss eines Kindes; die Sonne war hell, der Himmel blau – was sollte man da noch wünschen? Für Leidenschaften, Hoffnungen und Trauer war hier kein Raum ... Doch es war Zeit. Ich wollte zu der Elisabethsquelle gehen; dort versammelte sich morgens, wie ich hörte, die ganze Badegesellschaft.

In der Mitte der Stadt angelangt, ging ich den Boulevard entlang, wo ich einige trübselige Gruppen von Menschen traf, die langsam den Berg hinanstiegen; es waren grösstenteils Familien von Gutsbesitzern aus den Steppen. Die abgetragenen altmodischen Röcke der Männer und die gewählten Toiletten der Frauen und Töchter verrieten es. Offenbar kannten sie schon die ganze *badende* Jugend genau, denn sie schauten mich mit zärtlicher Neugier an; der Petersburger Schnitt meines Rockes hatte sie irre gemacht; als sie aber die Epauletten eines Armeeoffiziers erkannten, wandten sie sich entrüstet ab.

Die Frauen der Spitzen der örtlichen Behörden, sozusagen die Hausfrauen des Bades, erwiesen sich mir gegenüber geneigter; sie besassen Lorgnetten und schenkten der Uniform weniger Beachtung. Sie waren gewohnt, im Kaukasus unter den numerierten Knöpfen ein glühendes Herz, und unter der weissen Mütze einen gebildeten Verstand zu finden. Diese Damen waren sehr lieb und ewig jung in ihrer Liebe! Jedes Jahr wurden ihre Anbeter durch neue ersetzt, und darin lag vielleicht das Geheimnis ihrer unermüdlichen Liebenswürdigkeit. Indem ich den schmalen Pfad zu der Elisabeths-quelle hinaufstieg, holte ich einen Haufen Männer in Zivil- und Militärkleidung ein, die, wie ich später erfuhr, eine besondere Klasse unter den Leuten bildeten, die auf die Heilkraft des Wassers ihre Hoffnung setzten. Sie tranken – jedoch kein Wasser, gingen wenig spazieren und machten den Damen den Hof nur nebenbei: sie spielten und klagten über Langeweile. Sie waren Stutzer, – indem sie ihr umflochtenes Glas in die Schwefelquelle tauchten, nahmen sie akademische Posen an; die Zivilpersonen trugen hellblaue Krawatten, die Militärpersonen liessen über den Kragen die Halskrause hervorgucken. Sie bekundeten eine tiefe Verachtung für Damen aus der Provinz und seufzten nach den aristokratischen Salons in den Residenzen, zu denen sie keinen Zutritt hatten ...

Endlich war die Quelle da . . . Auf einem kleinen Platz in ihrer Nähe war ein Häuschen mit rotem Dache über dem Quellbecken errichtet, und weiterhin zog sich eine Galerie, in der man bei Regenwetter spazieren ging. Einige verwundete Offiziere, die ihre Krücken an sich gezogen hatten, sassen auf einer Bank – traurig und bleich. Einige Damen gingen mit schnellen Schritten auf und ab und erwarteten die Wirkung des Wassers. Unter ihnen waren zwei oder drei hübsche Gesichtchen.

In den Alleen von Weinranken, die den Abhang des Maschuk bedecken, schimmerte dann und wann der bunte Hut einer Liebhaberin der Einsamkeit zu zweien, denn stets habe ich neben einem solchen Hut entweder eine Uniformmütze oder einen scheusslichen runden Hut bemerkt. Auf dem steilen Felsen, auf dem ein Pavillon, genannt »Aeolsharfe«, erbaut war, standen die Liebhaber der schönen Aussicht und richteten das Fernrohr auf den Elbrus; unter ihnen befanden sich zwei Erzieher mit ihren Zöglingen, die hergereist waren, um eine Kur gegen Skrofeln durchzumachen.

Ganz ausser Atem blieb ich am Rande des Berges stehn, lehnte mich an eine Ecke des Häuschens und betrachtete die malerische Umgebung, als ich plötzlich hinter mir eine bekannte Stimme vernahm.

»Petschorin! Wie lange bist du hier?«

Ich wandte mich um – »Gruschnitzki!« Wir umarmten uns. Ich hatte ihn bei der aktiven Truppe kennen gelernt. Er war durch eine Kugel am Fusse verwundet und ins Bad gereist, etwa eine Woche vor mir.

Gruschnitzki war Junker. Er war bloss ein Jahr im Dienst und trug einen dicken Soldatenmantel auf eine besondere Stutzermanier. Er besass das Soldatenkreuz des heiligen Georg. Er war gut gebaut, hatte eine braune Gesichtsfarbe und schwarze Haare; dem Aussehen nach konnte man ihn auf fünfundzwanzig Jahre schätzen, obwohl er kaum einundzwanzig war. Er warf den Kopf in den Nacken, wenn er sprach, und drehte jeden Augenblick seinen Schnurrbart mit der linken Hand, denn mit der rechten stützte er sich auf eine Krücke. Er sprach schnell und geziert; er gehörte zu den Menschen, die für jede Gelegenheit im Leben hochtönende Phrasen bereit haben, die von dem einfach Schönen nicht gerührt werden und die sich voll Wichtigkeit in ungewöhnliche Gefühle, erhabene Leidenschaften und

ausserordentliche Leiden hüllen. Effekt hervorzurufen ist ihr Genuss; romantische Provinzdamen verlieben sich bis zum Wahnsinn in sie. Mit dem Alter werden sie entweder friedliche Gutsbesitzer oder Trinker, zuweilen auch beides zugleich. Ihre Seele hat oft viele gute Eigenschaften, aber nicht für einen Groschen Poesie. Gruschnitzkis Leidenschaft war es, zu deklamieren: er überschüttete einen mit Zitaten, sobald das Gespräch über den Kreis gewöhnlicher Begriffe hinausging; daher vermochte ich nie mit ihm zu disputieren. Er beantwortete nicht die Erwiderungen und hörte einen nicht an. Sobald man aufhörte, begann er eine lange Tirade, die anscheinend einen Zusammenhang mit dem, was man gesagt hatte, haben sollte, die aber in Wirklichkeit bloss eine Fortsetzung seines eigenen Gesprächs war. Er war ziemlich geistreich; seine Epigramme waren oft amüsant, nie aber treffend und beissend; er würde nie jemand mit einem Worte töten; er kannte die Menschen und ihre schwachen Seiten nicht, weil er sich sein ganzes Leben nur mit sich selbst beschäftigt hatte. Sein Ziel war, der Held eines Romanes zu werden. Er war so oft bemüht, andere davon zu überzeugen, dass er ein für diese Welt nicht geschaffenes Wesen und zu geheimen Leiden verurteilt sei, dass er selbst fast daran glaubte. Aus diesem Grunde trug er auch seinen dicken Soldatenmantel so stolz. Ich hatte ihn durchschaut, und deshalb hatte er mich nicht gern, obwohl wir innerlich in freundschaftlichsten Beziehungen standen. Gruschnitzki genoss den Ruf eines vorzüglichen tapferen Menschen; ich habe ihn im Kampfe gesehen: er schwang den Säbel, schrie und stürmte vorwärts mit geschlossenen Augen. Das hatte wenig Ähnlichkeit mit der russischen Tapferkeit! ...
Ich hatte ihn auch nicht gern. Ich hatte das Empfinden, als ob ich einmal mit ihm auf einem schmalen Wege zusammentreffen würde, und einem von uns würde es verhängnisvoll sein. Seine Reise nach dem Kaukasus war auch eine Folge seines romantischen Fanatismus. Ich bin überzeugt, dass er am Vorabend seiner Abreise vom väterlichen Gut mit finstrer Miene irgend einer hübschen Nachbarin gesagt hatte, er reise nicht so – einfach – um zu dienen, sondern er suche den Tod, weil ... (dabei hat er sicher die Augen mit der Hand bedeckt und etwa so weiter gesprochen):»... nein, Sie (oder du) sollen es nicht wissen! Ihre reine Seele wird erschauern! Und wozu auch? Was bedeute ich Ihnen? Werden Sie mich auch verstehen? ...« und so weiter.

Er hatte mir selbst gesagt, dass der Grund, der ihn gezwungen hat, in K. ins Regiment einzutreten, ein ewiges Geheimnis zwischen ihm und dem Himmel bleiben würde.

Übrigens, in den Augenblicken, wo Gruschnitzki den tragischen Mantel abwarf, war er ziemlich lieb und amüsant. Ich war neugierig, ihn mit Frauen zusammen zu sehen; da, wusste ich, gab er sich am meisten Mühe.

Wir begrüssten uns als alte Freunde. Ich fragte ihn über die Lebensweise im Bade und über bemerkenswerte Personen.

»Wir führen ein ziemlich prosaisches Leben,« sagte er mit einem Seufzer,»die Leute, die am Morgen Wasser trinken, sind träge, wie alle Kranken, und die am Abend Wein trinken, sind unerträglich, wie alle Gesunden. Es gibt wohl Damengesellschaften; von ihnen hat man bloss kein grosses Vergnügen: sie spielen Whist, kleiden sich schlecht und sprechen ein schreckliches Französisch! In diesem Jahre ist aus Moskau nur die Fürstin Ligowskaja mit Tochter hier; aber ich bin mit ihnen nicht bekannt. Mein Soldatenmantel ist eine Art Kainszeichen. Die Teilnahme, die er erweckt, ist wie ein Almosen so schwer.«

In diesem Augenblick gingen zwei Damen nach dem Brunnen an uns vorbei, die eine ältlich, die andere jung und schlank. Ihre Gesichter konnte ich unter den Hüten nicht sehen, aber sie waren nach den strengen Regeln des besten Geschmacks gekleidet, – nichts Überflüssiges. Die zweite trug ein geschlossenes Kleid gris de perles; ein leichtes seidenes Tuch schlang sich um ihren biegsamen Hals. Schuhe couleur puce umspannten den Knöchel ihres niedlichen Füsschens so anmutig, dass sogar ein in die Geheimnisse der Schönheit Uneingeweihter unbedingt ein Ah! ausrufen musste, wenn auch aus Verwunderung. Ihr leichter, aber edler Gang hatte etwas Jungfräuliches, das man nicht in einen Begriff kleiden kann, das dem Blicke aber begreiflich ist. Als sie an uns vorüberging, wehte von ihr jenes unerklärliche Aroma, das ab und zu der Brief einer anmutigen Frau verbreitet.

»Da ist die Fürstin Ligowskaja,« sagte Gruschnitzki,»und mit ihr ihre Tochter Mary, wie sie sie nach englischer Art nennt. Sie sind erst drei Tage hier.«

»Und doch kennst du schon ihren Namen?«

»Ja, ich hörte ihn zufällig,« antwortete er errötend. »Offen gestanden, ich will nicht mit ihnen bekannt werden. Diese stolzen Residenzler betrachten uns schlichten Armeesoldaten wie Wilde. Und was geht es sie an, ob es unter der numerierten Mütze Verstand und unter dem dicken Mantel ein Herz gibt?«

»Der arme Mantel!« sagte ich mit leisem Lächeln.

»Und wer ist der Herr, der an sie herantritt und ihnen so dienstfertig das Glas reicht?«

»Oh, das ist ein Stutzer aus Moskau, Rajewitsch. Er ist ein Spieler: das sieht man gleich an der ungeheuren goldenen Kette, die sich auf seiner hellblauen Weste windet. Und was ist das für ein dicker Stock – wie der von Robinson Crusoe. Und dieser Bart und diese Frisur eines russischen Bauern.«

»Du bist gegen die ganze Menschheit erbost!«

»Und habe ein Recht dazu . . .«

»Oh! tatsächlich?«

In diesem Augenblick gingen die Damen vom Brunnen fort und kamen in unsere Nähe.

Gruschnitzki fand Zeit, mit Hilfe der Krücke eine dramatische Pose anzunehmen und antwortete mir laut auf französisch:

»Mon cher, je hais les hommes pour ne pas les mépriser, car autrement la vie serait une farce trop dégoûtante.«

Die schöne Prinzessin wandte sich um und schenkte dem Redner einen langen neugierigen Blick. Der Ausdruck dieses Blickes war sehr unbestimmt, aber nicht spöttisch, wozu ich innerlich vom ganzen Herzen meinen Nachbar beglückwünschte.

»Diese Prinzess Mary ist sehr hübsch,« sagte ich ihm. »Sie hat solche Samtaugen – wahrhaftig Samtaugen. Ich rate, dir diesen Ausdruck anzueignen, wenn du über ihre Augen sprichst. Die unteren und die oberen Wimpern sind so lang, dass die Sonnenstrahlen sich in den Pupillen nicht abspiegeln können. Ich liebe diese Augen ohne Glanz; sie sind so weich, als ob sie einen streicheln. Übrigens ist das scheinbar das einzige Anmutige in ihrem Gesichte ... Ja, sind denn ihre Zähne weiss? Dies ist sehr wichtig! Schade, dass sie dir auf deine hochtönende Phrase hin nicht zugelächelt hat.«

»Du redest von einer hübschen Frau, wie von einem englischen Pferde,« sagte Gruschnitzki entrüstet.

»Mon cher,« antwortete ich und versuchte seinen Ton zu treffen,»je méprise les femmes pour ne pas les aimer, car autrement la vie serait un mélodrame trop ridicule.«

Ich wandte mich ab und verliess ihn. Eine halbe Stunde spazierte ich in den Alleen von Weinranken, über den Kalkfelsen und unter dem hängenden Buschwerk. Es wurde heiss, und ich beeilte mich, nach Hause zu kommen. Als ich an der Quelle vorbeikam, blieb ich bei der bedeckten Galerie stehen, um mich unter ihrem Schatten auszuruhen, und dies gab mir Gelegenheit, Zeuge eines ziemlich interessanten Schauspiels zu sein.

Die handelnden Personen befanden sich in folgender Stellung: die Fürstin sass mit dem Stutzer aus Moskau auf einer Bank der geschützten Galerie, und beide schienen in ein ernstes Gespräch vertieft zu sein. Die Prinzessin hatte wahrscheinlich ihr letztes Glas getrunken und ging nachdenklich am Brunnen auf und ab. Gruschnitzki stand dicht an der Quelle; sonst war niemand auf dem Platze. Ich trat näher heran und verbarg mich hinter einer Ecke der Galerie. In diesem Augenblick fiel Gruschnitzkis Glas in den Sand, und er strengte sich an, sich zu bücken, um es aufzuheben; der kranke Fuss hinderte ihn. Armer Kerl! wie er sich bemühte, auf seine Krücke gestützt, doch alles umsonst. Sein ausdrucksvolles Gesicht drückte in der Tat Qual aus.

Die Prinzessin Mary sah dies alles besser als ich.

Leichter als ein Vogel sprang sie hinzu, bückte sich, hob das Glas auf und reichte es ihm mit einer Bewegung des Körpers, voll unbeschreiblicher Anmut; dann errötete sie stark, blickte auf die Galerie, und überzeugt, dass ihre Mama nichts gesehen hatte, schien sie sich sofort zu beruhigen. Als Gruschnitzki den Mund öffnete, um ihr zu danken, war sie schon fort. Nach einer Minute trat sie mit der Mutter und dem Stutzer aus der Galerie, als sie aber an Gruschnitzki vorbeiging, nahm sie eine vornehme und sittsame Haltung an – sie wandte sich nicht einmal um, bemerkte gar nicht seinen leidenschaftlichen Blick, mit dem er sie lange begleitete, bis sie den Berg hinabstieg und hinter den Linden des Boulevard verschwand ...

Aber da schimmerte noch einmal ihr Hut auf der Strasse: sie trat in das Tor eines der besten Häuser von Pjatigorsk hinein; die Fürstin folgte ihr und verabschiedete sich am Tore von Rajewitsch.

Nun erst bemerkte der arme leidenschaftliche Junker meine Anwesenheit.

»Hast du es gesehen?« sagte er und drückte mir stark die Hand, »sie ist der reine Engel!«

»Warum?« fragte ich mit dem Ausdruck der aufrichtigsten Gutmütigkeit.

»Hast du es denn nicht gesehen?«

»Nein, ich habe nur gesehen, wie sie dein Glas aufhob. Wenn hier ein Wächter gewesen wäre, er hätte dasselbe getan und noch schneller, in der Hoffnung, ein Trinkgeld zu bekommen. Übrigens ist es sehr begreiflich, dass du ihr leid tatst: du schnittst so eine fürchterliche Grimasse, als du auf den durchschossenen Fuss tratest ...«

»Und du warst gar nicht gerührt, als du sie in diesem Augenblick anschautest, als ihr Seele auf ihrem Gesichte leuchtete?«

»Nein.«

Ich log, aber ich wollte ihn ärgern. Ich habe eine angeborene Leidenschaft zu widersprechen; mein ganzes Leben war bloss eine Kette von traurigen und missglückten Widersprüchen gegen das Herz oder den Verstand. Die Anwesenheit eines Enthusiasten umgibt mich mit einer eisigen Kälte, und ich denke, – ein häufiger Verkehr mit einem trägen Phlegmatiker würde aus mir einen leidenschaftlichen Träumer machen. Ich muss noch gestehen, ein unangenehmes, aber bekanntes Gefühl durchströmte leise in diesem Augenblick mein Herz; dieses Gefühl war der Neid. Ich sage offen »Neid«, weil ich gewohnt bin, mir selbst in allem die Wahrheit zu sagen; und man wird auch schwerlich einen jungen Mann finden, der, wenn er einer hübschen Frau begegnet, die seine müssige Aufmerksamkeit fesselte und die plötzlich in seiner Gegenwart deutlich einen anderen ihr ebenso Unbekannten auszeichnete, schwerlich findet man, sage ich, einen jungen Mann (selbstverständlich einen, der in der grossen Welt gelebt hat und gewohnt ist, seiner Eigenliebe zu huldigen), der nicht unangenehm dadurch überrascht würde.

Schweigend stiegen Gruschnitzki und ich den Berg hinab und gingen auf dem Boulevard an dem Hause vorbei, in dem unsere Schöne verschwand. Sie sass am Fenster. Gruschnitzki zupfte mich an der Hand und warf ihr einen jener trüb zärtlichen Blicke zu, die so wenig auf Frauen wirken. Ich richtete meine Lorgnette auf sie und bemerkte, dass sie bei seinem Blicke lächelte und dass meine dreiste Lorgnette sie im Ernst ärgerte. Und in der Tat, wie konnte auch ein Armeeoffizier im Kaukasus das Glas auf eine Prinzessin aus Moskau richten? . . . Aber jetzt bin ich überzeugt, dass sie bei der ersten Gelegenheit fragen wird, wer ich sei, und warum ich mich hier, im Kaukasus, befände. Man wird ihr wahrscheinlich die Duellgeschichte und besonders ihre Ursache erzählen, die ja einigen hier bekannt ist, und dann ... dann werde ich ein wunderbares Mittel haben, Gruschnitzki zu ärgern.

13. Mai

Heute früh hat mich der Doktor aufgesucht; er heisst Werner, ist aber Russe. Was ist dabei merkwürdiges? Ich kannte einen Iwanoff, der ein Deutscher war.

Werner ist in vieler Hinsicht ein bemerkenswerter Mensch. Er ist Skeptiker und Materialist, wie fast alle Mediziner, und gleichzeitig ein Dichter im ernsten Sinne, – in der Wirklichkeit stets ein Dichter und oft in Worten, obwohl er in seinem Leben keine zwei Verse geschrieben hat. Er hat alle lebendigen Saiten des menschlichen Herzens erforscht, wie man die Adern eines Leichnams erforscht, aber nie verstand er sein Wissen zu benutzen: so versteht zuweilen ein ausgezeichneter Anatomiker nicht, das Fieber zu heilen. Gewöhnlich machte sich Werner im geheimen über seine Kranken lustig; ich habe aber einmal gesehen, wie er bei einem sterbenden Soldaten weinte ...

Er war arm, träumte von Millionen, hätte aber des Geldes wegen keinen überflüssigen Schritt getan. Er sagte mir einmal, dass er eher dem Feinde als dem Freunde einen Dienst erweisen würde, denn das erste hiesse seine Wohltätigkeit verkaufen, dagegen würde der Hass sich im Verhältnis zum Grossmut des Gegners bloss steigern. Er hatte eine boshafte Zunge: unter dem Schilde seiner Epigramme ist mehr als ein gutmütiger Mensch in den Ruf eines flachen Dummkopfes gekommen. Seine Gegner, neidische Badeärzte, hatten das Gerücht verbreitet – er zeichne Karikaturen von seinen Kranken – und die Kranken wurden rasend: fast alle verabschiedeten ihn. Seine Freunde, d. h. alle wirklich anständigen Menschen, die im Kaukasus dienten, versuchten vergeblich sein gefallenes Ansehen zu heben.

Sein Äusseres war derart, dass es einen beim ersten Anblick unangenehm berührte, umsomehr gefiel es, wenn das Auge gelernt hatte, in den unregelmässigen Zügen das Abbild einer erprobten und schönen Seele zu erkennen. Es gibt Beispiele, dass Frauen sich in solche Männer bis zum Wahnsinn verlieben und ihre Hässlichkeit mit der Schönheit des frischesten und rosigsten Endymion nicht vertauschen würden. Man muss den Frauen gerecht sein: sie haben einen Instinkt für seelische Schönheit, und darum vielleicht lieben Menschen, wie Werner, so leidenschaftlich die Frauen.

Werner war klein von Wuchs, mager und schwach wie ein Kind; der eine Fuss war kürzer als der andere, wie bei Byron.

Im Vergleich zum Körper erschien der Kopf ungeheuer gross; seine Haare waren kurz geschoren, und die Unregelmässigkeiten seines Schädels würden, in dieser Weise blossgestellt, einen Phrenologen durch die Verquickung der entgegengesetzten Neigungen überraschen. Seine kleinen schwarzen Augen, stets unruhig, versuchten die Gedanken anderer zu enträtseln. An seiner Kleidung merkte man Geschmack und Sauberkeit; seine mageren, sehnigen und kleinen Hände paradierten in hellgelben Handschuhen. Sein Rock, die Krawatte und die Weste waren stets von schwarzer Farbe. Die Jugend hatte ihn Mephistopheles benannt; er gab sich den Anschein, als ärgerte er sich über diesen Namen, in Wirklichkeit aber schmeichelte es seiner Eigenliebe. Wir hatten einander bald verstanden und wurden gute Bekannte, weil ich zur Freundschaft unfähig bin. Von zwei Freunden ist stets der eine der Sklave des anderen, obwohl oft keiner von beiden es eingesteht; ein Sklave kann ich nicht sein, und zu befehlen ist in diesem Falle eine ermüdende Mühe, denn man muss gleichzeitig auch betrügen; ja, und ausserdem habe ich Diener und Geld! Wir wurden auf folgende Art gute Bekannte: ich traf Werner in S. in einem zahlreichen und geräuschvollen Kreise von jungen Leuten; die Unterhaltung nahm gegen Ende des Abends eine metaphysisch-philosophische Richtung. Man sprach von Überzeugungen: jeder war von allerhand andern Dingen überzeugt.

»Was mich betrifft, so bin ich nur von einem überzeugt ...« sagte der Doktor.

»Wovon denn?« – fragte ich, weil ich die Meinung eines Menschen, der bis jetzt geschwiegen hatte, erfahren wollte.

»Davon,« – antwortete er, –»dass ich früher oder später eines schönen Morgens sterben werde.«

»Ich bin reicher als Sie,« – sagte ich, –»ich habe ausserdem noch eine Überzeugung, nämlich, dass ich das Unglück hatte, an einem sehr abscheulichen Abend geboren zu werden.«

Alle fanden, dass wir krauses Zeug redeten, aber tatsächlich hatte niemand von ihnen etwas Klügeres gesagt. Von diesem Augenblick an hatten wir einander in der Menge bemerkt. Wir kamen oft zusammen und sprachen miteinander sehr ernst über abstrakte Dinge, bis wir merkten, dass wir uns gegenseitig an der Nase herumführten.

Dann schauten wir einander bedeutungsvoll in die Augen, wie es die römischen Auguren, nach Cicero, taten, begannen zu lachen, und nachdem wir uns ausgelacht, gingen wir auseinander, zufrieden mit unserem Abend.

Ich lag auf dem Diwan, die Augen nach der Decke gerichtet und die Hände unter den Kopf gesteckt, als Werner in mein Zimmer trat. Er setzte sich in einen Sessel, stellte den Stock in eine Ecke, gähnte und teilte mir mit, dass es draussen heiss werde. Ich antwortete, dass mich die Fliegen nicht in Ruhe liessen – und wir schwiegen beide.

»Merken Sie sich, lieber Doktor,« – sagte ich, –»dass es auf der Welt ohne Dummköpfe sehr langweilig wäre ... Sehen Sie mal, wir sind zwei kluge Menschen; wir wissen im voraus, dass man über alles bis zur Unendlichkeit disputieren kann, und darum disputieren wir nicht. Wir kennen fast alle geheimen Gedanken des anderen; ein Wort ist für uns eine ganze Geschichte; wir sehen den Kern jedes unserer Gefühle durch eine dreifache Hülle. Das Traurige erscheint uns lächerlich, das Lächerliche traurig, und überhaupt sind wir, offen gesagt, gegen alles, ausser gegen uns selbst, gleichgültig. Also kann ein Austausch von Gefühlen und Gedanken zwischen uns nicht erfolgen: wir wissen voneinander alles, was wir wissen wollen, und wollen auch nicht mehr wissen. Es bleibt ein Mittel übrig: wir können uns mit Neuigkeiten unterhalten. Sagen Sie mir irgend eine Neuigkeit.«

Ermüdet von der langen Rede schloss ich die Augen und gähnte ...

Er antwortete nach einigem Nachdenken:

»In Ihrem Gallimathias verbirgt sich eine Absicht.«

»Zwei« – antwortete ich.

»Sagen Sie mir die eine, ich werde Ihnen die andere nennen.«

»Gut, fangen Sie an!« – sagte ich und fuhr fort, die Decke zu betrachten und mich innerlich zu freuen.

»Sie wollen einige Einzelheiten über jemand von den Angekommenen erfahren, und ich errate schon, für wen Sie sich interessieren, weil man dort auch schon nach Ihnen gefragt hat.«

»Doktor! wir können entschieden miteinander nicht sprechen. Für uns hat die Seele des andern kein Geheimnis.«

»Jetzt der andere Hintergedanke.«

»Der andere Hintergedanke ist folgender: ich wollte Sie zwingen, etwas zu erzählen; erstens, weil das Anhören weniger ermüdend ist, zweitens, weil man sich nicht verplaudern kann; drittens kann man ein fremdes Geheimnis erfahren; viertens, weil solche kluge Menschen, wie Sie, mehr die Zuhörer, als die Erzähler lieben. Jetzt zur Sache: was hat Ihnen die Fürstin Ligowskaja über mich gesagt?«

»Sind Sie sehr überzeugt, dass es die Fürstin ... und nicht die Prinzessin ist? ...«

»Vollkommen überzeugt.«

»Warum?«

»Weil die Prinzessin nach Gruschnitzki gefragt hat.«

»Sie haben eine grosse Kombinationsgabe. Die Prinzessin sagte, dass sie überzeugt sei – dieser junge Mann im Soldatenmantel sei zum Soldaten wegen eines Duells degradiert ...«

»Ich hoffe, Sie haben sie in diesem angenehmen Irrtum gelassen ...«

»Selbstverständlich, ja . . .«

»Der Knoten ist da!« – rief ich entzückt aus, – »für die Lösung dieser Komödie werden wir sorgen. Das Schicksal ist offenbar bemüht, dass ich mich nicht langweile.«

»Ich ahne,« – sagte der Doktor, – »dass der arme Gruschnitzki Ihr Opfer sein wird ...«

»Weiter, Doktor.«

»Die Fürstin sagte, dass Ihr Gesicht ihr bekannt vorkomme. Ich erwiderte, dass sie Ihnen wahrscheinlich in Petersburg irgendwo in der Gesellschaft begegnet sei ... ich nannte ihr Ihren Namen. Sie kannte ihn. Ihre Geschichte scheint dort viel Lärm gemacht zu haben ... Die Fürstin begann Ihr Abenteuer zu erzählen und fügte vermutlich zu dem Gesellschaftsklatsch ihre eigenen Bemerkungen hinzu ... Die Tochter hörte neugierig zu. In ihrer Phantasie wurden Sie der Held eines

Romans im neuen Geschmack ... Ich widersprach der Fürstin nicht, obwohl ich wusste, dass sie krauses Zeug redete.«

»Würdiger Freund!« – sagte ich und reichte ihm die Hand. Der Doktor drückte sie mit Gefühl und fuhr fort:

»Wenn Sie wollen, werde ich Sie vorstellen ...«

»Erlauben Sie mal!« – sagte ich. – »Helden werden doch nicht vorgestellt! Man lernt sie nicht anders kennen, als in dem Augenblick, in dem sie ihre Geliebte vom sicheren Tode retten ...«

»Und Sie wollen tatsächlich der Prinzessin den Hof machen? ...«

»Im Gegenteil, ganz im Gegenteil! ... Doktor, endlich triumphiere ich: Sie verstehen mich nicht! ... Übrigens betrübt mich dies doch, Doktor,« – fuhr ich nach einigem Schweigen fort. –

»Ich offenbare nie meine Geheimnisse, liebe es aber sehr, wenn sie erraten werden, denn auf diese Weise kann ich sie stets bei Gelegenheit verleugnen. Jedoch Sie müssen mir Mutter und Tochter näher beschreiben. Was sind sie für Menschen?«

»Erstens ist die Fürstin eine Frau von etwa fünfundvierzig Jahren,« antwortete Werner, »sie hat einen guten Magen, aber das Blut ist verdorben; ihre Wangen weisen rote Flecken auf. Die letzte Hälfte ihres Lebens hat sie in Moskau verbracht, und da ist sie bei ruhigem Leben dick geworden. Sie hat zweideutige Anekdoten gern und erzählt selbst zuweilen unanständige Sachen, wenn die Tochter nicht im Zimmer ist. Sie hat mir erklärt, ihre Tochter sei unschuldig wie eine Taube. Was geht es mich an? ... Ich hatte Lust ihr zu antworten, dass sie beruhigt sein könne, ich würde es niemand sagen. Die Fürstin lässt sich gegen Rheumatismus behandeln und die Tochter, weiss Gott, wegen welcher Krankheit. Ich habe beiden verordnet, täglich zwei Glas schwefelsaures Wasser zu trinken und zweimal wöchentlich ein Bad aus der Quelle zu nehmen. Die Fürstin ist nicht gewohnt, wie es scheint, zu befehlen; sie hegt Achtung vor dem Verstande und dem Wissen der Tochter, die Byron in englischer Sprache gelesen hat und Algebra kennt. Offenbar geben sich in Moskau die jungen Damen mit gelehrten Dingen ab, und daran tun sie wirklich gut. Unsere Männer sind im allgemeinen so unliebenswürdig, dass das Kokettieren mit ihnen für eine kluge Frau unerträglich sein muss. Die Fürstin hat junge Leute sehr gern; die Tochter schaut mit einer gewissen Verachtung auf sie herab – eine moskauische Gewohnheit! Sie nähren sich in Moskau bloss von vierzigjährigen Witzbolden.«

»Waren Sie in Moskau, Doktor?«

»Ja, ich hatte dort eine kleine Praxis.«

»Fahren Sie fort.«

»Ich habe, scheint mir, alles erzählt ... Halt, noch etwas fällt mir ein, – die Prinzessin liebt, wie es mir scheint, über Gefühle, Leidenschaften und dergleichen zu reden. Sie war einen Winter in Petersburg, und dort hat es ihr missfallen, besonders die Gesellschaft; man hat sie wahrscheinlich kühl aufgenommen.«

»Haben Sie niemand heute bei ihnen getroffen?«

»Im Gegenteil, es waren ein Adjutant, ein sehr formeller Gardeoffizier, und eine Dame von den Neuangekommenen da, eine Verwandte der Fürstin, seitens des Mannes, sehr hübsch, aber wie es scheint, sehr krank ... Haben Sie sie nicht an der Quelle gesehen? Sie ist von mittlerem Wuchse, blond, mit regelmässigen Zügen, schwindsüchtige Gesichtsfarbe, und auf der rechten Wange hat sie ein schwarzes Mal; ihr Gesicht fiel mir als ausdrucksvoll auf.«

»Ein Mal! auf der rechten Wange« murmelte ich zwischen den Zähnen. »Ist es möglich?«

Der Doktor schaute mich an und sagte feierlich, indem er mir die Hand aufs Herz legte:

»Sie kennen sie!« ...

Mein Herz klopfte in der Tat stärker, als sonst.

»Jetzt ist die Reihe an Ihnen, zu triumphieren!« sagte ich, »ich baue aber auf Sie, Sie werden mich nicht verraten. Ich habe sie noch nicht gesehen, aber ich bin überzeugt, aus Ihrer Schilderung eine Frau, die ich einst geliebt habe, zu erkennen ... Sagen Sie ihr kein Wort über mich; wenn sie fragen sollte, sagen Sie ihr Schlechtes.«

»Wie Sie wollen!« sagte Werner und zuckte mit den Schultern.

Als er fortging, presste eine furchtbare Traurigkeit mein Herz zusammen. Hat uns das Schicksal wieder im Kaukasus zusammengeführt oder ist sie absichtlich hierher gekommen mit der Gewissheit, dass sie mich treffen wird? ... Und wie werden wir uns begegnen? ... Aber, – ist sie es auch? ... Meine Ahnungen haben mich nie betrogen. Es gibt in der Welt keinen Menschen, über den die Vergangenheit solch eine Gewalt gewinnt, wie über mich. Jedes Erinnern an vergangenen Kummer oder Freude schlägt schmerzhaft an meine Seele und entlockt ihr stets dieselben Töne ... Ich bin so dumm geschaffen, – dass ich nichts vergesse – nichts!

Nach dem Mittagsessen gegen sechs Uhr ging ich auf den Boulevard; dort drängten sich die Menschen fast; die Fürstin und ihre Tochter saßen auf einer Bank, umringt von jungen Leuten, die ihnen um die Wette den Hof machten. Ich liess mich in einiger Entfernung auf einer Bank nieder, hielt zwei bekannte Dragoneroffiziere an und begann ihnen etwas zu erzählen; offenbar war es lächerlich, denn sie fingen an, wie wahnsinnig zu lachen. Die Neugier zog einige aus der Umgebung der Prinzessin zu mir herüber; allmählich verliessen sie alle und schlossen sich meinem Kreise an. Ich hielt nicht inne; meine Anekdoten waren bis zur Dummheit klug; mein Spott über vorbeigehende Sonderlinge war boshaft bis zur Raserei ... Ich fuhr fort, das Publikum bis Sonnenuntergang zu erheitern.

Einigemal ging die Prinzessin am Arme ihrer Mutter an mir vorbei, begleitet von einem kleinen hinkenden Greise; einigemal fiel ihr Blick auf mich und drückte Ärger aus, obwohl sie sich bemühte, gleichgültig zu erscheinen ...

»Was hat er Ihnen erzählt?« fragte sie einen von den jungen Leuten, die aus Höflichkeit zu ihr zurückgekehrt waren, »wahrscheinlich eine sehr amüsante Geschichte, seine Heldentaten in den Schlachten?« ... Sie sagte dies ziemlich laut und wahrscheinlich in der Absicht, mich zu verletzen.

»Aha!« dachte ich, »Sie ärgern sich über mich im Ernst, liebe Prinzessin. Warten Sie, es wird noch besser kommen.«

Gruschnitzki verfolgte sie wie ein Raubtier und wendete den Blick nicht von ihr. Ich gehe eine Wette ein, dass er morgen bitten wird, ihn der Fürstin vorzustellen. Sie wird sehr erfreut sein, denn sie langweilt sich.

16. Mai

Im Laufe von zwei Tagen haben sich meine Angelegenheiten sehr entwickelt. Die Prinzessin hasst mich entschieden; man hat mir schon zwei oder drei Epigramme über mich, ziemlich beissende, gleichzeitig aber sehr schmeichelhafte wiedererzählt. Ihr scheint es höchst merkwürdig, dass ich, der ich an die gute Gesellschaft gewöhnt bin und ihren Petersburger Cousinen und Tanten so nahe stehe, mich nicht bemühe, mit ihr bekannt zu werden. Wir begegnen uns jeden Tag an dem Brunnen, auf dem Boulevard; ich verwende alle meine Kräfte, um ihre Anbeter, die glänzenden Adjutanten, die bleichen Moskowiter und andere ihr abspenstig zu machen – und mir glückt es fast stets. Ich habe es immer vermieden, Gäste zu mir zu laden; jetzt ist mein Haus jeden Tag voll Besuch. Man speist zu Mittag, zu Abend bei mir, spielt und ach! mein Champagner triumphiert über die Macht ihrer magnetischen Augen!

Gestern traf ich sie im Laden von Tschelachoff; sie wollte einen wundervollen persischen Teppich erstehen. Die Prinzessin bat ihre Mama nicht zu geizen, – dieser Teppich würde ihr Zimmer so verschönern! . . . Ich bot vierzig Rubel mehr und erstand den Teppich; dafür wurde ich mit einem Blicke belohnt, in dem die entzückendste Wut brannte. Gegen Mittag befahl ich mein Tscherkessenpferd, bedeckt mit diesem Teppich, absichtlich an ihren Fenstern vorbeizuführen. Werner war um diese Zeit bei ihnen und sagte mir, dass der Effekt dieses Auftrittes höchst dramatisch gewesen sei. Die Prinzessin will Aufruhr gegen mich predigen; ich habe sogar bemerkt, dass zwei Adjutanten mich in ihrer Gegenwart schon sehr formell grüssen, sie speisen jedoch täglich bei mir.

Gruschnitzki hat ein geheimnisvolles Wesen angenommen; er geht, die Hände auf dem Rücken, herum und erkennt niemand; sein Fuss ist plötzlich geheilt, und er hinkt kaum. Er hat Gelegenheit gefunden, mit der Fürstin ein Gespräch zu führen und der Prinzessin irgend ein Kompliment zu sagen; sie muss offenbar nicht sehr wählerisch sein, denn seit der Zeit antwortet sie auf seinen Gruss mit dem anmutigsten Lächeln.

»Du willst also durchaus Ligowski nicht kennenlernen?« fragte er mich gestern.

»Durchaus nicht.«

»Erlaube mal! Es ist das angenehmste Haus hier! Die ganze hiesige beste Gesellschaft ...«

»Mein Freund, auch das nicht Hiesige ist mir schrecklich langweilig. Verkehrst du denn bei ihnen?«

»Nein, noch nicht; ich habe ein paarmal mit der Prinzessin gesprochen, weiter nichts. Du weisst, es ist peinlich sich aufzudrängen, obwohl dies hier üblich ist ... Es wäre eine andere Sache, wenn ich Epauletten trüge ...«

»Aber, erlaube! So bist du doch bei weitem interessanter! Du verstehst einfach nicht, deine günstige Stellung auszunützen ...

Dein Soldaten-mantel macht dich in den Augen jeder gefühlvollen jungen Dame zu einem Helden und Dulder.«

Gruschnitzki lächelte selbstzufrieden.

»Welch ein Unsinn!« sagte er.

»Ich bin überzeugt,« fuhr ich fort, »dass die Prinzessin schon jetzt in dich verliebt ist.«

Er errötete bis an die Ohren und wurde böse. Oh, Eigenliebe! Du bist der Hebel, mit dem Archimed die Erdkugel emporheben wollte! ...

»Du treibst stets Spass!« sagte er und tat, als ob er sich ärgerte.

»Erstens kennt sie mich noch so wenig ...«

»Frauen lieben nur die, welche sie nicht kennen.«

»Und übrigens habe ich gar nicht die Prätension, ihr zu gefallen; ich will bloss in einem angenehmen Hause verkehren, und es würde sehr lächerlich sein, wenn ich irgend welche Hoffnungen hätte ... Bei euch dagegen liegt die Sache ganz anders; ihr Petersburger Sieger braucht bloss hinzuschauen – da schmelzen die Frauen ... Weisst du aber, Petschorin, was die Prinzessin über dich gesagt hat?...«

»Wie? Sie hat schon mit dir über mich gesprochen?...«

»Freue dich jedoch nicht. Ich kam einmal mit ihr in ein Gespräch am Brunnen, zufällig, und ihr drittes Wort war: ›Wer ist dieser Herr mit dem unangenehmen, schweren Blick? Er war damals mit Ihnen.‹ Sie errötete und wollte den Tag nicht nennen, wo sie sich so gefällig gezeigt hatte. ›Sie brauchen den Tag nicht zu nennen‹, antwortete ich ihr, ›ich werde ewig seiner gedenken...‹ Mein Freund, Petschorin! ich beglückwünsche dich nicht, du bist bei ihr schlecht angeschrieben ....

Es ist wirklich schade, denn Mary ist sehr lieb! ...«

Es muss bemerkt werden, dass Gruschnitzki zu den Menschen gehörte, die, wenn sie von einer Frau sprechen, mit der sie kaum bekannt sind, von *meiner Mary, meiner Sophie* sprechen, wenn sie das Glück hatte ihnen zu gefallen ... Ich nahm ein ernstes Aussehen an und antwortete:

»Ja, sie ist nicht schlecht . . . Aber sieh dich bloss vor, Gruschnitzki! Die russischen jungen Mädchen leben meistenteils bloss von platonischer Liebe, ohne den Gedanken an eine Heirat dabei zu hegen, und die platonische Liebe ist die beunruhigendste. Die Prinzessin scheint zu den Frauen zu gehören, die amüsiert sein möchten; wenn sie sich bei dir zwei Minuten nacheinander langweilen wird, bist du unrettbar verloren. Dein Schweigen muss ihre Neugier erregen und deine Unterhaltung sie nie vollkommen befriedigen; du musst sie jeden

Augenblick in Aufruhr versetzen. Sie wird zehnmal deinetwegen die öffentliche Meinung missachten, wird es als ein Opfer hinstellen, und um sich zu belohnen, wird sie dich quälen und später einfach sagen, dass sie dich nicht ausstehen kann. Wenn du keine Macht über sie gewinnen wirst, so wird nicht mal ihr erster Kuss dir das Recht auf einen zweiten geben. Sie wird mit dir bis zur Übersättigung kokettieren und nach zwei Jahren aus Gehorsam gegen die Mama ein Scheusal heiraten und sich dann einreden, dass sie unglücklich sei, dass sie nur einen einzigen Menschen, d. h. dich, geliebt habe, aber dass der Himmel nicht wollte, sie mit ihm zu vereinigen, weil er einen Soldatenmantel trug, obwohl unter diesem dicken grauen Mantel ein leidenschaftliches edles Herz schlug. . . .«

Gruschnitzki schlug mit der Faust auf den Tisch und begann im Zimmer auf- und abzugehen.

Ich freute mich innerlich und lächelte sogar zweimal, aber er hatte es zum Glück nicht bemerkt. Es war klar, dass er verliebt war, denn er war noch zutraulicher als früher geworden. Er hatte sogar einen silbernen Ring mit schwarzen Verzierungen, hiesiger Arbeit – er erschien mir verdächtig. Ich begann ihn näher zu betrachten und bemerkte, dass in ganz feinen Buchstaben der inneren Seite der Name Mary eingraviert war und nebenan – das Datum des Tages, an dem sie das berühmte Glas aufgehoben hatte. Ich verbarg meine Entdeckung; ich wollte von ihm keine Bekenntnisse erzwingen; ich wollte, dass er selbst mich zu seinem Vertrauten wählte – und da würde ich mich ergötzen! ...

Heute bin ich spät aufgestanden; ich kam zu dem Brunnen – niemand war mehr da. Es wurde sehr heiss; weisse flockige Wolken eilten schnell von den schneebedeckten Bergen und verkündeten Gewitter; der Gipfel des Maschuk rauchte wie eine erloschene Fackel. Rings um den Gipfel wogten und wälzten sich graue Wolkenfetzen gleich Schlangen, die in ihrem Fluge aufgehalten waren und sich scheinbar an dem stacheligen Gebüsch festgehakt hatten. Die Luft war mit Elektrizität geschwängert. Ich ging in die Weinrebenallee, die zu der Grotte führt; ich war traurig. Ich dachte an die junge Frau mit dem Muttermal auf der Wange, von der mir der Doktor erzählt hatte ... Warum war sie hier? Und war sie es auch? Und warum meinte ich, dass sie es wäre?

Und warum war ich sogar fest davon überzeugt? Gab es denn nicht viel Frauen mit Muttermalen auf der Wange? – In solche Betrachtungen versunken, kam ich zu der Grotte. Da sah ich plötzlich: – in dem kühlen Schatten des Gewölbes sass auf einer steinernen Bank eine Frau mit einem Strohhut, in einen schwarzen Schal gehüllt und hatte den Kopf auf die Brust gesenkt; der Strohhut verdeckte ihr Gesicht. Ich wollte schon umkehren, um ihr Träumen nicht zu stören, als sie mich anblickte.

»Wera!« rief ich unwillkürlich.

Sie zuckte zusammen und erbleichte.

»Ich wusste, dass Sie hier sind,« sagte sie.

Ich setzte mich neben sie und nahm ihre Hand. Ein längst vergessenes Zittern durchflog meine Adern beim Klange dieser lieben Stimme; sie schaute mir in die Augen mit ihrem tiefen und ruhigen Blick; in ihm lag Misstrauen und etwas wie Tadel.

»Wir haben uns lange nicht gesehen,« sagte ich.

»Ja, lange, und haben uns beide in vielem verändert!«

»Also liebst du mich nicht mehr? . . .«

»Ich bin verheiratet! . . .« antwortete sie.

»Wieder? Vor einigen Jahren stand die gleiche Tatsache zwischen uns, indessen ...«

Sie entriss mir ihre Hand, ihre Wangen brannten.

»Vielleicht liebst du deinen zweiten Mann? ...«

Sie antwortete nicht und wendete sich ab.

»Oder ist er sehr eifersüchtig?«

Schweigen.

»Was denn? Er ist jung, schön, wahrscheinlich sehr reich, und du fürchtest dich ...«

Ich sah sie an und erschrak – ihr Gesicht drückte tiefe Verzweiflung aus; in den Augen standen Tränen.

»Sage mir,« flüsterte sie endlich, »freut es dich sehr, mich zu quälen? Ich müsste dich hassen. Seit dem Tage, wo wir uns kennen, hast du mir nichts als Qualen bereitet ...«

Ihre Stimme zitterte; sie beugte sich zu mir und liess ihren Kopf auf meine Brust sinken.

»Vielleicht,« dachte ich, »hast du mich gerade deswegen geliebt; die Freuden vergisst man, die Leiden aber nie ...«

Ich hatte sie fest umarmt, und so verharrten wir lange. Endlich näherten sich unsere Lippen und vereinten sich zu einem heissen berauschenden Kuss; ihre Hände waren kalt wie Eis, der Kopf brannte. Da begann zwischen uns eins von jenen Gesprächen, die auf dem Papier keinen Sinn haben und die man nicht wiederholen, deren man sich sogar nicht erinnern kann: die Bedeutung der Töne ersetzt und vervollständigt die Bedeutung der Worte, wie in einer italienischen Oper.

Sie wollte entschieden nicht, dass ich ihren Mann kennen lernte, jenen hinkenden Greis, den ich flüchtig auf dem Boulevard gesehen hatte; sie hatte ihres Sohnes wegen geheiratet – er war reich und litt an Rheumatismus. Ich habe mir keine einzige höhnische Bemerkung über ihn erlaubt; sie achtete ihn wie einen Vater und wird ihn betrügen wie einen Mann ... Ein merkwürdiges Ding ist das menschliche Herz und ein weibliches ganz besonders!

Weras Mann, Semen Wassiljewitsch G...w, war ein entfernter Verwandter der Fürstin Ligowskaja. Er wohnte neben ihr. Wera war oft bei der Fürstin; ich habe ihr mein Wort gegeben, mit Ligowski bekannt zu werden und der Prinzessin den Hof zu machen, um die Aufmerksamkeit von ihr abzulenken. In dieser Weise sind meine Pläne keineswegs durchkreuzt, und ich werde meine Freude daran haben ... Freude? – Ja, ich habe die Periode des seelischen Lebens hinter mir, in der man nur Glück sucht, wo das Herz die Notwendigkeit empfindet, jemanden stark und leidenschaftlich zu lieben; jetzt will ich nur geliebt sein und auch nur von sehr wenigen; mir scheint sogar, dass eine einzige ständige Liebe mir genügen würde: klägliche Angewohnheit des Herzens! ...

Eins war mir stets merkwürdig, – ich war nie der Sklave einer geliebten Frau gewesen, im Gegenteil, ich gewann stets über ihren Willen und ihr Herz eine unbezwingbare Macht, ohne mich darum besonders zu bemühen. Warum geschah es so? – Vielleicht, weil ich nie einen besonderen Wert auf etwas lege und dass sie jeden Augenblick sich fürchteten, mich zu verlieren? Oder ist es der magnetische Einfluss eines starken Organismus? Oder weil ich einfach nie einer Frau mit festem Charakter begegnet bin?

Ich muss gestehen, dass ich in der Tat Frauen von Charakter nicht liebe, – das kommt ihnen nicht zu! ...

Es ist wahr, jetzt erinnere ich mich: einmal, nur ein einziges Mal habe ich eine Frau mit festem Willen, den ich nie besiegen konnte, geliebt

... Wir trennten uns als Feinde – und doch, wenn ich sie vielleicht fünf Jahre später getroffen hätte, würden wir uns anders getrennt haben ...

Wera ist krank, sehr krank, obwohl sie es nicht eingesteht; ich fürchte, sie hat die Schwindsucht oder jene Krankheit, die man fièvre lente nennt, – keine russische Krankheit, und unsere Sprache hat keine Bezeichnung dafür.

Das Gewitter überraschte uns in der Grotte und hielt uns dort eine weitere halbe Stunde zurück. Sie zwang mich nicht, Treue zu schwören, fragte mich nicht, ob ich andere seit dem Tage, da wir uns trennten, geliebt hätte ... Sie hat sich mir von neuem mit der früheren Sorglosigkeit anvertraut – und ich werde sie nicht betrügen: sie ist die einzige Frau in der Welt, die ich nicht imstande bin zu betrügen.

Ich weiss, wir werden uns bald wieder trennen und vielleicht auf immer; wir werden beide verschiedene Wege bis zum Grabe gehen, aber die Erinnerung an sie wird in meiner Seele unantastbar bleiben. Ich habe ihr dies stets wiederholt, und sie glaubt mir, obwohl sie das entgegengesetzte sagt.

Endlich trennten wir uns; ich verfolgte sie lange mit den Augen, bis ihr Hut hinter dem Gebüsch und den Felsen verschwand. Mein Herz presste sich schmerzhaft zusammen, wie nach der ersten Trennung. Oh, wie ich mich über dieses Gefühl freute! Will die Jugend mit ihren wohltätigen Stürmen wieder zu mir zurückkehren, oder ist es bloss ihr Abschiedsblick, das letzte Geschenk – zur Erinnerung? ... Es ist lächerlich zu denken, dass ich dem Aussehen nach noch ein Knabe bin: das Gesicht ist wohl bleich, aber noch frisch; die Glieder sind geschmeidig und schlank; dichte Locken winden sich, die Augen brennen, das Blut siedet ...

Als ich nach Hause zurückgekehrt war, setzte ich mich aufs Pferd und jagte in die Steppe. Ich liebe auf einem feurigen Pferde durchs hohe Gras gegen den einsamen Wind dahinzujagen; voll Gier verschlinge ich die wohlriechende Luft, lasse meine Blicke in der blauen Ferne umherschweifen und versuche die nebelhaften Umrisse der Gegenstände zu erfassen, die mit jedem Augenblick immer deutlicher und deutlicher werden. Welcher Kummer auch mein Herz bedrückt, welche Unruhe auch meine Gedanken plagt – alles ist in einem Augenblick zerstreut; in der Seele ist es leichter; die Müdigkeit des Körpers besiegt die Unruhe des Verstandes. Es gibt keinen weiblichen

Blick, den ich nicht vergesse, wenn ich in den blauen Himmel schaue oder dem Rauschen des Baches lausche, der von Fels zu Fels stürzt.

Ich meine, die Kosaken, die gähnend auf ihren Gerüsten Schildwache stehen, haben sich lange über dieses Rätsel gequält, als sie mich ziel- und planlos dahinjagen sahen, denn nach der Kleidung haben sie mich wahrscheinlich für einen Tscherkessen gehalten. Man hat mir in der Tat gesagt, dass ich zu Pferde im Tscherkessenkostüm mehr einem Kabardiner gleiche, als viele Kabardiner, und tatsächlich bin ich, was diese edle Kriegerkleidung betrifft, ein vollkommener Dandy; keine überflüssige Borte, kostbare Waffen in einfacher Bearbeitung, das Fell auf der Mütze nicht zu lang und nicht zu kurz; die Vorschuhe und Stiefelschafte sind mit möglichster Genauigkeit angepasst; der Beschmet ist weiss und der Mantel dunkelbraun.

Ich habe lange beobachtet, wie die Bergbewohner zu Pferde sitzen, und durch nichts kann man meiner Eigenliebe mehr schmeicheln, als durch die Anerkennung meiner Fertigkeit, nach kaukasischer Art zu reiten. Ich halte mir vier Pferde: das eine für mich selbst, die anderen drei für gute Bekannte, falls es mir langweilig wird, allein durch die Felder zu streifen; sie nehmen mit Vergnügen meine Pferde und reiten nie mit mir zusammen aus. Es war schon sechs Uhr nachmittags, als ich mich erinnerte, dass es Zeit zum Mittagsessen sei. Mein Pferd war abgespannt; ich ritt auf den Weg hinaus, der von Pjatigorsk nach der deutschen Kolonie führt, wohin die Badegesellschaft oft ihren Ausflug machte. Der Weg schlängelte sich zwischen Gebüsch und führte durch kleine Schluchten, wo geräuschvolle Bäche im Schatten hohen Grases flossen; ringsum erhoben sich, gleich einem Amphitheater, die blauen Gipfel des Beschtu, Smeinoi, Schelesnoi und Lissoi. Ich ritt in eine dieser Schluchten hinab, die man in hiesiger Mundart »Balki« nennt, und blieb halten, um das Pferd zu tränken; in demselben Augenblick erschien auf dem Wege eine lärmende und glänzende Kavalkade; die Damen waren in schwarzen und blauen Amazonen, die Kavaliere in Kostümen, die ein Gemisch von tscherkessisch und kleinstädtisch vorstellten; an der Spitze ritten Gruschnitzki und Prinzessin Mary. Die Damen in den Badeorten glaubten noch an Überfälle seitens der Tscherkessen am hellen lichten Tage; aus diesem Grunde hatte Gruschnitzki wahrscheinlich über seinen Soldatenmantel einen Säbel und ein paar Pistolen gehängt; er war ziemlich lächerlich in diesem heldenhaften Aufzuge.

Ein hoher Busch verbarg mich ihnen; aber durch seine Zweige konnte ich alles sehen und am Ausdrucke ihrer Gesichter erraten, dass die Unterhaltung sentimental war. Endlich näherten sie sich dem Abstiege; Gruschnitzki nahm das Pferd der Prinzessin am Zügel, und da hörte ich das Ende ihres Gespräches.

»Und Sie wollen ihr ganzes Leben im Kaukasus bleiben?« sagte die Prinzessin.

»Was soll ich in Russland?« antwortete ihr Begleiter. »In einem Lande, wo Tausende von Menschen, weil sie reicher sind als ich, auf mi ch mit Verachtung herabsehen werden, während hier – hier hat dieser dicke Mantel meine Bekanntschaft mit Ihnen nicht gehindert ...«

»Im Gegenteil . . .,« sagte die Prinzessin errötend.

Das Gesicht Gruschnitzkis drückte Vergnügen aus. Er fuhr fort.

»Hier wird mein Leben geräuschvoll, unbemerkt und schnell unter den Kugeln der Wilden dahinfliessen, und wenn Gott mir jedes Jahr einen schönen Frauenblick senden würde, einen, wie ...«

In diesem Augenblicke waren sie ganz in meiner Nähe; ich schlug das Pferd mit der Peitsche und ritt aus dem Gebüsche hervor ...

»Mon Dieu, un circassien!« rief entsetzt die Prinzessin.

Um sie vollständig zu beruhigen, antwortete ich ihr mit leichter Verbeugung französisch:

»Ne craignez rien, mademoiselle, je ne suis pas plus dangereux que votre cavalier . . .«

Sie wurde verwirrt – aber warum? Wegen ihres Irrtums, oder weil meine Antwort ihr dreist erschien? Ich wünschte, dass meine letztere Vermutung richtig wäre. Gruschnitzki warf mir einen unzufriedenen Blick zu.

Spät am Abend, d. h. gegen elf Uhr, ging ich in der Lindenallee des Boulevards spazieren. Die Stadt schlief; nur in einigen Fenstern schimmerte Licht. Von drei Seiten hoben sich dunkel die Felsenkämme ab, Ausläufer des Maschuk, auf dessen Gipfel ein unheilverkündendes Wölkchen lag. Der Mond stieg im Osten auf; in der Ferne leuchteten wie silberner Besatz die Schneeberge. Die Rufe der Wachen lösten das Geräusch der heissen Quellen ab, die zur Nacht geöffnet waren. Ab und zu ertönte auf der Strasse der laute Hufschlag eines Pferdes, begleitet vom Knarren eines Wagens und dem trostlosen tatarischen Gesang. Ich setzte mich auf eine Bank und versank in Gedanken ... Ich fühlte das Bedürfnis, in einem freundschaftlichen Gespräch meine Gedanken zu äussern ... aber mit wem?...

Was mag jetzt Wera machen? dachte ich ...

Ich hätte viel darum gegeben, in diesem Augenblick ihre Hand zu drücken.

Plötzlich hörte ich eilige und ungleichmässige Schritte... Wahrscheinlich war es Gruschnitzki ...

Ja, er war es!

»Woher?«

»Von der Fürstin Ligowskaja,« sagte er sehr wichtig.

»Wie Mary singt!...«

»Weisst du was?« sagte ich ihm, »ich wette, sie weiss nicht, dass du Junker bist; sie denkt, du bist degradiert ...«

»Vielleicht. Was geht das mich an!«... antwortete er zerstreut.

»Nein, ich sage es ja bloss so ...«

»Weisst du, dass du sie heute schrecklich geärgert hast? Sie fand, es sei eine unerhörte Dreistigkeit; ich habe sie nur mit Mühe überzeugen können, wie gut du erzogen bist und die Gesellschaftsformen kennst, dass du sicherlich nicht die Absicht hattest, sie zu beleidigen. Sie sagte, du hättest einen unverschämten Blick und wahrscheinlich eine sehr hohe Meinung von dir selbst.«

»Sie irrt sich nicht ... Und willst du nicht für sie eintreten?«

»Es tut mir leid, dass ich noch kein Recht dazu habe ...«

»Oho!« dachte ich, »wie es scheint, hat er schon Hoffnung ...«

»Übrigens ist es für dich selbst peinlich,« fuhr Gruschnitzki fort, »jetzt wird es dir schwer werden, mit ihnen bekannt zu werden – schade zwar! Es ist das angenehmste Haus, das ich nur kenne ...«

Ich lächelte innerlich.

»Das angenehmste Haus für mich ist jetzt mein eigenes,« sagte ich gähnend und stand auf, um zu gehen.

»Gestehe aber doch, du bereust es? ...«

»Welch ein Unsinn! Wenn ich will, werde ich morgen abend noch bei der Fürstin sein ...«

»Wollen sehen ...«

»Und um dir ein Vergnügen zu bereiten, werde ich sogar der Prinzessin den Hof machen ...«

»Ja, wenn sie nur mit dir sprechen wollte ...«

»Ich werde bloss den Augenblick abwarten, wenn deine Unterhaltung ihr langweilig wird ... Adieu ...«

»Und ich muss noch etwas unternehmen; ich kann jetzt doch nicht einschlafen ... Hör mal, wollen wir nicht in ein Restaurant gehen, dort wird gespielt ... ich brauche heute starke Aufregungen ...«

»Ich wünsche dir, dass du verlierst ...«

Ich ging nach Hause.

21. Mai

Es ist fast eine Woche vergangen, und ich bin noch immer nicht mit Ligowskis bekannt geworden. Ich warte eine günstige Gelegenheit ab. Gruschnitzki folgt der Prinzessin überall, gleich einem Schatten; ihre Gespräche sind endlos; wann wird er ihr langweilig? ... Die Mutter achtet nicht darauf, denn es ist *keine passende Partie.*

Das ist die Logik der Mütter! Ich habe zwei oder drei zärtliche Blicke bemerkt – man muss dem ein Ende machen.

Gestern erschien Wera zum ersten Male am Brunnen ... Seit wir uns in der Grotte getroffen hatten, hat sie das Haus nicht verlassen. Wir haben gleichzeitig unsere Gläser gefüllt, sie beugte sich zu mir und sagte mir im Flüstertone:

»Du willst nicht mit Ligowskis bekannt werden? ... Nur dort können wir uns treffen ...«

Ein Vorwurf! ... es ist langweilig! Aber ich hatte ihn verdient ...

Es passt ja: morgen ist Subskriptionsball im Saale des Kurhauses, und ich werde mit der Prinzessin die Mazurka tanzen.

29. Mai

Der Saal des Kurhauses hat sich in den Saal eines Adelshauses verwandelt. Um neun Uhr waren alle versammelt. Die Fürstin nebst Tochter erschien mit den letzten; viele Damen betrachteten sie voll Neid und Missgunst, weil Prinzessin Mary sich mit Geschmack kleidet. Die Damen, die sich als hiesige Aristokratinnen fühlen, verbargen ihren Neid und schlossen sich ihr an. Was soll man denn tun? Wo es eine Gesellschaft von Frauen gibt, erscheint sofort ein höherer und ein niedriger Kreis. Unter dem Fenster, auf der Strasse, mitten in einer Menschenmenge, stand Gruschnitzki, das Gesicht an die Scheibe gepresst, und liess seine Göttin nicht aus den Augen; sie nickte ihm im Vorübergehen kaum merklich mit dem Kopfe zu. Er strahlte, wie die Sonne ... Der Tanz begann mit einer Polonaise; dann folgte ein Walzer. Die Sporen klirrten, die Rockschösse hoben sich und flogen.

Ich stand hinter einer dicken Dame, die von rosa Federn umschattet war; ihr bauschiges Kleid erinnerte an die Zeiten des Fischbeins und die Buntscheckigkeit ihrer nicht glatten Haut – an die glückliche Epoche der Schönpflästerchen aus schwarzem Taft. Die grösste Warze auf ihrem Halse war durch ein Fermoir verdeckt. Sie sagte zu ihrem Kavalier, einem Dragonerkapitän:
»Diese Prinzessin Ligowski ist ein unerträgliches Mädel. Denken Sie sich, sie hat mich gestossen und sich nicht mal entschuldigt; sie hat sich sogar umgewandt und mich mit ihrer Lorgnette angeschaut ... C'est impayable ... Und worauf ist sie stolz? Man müsste ihr eine Lektion erteilen...«
»Das kann man besorgen!« – antwortete der bereitwillige Kapitän und ging in ein anderes Zimmer. Ich trat sofort an die Prinzessin heran und bat sie um einen Walzer, indem ich die Freiheit der hiesigen Gepflogenheiten benutzte, die es erlauben, mit unbekannten Damen zu tanzen.

Sie konnte sich kaum bezwingen, nicht zu lächeln und ihren Triumph zu verbergen; es gelang ihr jedoch ziemlich schnell, eine vollständig gleichgültige und sogar strenge Miene anzunehmen. Sie legte nachlässig ihre Hand auf meine Schulter, neigte ein wenig das Köpfchen zur Seite – und wir fingen an. Ich kenne keine wonnigere und schmiegsamere Taille! Ihr frischer Atem berührte mein Gesicht; ab und zu glitt eine Locke, von ihren Genossinnen im Wirbel des Walzers losgelöst, über meine brennende Wange ... Ich tanzte drei Touren. Sie war ausser Atem, ihre Augen waren getrübt, die halbgeöffneten Lippen konnten kaum das notwendige:»Merci, Monsieur,« flüstern.

Nach einigen Augenblicken des Schweigens sagte ich mit dem demütigsten Aussehen:
»Ich habe gehört, Prinzessin, dass ich, obwohl Ihnen gänzlich unbekannt, schon das Unglück hatte, Ihre Ungnade zu verdienen ... dass Sie mich dreist gefunden haben ... Ist es wirklich wahr?«

»Und Sie möchten mich jetzt in dieser Meinung bestärken?« – fragte sie mit einer ironischen Grimasse, die übrigens ihrem beweglichen Gesichte gut stand.

»Wenn ich die Dreistigkeit hatte, Sie durch irgend etwas zu beleidigen, so erlauben Sie mir, eine noch grössere Dreistigkeit zu haben – Sie um Verzeihung zu bitten ... Ich möchte Ihnen gern beweisen, dass Sie sich geirrt haben ...«

»Dies wird Ihnen ziemlich schwer fallen ...«

»Warum denn?«

»Weil Sie bei uns nicht verkehren, und diese Bälle werden sich wahrscheinlich nicht oft wiederholen.«

»Das heisst,« – dachte ich, – »dass ihre Türen für mich für immer verschlossen sind.«

»Wissen Sie, Prinzessin,« – sagte ich mit einigem Ärger, – »man soll nie einen reuigen Verbrecher zurückstossen: aus Verzweiflung kann er ein noch grösserer Verbrecher werden ... und dann ...«

Das Lachen und Flüstern hinter uns bewirkte, dass ich mich umwendete und meine Phrase unterbrach. Einige Schritte entfernt stand eine Gruppe von Männern und unter ihnen der Dragonerkapitän, der gegen die anmutige Prinzessin feindselige Absichten geäussert hatte. Er war über irgend etwas besonders zufrieden, rieb sich die Hände, lachte und zwinkerte seinen Kameraden zu. Plötzlich löste sich aus ihrer Mitte ein Herr im Frack mit langem Schnurrbart und rotem Gesicht und lenkte seine unsicheren Schritte gerade auf die Prinzessin zu: er war betrunken. Er blieb vor der verwirrten Prinzessin stehen, legte die Hände auf den Rücken, richtete seine trüben, grauen Augen auf sie und sagte mit heiserer Diskantstimme:

»Erlauben Sie . . . na, wozu grosse Umstände ... Kurz und gut – ich bitte Sie um die nächste Mazurka ...«

»Was wünschen Sie?« – fragte sie mit zitternder Stimme und warf einen flehenden Blick um sich.

Leider war ihre Mutter weit entfernt und niemand von den ihr bekannten Kavalieren in der Nähe; ein Adjutant schien dies alles gesehen zu haben, aber er versteckte sich hinter der Menge, um nicht in eine peinliche Geschichte verwickelt zu werden.

»Nun?« – sagte der betrunkene Herr und zwinkerte dem Dragonerkapitän zu, der ihn durch Zeichen ermunterte, – »wollen Sie denn nicht? ... Ich habe die Ehre, Sie nochmals um die Mazurka zu bitten ... Sie meinen vielleicht, ich wäre betrunken? Das hat nichts zu sagen! ... Es geht viel besser, das kann ich Sie versichern ...«

Ich sah, dass sie nahe daran war, vor Schreck und Entrüstung in Ohnmacht zu fallen.

Ich trat an den betrunkenen Herrn heran, nahm ihn ziemlich unsanft am Arm, schaute ihm fest in die Augen und bat ihn, sich zu entfernen, – weil, fügte ich hinzu, – die Prinzessin mir schon längst die Mazurka versprochen hätte.

»Nun, nichts zu machen ... ein anderes Mal also!« – sagte er lachend und entfernte sich zu seinen beschämten Kameraden, die ihn sofort in ein anderes Zimmer führten.

Ich wurde mit einem tiefen, wunderbaren Blick belohnt.

Die Prinzessin ging zu ihrer Mutter und erzählte ihr alles; diese suchte mich in der Menge auf und dankte mir. Sie erklärte mir, dass sie meine Mutter gekannt hätte und mit einem halben Dutzend meiner Tanten befreundet gewesen wäre.

»Ich weiss nicht, wie es gekommen ist, dass wir bis jetzt nicht miteinander bekannt geworden sind,« – fügte sie hinzu, – »aber gestehen Sie, Sie sind selbst daran schuld; Sie meiden alles so, dass es einfach unbegreiflich ist. Ich hoffe, dass die Luft meines Salons Ihre Marotte verscheuchen wird ... Nicht wahr? ...«

Ich sagte ihr eine von jenen Phrasen, die jeder für einen ähnlichen Fall bereit halten sollte.

Die Quadrille zog sich schrecklich lange hin. Endlich schmetterte die Musik von der Galerie los; ich nahm mit der Prinzessin Aufstellung. Ich erinnerte mit keinem Worte an den betrunkenen Herrn, noch auch an mein früheres Benehmen und an Gruschnitzki. Der Eindruck, den der unangenehme Auftritt auf sie gemacht hatte, wurde allmählich verwischt; ihr Gesichtchen heiterte sich auf; sie scherzte sehr nett; ihre Unterhaltung war prickelnd, ohne Anmassung auf Witz, lebhaft und frei; ihre Bemerkungen waren ab und zu geistreich ... Ich gab ihr in einer sehr verwickelten Phrase zu verstehen, dass sie mir schon lange gefalle. Sie neigte das Köpfchen und errötete leicht.

»Sie sind ein merkwürdiger Mensch!« – sagte sie, indem sie ihre sammetnen Augen zu mir erhob und gezwungen lachte.

»Ich wollte nicht mit Ihnen bekannt werden,« – fuhr ich fort, – »weil Sie eine zu dichte Menge Anbeter umringt, und ich fürchtete, in ihr vollständig verloren zu gehen.«

»Sie haben umsonst gefürchtet, sie sind alle viel zu langweilig ...«

»Alle! sind es wirklich alle?«

Sie schaute mich fest an, als ob sie versuchte, sich an etwas zu erinnern, dann errötete sie wiederum leicht und sagte schliesslich entschieden:

»Alle!«

»Auch mein Freund Gruschnitzki?«

»Ist er Ihr Freund?« – sagte sie und zeigte einige Zweifel.

»Ja.«

»Er gehört selbstverständlich nicht zu den langweiligen ...«

»Aber zu den unglücklichen« – sagte ich lachend.

»Gewiss! Ihnen erscheint es lächerlich? Ich wünschte, Sie würden an seiner Stelle sein ...«

»Was ist dabei? Ich war selbst einst Junker, und das war in der Tat die beste Zeit meines Lebens!«

»Ist er denn Junker? . . .« fragte sie schnell und fügte dann hinzu: »und ich dachte ...«

»Was dachten Sie? . . .«

»Nichts! . . . Wer ist diese Dame?«

Hier nahm das Gespräch eine andere Wendung, und wir kamen nicht mehr darauf zu sprechen.

Die Mazurka nahm ihr Ende, und wir trennten uns – auf Wiedersehen! Die Damen fuhren nach Hause. Ich ging, um zur Nacht zu essen, und begegnete Werner.

»Aha!« – sagte er, – »also so sind Sie! Und Sie wollten doch nur mit der Prinzessin bekannt werden, um sie vom sicheren Tode zu retten.«

»Ich habe besser gehandelt,« – antwortete ich ihm, – »ich habe sie vor einer Ohnmacht auf dem Balle bewahrt ...«

»Wie kam das? Erzählen Sie.«

»Nein, erraten Sie es – Sie, der alles in der Welt errät!«

30. Mai

Gegen sieben Uhr abends spazierte ich auf dem Boulevard. Gruschnitzki erblickte mich von weitem und kam auf mich zu; eine lächerliche Begeisterung glänzte in seinen Augen. Er drückte mir fest die Hand und sagte mit tragischer Stimme.

»Ich danke dir, Petschorin . . . Du verstehst mich? . . .«

»Ach – aber jedenfalls ist deine Dankbarkeit überflüssig« – antwortete ich, da ich in der Tat keine Wohltat auf dem Gewissen hatte.
»Wie? Und gestern? Hast du es denn vergessen? ... Mary hat mir alles erzählt« ...
»Was ist denn? Habt ihr denn schon alles gemeinsam? Auch Dankbarkeit?«
»Höre,« sagte Gruschnitzki sehr wichtig, »bitte spotte nicht über meine Liebe; wenn du mein Freund bleiben möchtest. Sieh: ich liebe sie bis zum Wahnsinn ... und ich denke, ich hoffe, – sie liebt mich auch ... Ich habe eine Bitte an dich: du wirst heute abend bei ihnen sein; versprich mir aufzumerken. Ich weiss, du hast Erfahrung in diesen Dingen, du kennst Frauen besser als ich ... Die Frauen! Die Frauen! wer kann sie verstehen? Ihr Lächeln widerspricht ihren Blicken, ihre Worte versprechen und laden ein, der Ton ihrer Stimme aber stösst zurück ... Bald verstehen und erraten sie in einem Augenblick unsern geheimsten Gedanken, bald begreifen sie nicht die klarsten Anspielungen ... So z. B. die Prinzessin: gestern leuchteten ihre Augen vor Leidenschaft, wenn sie mich anblickte, heute sind sie trübe und kalt ...«
»Das ist wahrscheinlich die Wirkung des Brunnens,« antwortete ich. »Du siehst überall die schlechte Seite . . . du Materialist!« fügte er verächtlich hinzu. – »Übrigens, gehen wir zu einer anderen Materie über,« – und zufrieden mit seinem schlechten Wortwitz wurde er heiter.
Um neun Uhr gingen wir zusammen zu der Fürstin. Als ich an den Fenstern Weras vorbeiging, erblickte ich sie an einem Fenster. Wir warfen einander einen flüchtigen Blick zu. Sie trat bald nach uns in den Salon von Ligowskis ein. Die Fürstin stellte sie mir als ihre Verwandte vor. Man trank Tee; es waren viele Gäste da; die Unterhaltung war allgemein. Ich wünschte der Fürstin zu gefallen, scherzte und nötigte sie einige Male, von Herzen zu lachen; die Prinzessin wollte mehr als einmal auch mitlachen, aber sie beherrschte sich, um nicht aus der angenommenen Rolle zu fallen; sie fand, dass das schmachtende Aussehen ihr stand, und vielleicht irrte sie sich nicht. Gruschnitzki schien sehr froh zu sein, dass meine Fröhlichkeit sie nicht ansteckte. Nach dem Tee gingen alle in den Saal. »Bist du mit meinem Benehmen zufrieden, Wera?« sagte ich, indem ich an ihr vorbeiging. Sie warf mir einen Blick zu, erfüllt von Liebe und Dankbarkeit. Ich bin an diese Blicke gewöhnt; aber einst waren sie meine Seligkeit. Die Fürstin

nötigte ihre Tochter ans Klavier; alle baten sie, irgend etwas zu singen – ich schwieg, benutzte die Unruhe und ging mit Wera, die mir etwas sehr Wichtiges für uns beide sagen wollte, an ein Fenster ... Es ergab sich – als Unsinn ...

Indessen war meine Gleichgültigkeit der Prinzessin ärgerlich, wie ich an einem bösen, funkelnden Blicke erkennen konnte ... Oh! ich verstehe diese Gespräche, stumm, aber ausdrucksvoll, kurz, aber stark ...

Sie begann zu singen; ihre Stimme war nicht übel, aber sie sang schlecht ... übrigens hörte ich nicht zu. Gruschnitzki, der sich auf das Piano gestützt hatte, verschlang sie dagegen mit den Augen und sagte jeden Augenblick halblaut:»charmant! ... délicieux!«...

»Höre,« sagte mir Wera,»ich will nicht, dass du meinen Mann kennen lernst, aber du musst unbedingt der Fürstin gefallen; das ist dir leicht: du kannst alles, was du willst. Wir werden uns nur hier sehen«...

»Nur hier?«. . .

Sie errötete und fuhr fort:

»Du weisst, dass ich deine Sklavin bin; ich habe nie verstanden, mich dir zu widersetzen ... und ich werde dafür bestraft werden: du wirst aufhören, mich zu lieben! Ich will wenigstens meinen Ruf bewahren – nicht meinetwegen – du weisst es sehr gut! Oh, ich bitte dich: quäle mich nicht wie früher mit leeren Zweifeln und gezwungener Kälte. Ich werde vielleicht bald sterben; ich fühle, dass ich von Tag zu Tag schwächer werde ... und trotzdem kann ich nicht an das zukünftige Leben denken, ich denke nur an dich ... Ihr, Männer, begreift den Genuss eines Blickes, eines Händedruckes nicht ... und ich, – ich schwöre dir, – ich fühle solch eine tiefe merkwürdige Seligkeit, wenn ich deiner Stimme lausche, dass die heissesten Küsse sie nicht ersetzen können.«

Indessen hatte Prinzessin Mary aufgehört zu singen. Ein Gemurmel von Beifall erscholl; ich trat an sie als letzter heran und sagte ihr ziemlich nachlässig irgend etwas wegen ihrer Stimme. Sie schnitt eine Grimasse, indem sie die Unterlippe hervorzog, und verbeugte sich spöttisch.

»Es ist mir umsomehr schmeichelhaft,« sagte sie,»weil Sie mich gar nicht gehört haben; aber vielleicht lieben Sie Musik nicht?«...

»Im Gegenteil . . . besonders nach dem Mittagsessen«...

»Gruschnitzki hat recht, wenn er sagt, Sie hätten den prosaischsten Geschmack ... und ich sehe, dass Sie die Musik im gastronomischen Sinne lieben.«

»Sie irren sich wieder; ich bin absolut kein Feinschmecker; ich habe einen sehr schlechten Magen. Aber die Musik nach dem Essen schläfert ein, und nach dem Essen zu schlafen ist gesund; folglich liebe ich die Musik im gesundheitlichen Sinne. Abends dagegen regt die Musik meine Nerven zu sehr an: ich werde entweder zu traurig oder zu fröhlich. Das eine, wie das andere ist beschwerlich, wenn kein positiver Grund vorliegt, traurig oder fröhlich zu sein, und ausserdem ist Traurigkeit in der Gesellschaft lächerlich und eine zu grosse Fröhlichkeit unanständig«...

Sie hörte mich nicht zu Ende, ging fort, setzte sich neben Gruschnitzki, und sie begannen eine sentimentale Unterhaltung. Es schien, als ob die Prinzessin seine weisen Phrasen ziemlich zerstreut und ungeschickt beantwortete, obgleich sie zu zeigen versuchte, dass sie ihm aufmerksam zuhörte; denn er schaute sie zuweilen verwundert an und bemühte sich, den Grund der inneren Aufregung zu erraten, die sich in ihrem unruhigen Blicke abspiegelte ...

Ich habe Sie aber erraten, meine liebe Prinzessin, nehmen Sie sich in acht! Sie wollen mir mit gleicher Münze heimzahlen, meine Eigenliebe kränken – es wird Ihnen nicht gelingen! Und wenn Sie mir den Krieg erklären, so werde ich schonungslos sein.

Im Laufe des Abends versuchte ich absichtlich, mich einigemal in ihre Unterhaltung zu mischen, aber sie begegnete ziemlich trocken meinen Bemerkungen, und ich entfernte mich schliesslich mit geheucheltem Ärger. Die Prinzessin triumphierte; Gruschnitzki ebenfalls. Triumphiert, meine Freunde, beeilt euch ... ihr werdet nicht lange triumphieren! ... Ich habe eine Ahnung ... Wenn ich mit einer Frau bekannt wurde, erriet ich mit Sicherheit stets, ob sie mich lieben wird oder nicht ...

Den Rest des Abends verbrachte ich neben Wera und habe mich satt gesprochen über die Vergangenheit ... Warum liebt sie mich so ... in der Tat ich weiss es nicht; umsomehr, weil sie die einzige Frau ist, die mich vollständig begriffen hat, mit allen meinen kleinen Schwächen, schlechten Leidenschaften ... Ist denn das Böse so anziehend? ...

Ich ging mit Gruschnitzki zugleich fort; auf der Strasse nahm er mich unter den Arm und fragte nach langem Schweigen:

»Nun, wie ist es?«

»Du bist dumm,« wollte ich ihm antworten, beherrschte mich aber und zuckte nur mit den Schultern.

6. Juni

Alle diese Tage bin ich kein einziges Mal von meinem System abgewichen. Meine Unterhaltung beginnt der Prinzessin zu gefallen; ich habe ihr einige merkwürdige Fälle aus meinem Leben erzählt, und sie fängt an, in mir einen ungewöhnlichen Menschen zu sehen. Ich verspotte alles in der Welt, besonders Gefühle; das flösst ihr Schrecken ein.

In meiner Gegenwart wagt sie nicht, mit Gruschnitzki in sentimentales Disputieren zu treten, und sie hat schon einigemal seine Ergüsse mit spöttischem Lächeln beantwortet. Aber jedesmal, wenn Gruschnitzki an sie herantritt, nehme ich ein bescheidenes Aussehen an und lasse sie beide allein; das erstemal war sie darüber froh oder versuchte es zu zeigen; beim zweitenmal wurde sie auf mich böse und beim drittenmal – auf Gruschnitzki.

»Sie haben sehr wenig Eigenliebe!« sagte sie mir gestern.»Warum meinen Sie, dass ich mich mit Gruschnitzki besser unterhalte?«

Ich antwortete, dass ich dem Glücke des Freundes mein Vergnügen opfere ...

»Auch mein Vergnügen,« fügte sie hinzu.

Ich blickte sie fest und mit ernster Miene an. Dann sprach ich mit ihr den ganzen Tag kein Wort ... Am Abend war sie nachdenklich; heute morgen am Brunnen noch nachdenklicher. Als ich mich ihr näherte, hörte sie zerstreut Gruschnitzki zu, der über die Natur begeistert zu sprechen schien, aber kaum hatte sie mich gesehen, als sie laut zu lachen begann (sehr ungelegen) und tat, als ob sie mich nicht bemerkte. Ich ging einige Schritte weiter und begann, sie verstohlen zu beobachten; sie wandte sich von ihrem Begleiter ab und gähnte ein paarmal. Entschieden war ihr Gruschnitzki überdrüssig. – Ich werde mit ihr noch zwei Tage nicht sprechen.

11. Juni

Ich frage mich oft, warum ich so hartnäckig um die Liebe eines ganz jungen Mädchens werbe, die ich nicht verführen will und die ich nie

heiraten werde. Wozu diese weibliche Koketterie? Wera liebt mich mehr, als Prinzessin Mary mich je lieben wird; wenn sie mir als eine unbesiegbare Schönheit erschiene, so würde ich vielleicht von der Schwierigkeit des Unternehmens gefangen genommen ... Aber es ist keineswegs so! Folglich ist es nicht jenes unruhige Bedürfnis der Liebe, das uns in den ersten Jahren der Jugend quält, uns von einer Frau zur andern schleudert, bis wir eine finden, die uns nicht ausstehen kann, – da beginnt unsere Beständigkeit – eine wahre grenzenlose Leidenschaft, die man mathematisch durch eine Linie ausdrücken kann, die von einem Punkte in die Unendlichkeit fällt; das Geheimnis dieser Grenzenlosigkeit liegt nur in der Unmöglichkeit, ein Ziel, das heisst die Grenze zu erreichen. Warum bemühe ich mich denn? – Aus Neid gegen Gruschnitzki? Der Ärmste! er ist dessen gar nicht wert. Oder ist es die Folge eines schlechten, unwiderstehlichen Gefühls, das uns zwingt, die süssen Verirrungen unseres Nächsten zu vereiteln, um das kleinliche Vergnügen zu haben, ihm zu sagen, woran er glauben soll, wenn er schliesslich in der Verzweiflung Rat sucht: »Mein Freund, auch mir ist es so ergangen, und du siehst, ich verzehre mein Mittagsbrot, esse zu Abend, schlafe in aller Ruhe und hoffe, ohne Schrei und Tränen sterben zu können.«
Aber es liegt doch ein unbegrenzter Genuss darin, eine junge, kaum entfaltete Seele zu besitzen! Sie ist gleich einer Blume, die ihren besten Wohlgeruch dem ersten Sonnenstrahl entgegenhaucht; man muss sie in diesem Augenblicke pflücken und sie, nachdem man sich an ihr satt geatmet hat, auf den Weg werfen: vielleicht hebt sie jemand auf! Ich fühle diese unersättliche Gier in mir, die alles verschlingt, was mir auf dem Wege begegnet; ich betrachte die Leiden und Freuden von anderen nur in Beziehung zu mir selbst, wie eine Nahrung, die meine seelischen Kräfte unterhält. Ich selbst bin nicht mehr imstande, unter dem Einfluss der Leidenschaft den Verstand zu verlieren; mein Ehrgeiz ist durch Verhältnisse unterdrückt, aber er offenbart sich in anderer Weise; denn der Ehrgeiz ist nichts anderes, als die Sucht nach Macht, und mein grösstes Vergnügen ist, alles, was mich umgibt, meinem Willen zu unterjochen. Das Gefühl der Liebe, der Hingebung und der Furcht vor sich zu erregen – ist es nicht das erste Anzeichen und der grösste Triumph der Macht? Für jemand die Ursache von Leiden und Freuden zu sein, ohne dazu das geringste Recht zu haben – ist es nicht die süsseste Nahrung unseres Stolzes?

Und was ist Glück? – gesättigter Stolz. Wenn ich mich als den Besten, den Mächtigsten von allen auf der Welt betrachten würde, so würde ich glücklich sein; wenn mich alle lieben würden, so würde ich in mir unendliche Quellen der Liebe finden. Das Böse erzeugt Böses; das erste Leiden gibt den Begriff von dem Vergnügen, einen anderen zu quälen. Die Idee vom Bösen kann nicht in das Gehirn eines Menschen eindringen, ohne dass er wünschte, es in Wirklichkeit anzuwenden. Die Ideen sind organische Geschöpfe, hat jemand gesagt: ihre Geburt verleiht ihnen schon eine Form, und diese Form ist die Tat. Derjenige, in dessen Kopfe die meisten Ideen entstehen, ist mehr tätig als andere. Aus diesem Grunde muss ein Genie, das an einen Bureautisch gefesselt ist, sterben oder den Verstand verlieren, ebenso wie ein Mensch mit mächtiger Konstitution bei sitzender und bescheidener Lebensweise am Schlage stirbt.

Leidenschaften sind nichts anderes, als Ideen in ihrer ersten Entwickelung; sie gehören der Jugend des Herzens, und ein Tor ist derjenige, der sich sein ganzes Leben an ihnen erregen zu können glaubt; viele ruhige Flüsse beginnen als geräuschvolle Wasserfälle, und kein einziger hüpft und schäumt bis zum Meere. Diese Ruhe aber ist oft das Zeichen einer grossen, obwohl verborgenen Kraft; Fülle und Tiefe der Gefühle und der Gedanken gestatten keine tollen Ausbrüche; die Seele gibt sich, wie im Leid, so auch im Genuss, von allem eine strenge Rechenschaft und überzeugt sich, dass es so sein soll. Sie weiss, dass ohne Gewitter die ständige Glut der Sonne sie verdorren würde; sie wird von ihrem eigenen Leben durchdrungen – sie hütet und bestraft sich, wie ein geliebtes Kind. Nur in diesem höchsten Zustande der Selbsterkenntnis kann der Mensch die Gerechtigkeit Gottes würdigen.

Indem ich diese Seite lese, merke ich, dass ich von meinem Gegenstande weit abgeschweift bin ... Aber was tut das? ... Dieses Tagebuch schreibe ich doch für mich selbst, und folglich wird alles, was ich hier hinwerfe, mit der Zeit für mich eine kostbare Erinnerung sein.

Gruschnitzki kam zu mir und warf sich mir an den Hals: er ist zum Offizier avanciert. Wir tranken Champagner. Doktor Werner kam kurz nach ihm.

»Ich gratuliere Ihnen nicht,« sagte er zu Gruschnitzki.

»Warum nicht?«

»Weil der Soldatenmantel Ihnen sehr gut steht, und Sie müssen zugestehen, dass der Uniformrock eines Infanterieoffiziers, hier am Orte angefertigt, Sie nicht interessanter macht ... Sehen Sie, Sie waren bis jetzt eine Ausnahme, und nun fallen Sie unter die allgemeine Regel.«

»Reden Sie nur, reden Sie, Doktor! Sie werden mich in meiner Freude nicht stören. Er weiss nicht,« flüsterte Gruschnitzki mir ins Ohr, »welche Hoffnungen mir diese Epauletten geben ... Oh ... Epauletten, Epauletten! eure Sternchen sind Leitsterne ... Nein! ich bin jetzt vollkommen glücklich.«

»Kommst du bei unserem Spaziergange mit zu der Schlucht?« fragte ich ihn.

»Ich? Um keinen Preis werde ich vor der Prinzessin erscheinen, ehe die Uniform fertig ist.«

»Soll ich ihr von deiner Freude mitteilen?«

»Nein, bitte, sage nichts . . . Ich will sie überraschen ...«

»Sage mir doch, wie steht es zwischen euch?«

Er wurde verwirrt und sann nach, – er wollte prahlen und lügen, aber er schämte sich, und gleichzeitig war es ihm peinlich, die Wahrheit zu bekennen.

»Meinst du, dass sie dich liebt? . . .«

»Ob sie mich liebt? Aber bitte, Petschorin, was hast du für Begriffe! ... Wie kann man denn so schnell? ... Und wenn sie mich auch liebte, würde eine anständige Frau es nicht sagen ...«

»Gut! Und wahrscheinlich muss nach deiner Ansicht ein anständiger Mann auch über seine Leidenschaft schweigen? . . .«

»Ach, Bruder! Alles hat seine Art; vieles spricht man nicht aus, sondern errät es ...«

»Das ist wahr . . . Die Liebe aber, die wir in den Augen lesen, verpflichtet eine Frau zu nichts, dagegen Worte ... Hüte dich, Gruschnitzki, sie täuscht dich ...«

»Sie? . . .« antwortete er, hob die Augen zum Himmel und lächelte selbstzufrieden. »Du tust mir leid, Petschorin! ...«

Er ging.

Am Abend machte eine zahlreiche Gesellschaft eine Fusstour nach der Schlucht.

Nach der Meinung hiesiger Gelehrten ist diese Schlucht ein erloschener Krater; sie befindet sich an einem Abhang des Maschuk, ungefähr eine Werst von der Stadt. Zu ihr führt ein schmaler Pfad durch Büsche und Felsen; beim Besteigen des Berges reichte ich der Prinzessin den Arm, und sie liess ihn während des ganzen Spazierganges nicht los.

Unsere Unterhaltung begann mit allerhand Bosheiten; ich begann unsere anwesenden und abwesenden Bekannten zu kritisieren; zuerst wies ich auf ihre lächerlichen und dann auf ihre schlechten Seiten hin. Meine Galle war erregt.

Ich hatte mit Scherz angefangen und schloss mit aufrichtiger Bosheit. Zuerst amüsierte sie das, dann aber erschreckte es sie.

»Sie sind ein gefährlicher Mensch!« – sagte sie mir, – »ich möchte lieber im Walde unter das Messer eines Mörders geraten, als unter Ihre Zunge ... Ich bitte Sie im Ernst, wenn es Ihnen einfallen sollte, über mich schlecht zu sprechen, nehmen Sie lieber ein Messer und ermorden Sie mich – ich denke, dies wird Ihnen nicht schwer werden.«

»Sehe ich denn wie ein Mörder aus?«

»Sie sind schlimmer . . .«

Ich dachte einen Augenblick nach und sagte dann, indem ich eine tiefbewegte Miene annahm:

»Ja, so war mein Schicksal von Kindheit an! Alle lasen in meinem Gesichte Zeichen von schlechten Eigenschaften, die ich nicht besass; aber sie wurden vorausgesetzt, und sie entstanden auch. Ich war bescheiden – man warf mir List vor: ich wurde verschlossen. Ich empfand tief das Gute und Böse – niemand war zärtlich zu mir, alle beleidigten mich: ich wurde nachtragend. Ich war mürrisch – die anderen Kinder waren froh und gesprächig; ich fühlte mich ihnen überlegen – man stellte mich ihnen nach: ich wurde neidisch. Ich war bereit, die ganze Welt zu lieben – mich hat niemand verstanden, und ich lernte hassen. Meine farblose Jugend verlief im Kampfe mit mir selbst und der Welt; meine besten Gefühle vergrub ich aus Furcht vor Spott in der Tiefe des Herzens, – dort sind sie auch gestorben. Ich sprach die Wahrheit – man glaubte mir nicht – da begann ich zu lügen. Nachdem ich die Welt und die Triebfedern der Gesellschaft gut kennen gelernt hatte, wurde ich in der Wissenschaft des Lebens kunstfertig, und ich sah, wie andere ohne diese Kunst glücklich waren und jene Vorteile umsonst genossen, nach denen ich so hartnäckig strebte. Und da entstand in meiner Brust die Verzweiflung – nicht jene Verzweiflung, die man durch die Pistole heilt, sondern die kalte und kraftlose Verzweiflung, die durch Liebenswürdigkeit und gutmütiges Lächeln verdeckt wird. Ich wurde ein moralischer Krüppel: die eine Hälfte meiner Seele existierte nicht, sie war eingetrocknet, verdunstet, gestorben; ich schnitt sie ab und warf sie fort – die andere Hälfte dagegen regte sich und lebte einem jeden dienstfertig; niemand hat das gemerkt, denn niemand kannte die Existenz der zu Grunde gegangenen Hälfte. Sie haben aber in mir jetzt die Erinnerung an sie erweckt, und ich habe Ihnen ihre Grabschrift gelesen. Vielen Menschen erscheinen Grabschriften im allgemeinen lächerlich, mir aber nicht; besonders, wenn ich daran denke, was unter ihnen begraben ist. Übrigens verlange ich nicht, dass Sie meine Ansicht teilen; wenn Ihnen das Gesagte lächerlich erscheint – bitte, lachen Sie. Ich gebe Ihnen die Versicherung, dass es mich durchaus nicht betrüben würde.«

In diesem Augenblicke trafen sich unsere Augen: aus ihren Augen rollten Tränen; ihre Hand, die sich auf meine stützte, zitterte; die Wangen glühten; sie hatte Mitleid mit mir! Mitleid – ein Gefühl, dem sich alle Frauen so leicht unterwerfen, hatte ihr unerfahrenes Herz mit seinen Krallen erfasst. Während des ganzen Spazierganges war sie zerstreut, kokettierte mit niemand; – das ist ein wichtiges Zeichen!

Wir kamen zu der Schlucht; die Damen verliessen ihre Kavaliere, sie aber liess meinen Arm nicht los. Die Witze unserer Dandys reizten sie nicht zum Lachen; die abschüssige Schlucht, an deren Rande sie stand, schreckte sie nicht, während die anderen jungen Damen schrien und die Augen schlossen. Auf dem Rückwege nahm ich unsere ernste Unterhaltung nicht wieder auf; aber auf meine leeren Fragen und Scherze antwortete sie kurz und zerstreut.

»Haben Sie je geliebt?« – fragte ich sie endlich. Sie blickte mich scharf an, schüttelte den Kopf und versank wieder in Nachdenklichkeit; offenbar wollte sie mir etwas sagen, aber sie wusste nicht, wie sie beginnen sollte; ihre Brust hob und senkte sich ... Ein Musselinärmel ist ein schwacher Schutz, und ein elektrischer Funken sprang von meinem Arm auf den ihrigen über; fast alle Leidenschaften beginnen so, und wir täuschen uns oft sehr, wenn wir annehmen, dass uns die Frau wegen unserer physischen oder sittlichen Vorzüge liebt. Gewiss, sie bereiten vor und nehmen ihr Herz ein, um das heilige Feuer aufzunehmen, aber die erste Berührung entscheidet dennoch die Sache.

»Nicht wahr, ich war heute sehr liebenswürdig?« – sagte mir die Prinzessin mit gezwungenem Lächeln, als wir vom Spaziergange zurückgekehrt waren.

Wir schieden.

Sie ist unzufrieden mit sich: sie wirft sich Kälte vor ...

O, dies ist der erste hauptsächliche Triumph!

Morgen wird sie mich entschädigen wollen. Ich kenne dies alles schon auswendig – und – es ist langweilig.

12. Juni

Heute sah ich Wera. Sie hat mich mit ihrer Eifersucht furchtbar gequält. Der Prinzessin ist es, wie es scheint, eingefallen, ihr ihre Herzensgeheimnisse anzuvertrauen: man muss sagen, eine vortreffliche Wahl!

»Ich errate, wohin das alles führt,« – sagte mir Wera: –»sage mir lieber gleich, dass du sie liebst.«

»Aber wenn ich sie nicht liebe?«

»Warum sie aber dann verfolgen, beunruhigen und ihre Phantasie aufregen! ... O, ich kenne dich gut! Höre, wenn du willst, dass ich dir glauben soll, so komme in einer Woche nach Kislowodsk; wir reisen übermorgen dorthin. Die Fürstin bleibt länger hier. Nimm eine Wohnung neben uns; wir werden in einem grossen Hause, in der Nähe des Brunnens, im zweiten Stock wohnen; die untere Etage nimmt die Fürstin Ligowskaja ein, und nebenan hat derselbe Besitzer noch ein Haus, das nicht vermietet ist ... kommst du? ...«

Ich versprach es, und am selben Tage liess ich diese Wohnung mieten.

Gruschnitzki kam um sechs Uhr zu mir und teilte mit, dass seine Uniform morgen, gerade zum Balle, fertig sein werde.

»Endlich werde ich mit ihr den ganzen Abend tanzen ... Da kann ich mich sattreden!« – fügte er hinzu.

»Wann ist denn der Ball?«

»Morgen doch! Weisst du es nicht? Ein grosses Fest, und die hiesige Behörde hat es übernommen, es zu arrangieren ...«

»Gehen wir auf den Boulevard . . .«

»Um keinen Preis, in diesem abscheulichen Mantel ...«

»Wie, du hast ihn nicht mehr gern? ...«

Ich ging allein fort, und als ich der Prinzessin Mary begegnete, bat ich sie um eine Mazurka. Sie schien verwundert und erfreut zu sein.

»Ich dachte, Sie tanzten nur im Notfall, wie das vorige Mal,« – sagte sie mit sehr lieblichem Lächeln ... Sie schien die Abwesenheit Gruschnitzkis gar nicht zu bemerken.

»Sie werden morgen angenehm überrascht sein,« – sagte ich ihr.

»Wodurch?«

»Das ist ein Geheimnis ... auf dem Balle werden Sie es selbst erraten.«

Ich beschloss den Abend bei der Fürstin; Gäste waren nicht da, ausser Wera und einem urkomischen alten Manne.

Ich war bei Laune, improvisierte allerhand ungewöhnliche Geschichten; die Prinzessin sass mir gegenüber und hörte meinem Unsinn mit solch einer tiefen, ungeteilten, fast zärtlichen Aufmerksamkeit zu, dass ich mich schämte. Wo waren ihre Lebhaftigkeit, ihre Koketterie, ihre Launen, ihr dreister Ausdruck, verächtliches Lächeln, zerstreuter Blick? ...

Wera hatte alles bemerkt; auf ihrem leidenden Gesichte war tiefe Trauer; sie sass im Schatten am Fenster, in einen weiten Lehnstuhl geborgen ... Mir tat sie leid. Da erzählte ich die ganze dramatische Geschichte unserer Bekanntschaft, unserer Liebe – selbstverständlich verbarg ich dies alles unter anderen Namen.

Ich schilderte so lebhaft meine Zärtlichkeit, meine Unruhe und Entzücken; ich stellte ihre Handlungen und Charakter in ein so günstiges Licht, dass sie mir unwillkürlich meine Koketterie mit der Prinzessin verzeihen musste.

Sie erhob sich, setzte sich zu uns, wurde lebhaft ... und wir erinnerten uns erst um zwei Uhr nachts, dass ihr die Ärzte verordnet hatten, um elf Uhr schlafen zu gehen.

13. Juni

Eine halbe Stunde vor dem Balle erschien Gruschnitzki bei mir im vollen Glanze seiner Uniform eines Armeeoffiziers. An dem dritten Knopfe war eine Bronzekette befestigt, an der eine doppelte Lorgnette hing; die Epauletten von ungewöhnlicher Grösse waren nach oben gebogen, gleich Amorsflügeln; seine Stiefeln knarrten. In der linken Hand hielt er braune Handschuhe und die Mütze, und mit der rechten fuhr er alle Augenblicke über seine feingelockte Haarfrisur.

Selbstzufriedenheit und gleichzeitig eine gewisse Unsicherheit drückten sich auf seinem Gesichte aus; sein Festtagsaussehen, sein stolzer Gang hätten mich veranlasst laut aufzulachen, wenn es mit meinen Absichten übereingestimmt hätte.

Er warf die Mütze und die Handschuhe auf den Tisch, begann an seinen Rockschössen zu ziehen und sich vor dem Spiegel zurecht zu machen; ein ungeheuer grosses schwarzes Tuch, das einen kolossal hohen Kragen von innen umschloss, auf dessen Borsten sich sein Kinn stützte, ragte zwei Finger breit über den Kragen hervor; ihm erschien dies zu wenig, – er zog das Tuch nach oben, bis an die Ohren. Bei dieser schweren Arbeit, denn der Kragen der Uniform war sehr eng und unbequem, ergoss sich das Blut in sein Gesicht.

»Du hast, erzählt man, in diesen Tagen meiner Prinzessin schrecklich den Hof gemacht!« sagte er ziemlich nachlässig und ohne mich anzusehen.

»Wir Dummköpfe verstehen ja nicht Tee zu trinken!« antwortete ich, indem ich die ironischen Lieblingsworte eines der geschicktesten Kurmacher der verflossenen Zeit wiederholte, den Puschkin einst besungen hat.

»Sage mir, sitzt die Uniform gut? . . . Ach, der verfluchte Jude! ... es schneidet unter den Achseln ... Hast du Parfüm?«

»Erlaube, wozu willst du noch mehr? Du riechst schon so stark nach Rosenpomade.«

»Tut nichts, gib mal her . . .«

Er goss sich ein halbes Fläschchen hinter die Halsbinde, ins Taschentuch und auf die Ärmel.

»Wirst du tanzen?« fragte er.

»Ich denke nicht.«

»Ich fürchte, dass ich mit der Prinzessin die Mazurka anfangen muss – ich kenne fast keine Figur ...«

»Hast du sie um die Mazurka gebeten?«

»Nein, noch nicht . . .«

»Sieh dich vor, dass man dir nicht zuvorkommt ...«

»In der Tat« sagte er und schlug sich vor die Stirn.

»Adieu . . . Ich werde Sie beim Eingang erwarten.«

Er ergriff seine Mütze und eilte fort.

Nach einer halben Stunde ging ich auch. Auf der Strasse war es dunkel und leer; rings um das Klubhaus oder das Restaurant, wie sie es nennen, drängte sich das Volk; die Fenster waren erleuchtet; der Abendwind trug mir die Klänge der Regimentsmusik zu. Ich ging langsam; mir war traurig zumute ... Ist es denn meine einzige Bestimmung auf Erden, dachte ich, – fremde Hoffnungen zu zerstören? Seit der Zeit, wo ich lebe und tätig bin, brachte mich das Schicksal stets zur Lösung fremder Dramen, als ob ohne mich niemand weder sterben, noch in Verzweiflung geraten könnte! Ich war die notwendige Person des fünften Akts; unwillkürlich spielte ich die klägliche Rolle eines Henkers oder eines Verräters. Welchen Zweck hatte dabei das Schicksal? ... Bin ich etwa von ihm bestimmt, Verfasser von kleinbürgerlichen Trauerspielen und Familienromanen – oder Mitarbeiter des Lieferanten von Novellen, z. B.»der Lesebibliothek« zu sein? ... Ich weiss es nicht! ...

Es gibt nicht wenige Menschen, die beim Beginn des Lebens hoffen, es wie Alexander der Grosse oder Lord Byron zu beschliessen, schliesslich bleiben sie ihr Leben lang kleine Kanzleibeamte! ...

Beim Eintritt in den Saal versteckte ich mich in einem Haufen von Männern und begann meine Beobachtungen zu machen. Gruschnitzki stand neben der Prinzessin und sagte ihr etwas mit grossem Feuer; sie hörte ihm zerstreut zu, schaute nach allen Seiten und hatte ihren Fächer an die Lippen gelegt. Ihr Gesicht drückte Ungeduld aus, ihre Augen suchten jemand; ich näherte mich leise von hinten, um ihrem Gespräche zu lauschen.

»Sie quälen mich, Prinzessin!« sagte Gruschnitzki.»Sie haben sich furchtbar verändert, seit ich sie nicht gesehen habe ...«

»Sie haben sich auch verändert,« antwortete sie und warf ihm einen schnellen Blick zu, in dem er den geheimen Spott nicht zu unterscheiden verstand.

»Ich? Ich habe mich verändert? . . . O, nie! Sie wissen, dass dies unmöglich ist! Wer Sie einmal gesehen hat, der behält auf ewig Ihr göttliches Bild ...«

»Hören Sie auf . . .«

»Warum wollen Sie jetzt das nicht hören, was Sie noch vor kurzem und so oft wohlwollend aufnahmen?«

»Weil ich Wiederholungen nicht liebe,« antwortete sie lachend.

»O, ich habe mich bitter getäuscht! . . . Ich Unsinniger glaubte, dass diese Epauletten mir wenigstens ein Recht geben würden, zu hoffen ...

Nein, es wäre besser, wenn ich mein ganzes Leben im erbärmlichen Soldatenmantel geblieben wäre, dem ich vielleicht Ihre Aufmerksamkeit zu danken habe ...«

»In der Tat stand Ihnen der Mantel viel besser ...«

In diesem Augenblick trat ich hinzu und verbeugte mich vor der Prinzessin; sie errötete ein wenig und sagte schnell:

»Nicht wahr, Herr Petschorin, der graue Mantel steht Herrn Gruschnitzki weit besser? ...«

»Ich bin nicht mit Ihnen einverstanden,« antwortete ich, »die Uniform macht ihn noch jünger.«

Gruschnitzki ertrug diesen Schlag nicht; wie alle Knaben, hatte er die Prätension, ein alter Mann zu sein; er dachte, dass tiefe Spuren von Leidenschaften auf seinem Gesichte den Stempel des Alters ersetzten. Er warf mir einen wütenden Blick zu, stampfte mit dem Fusse und ging fort.

»Gestehen Sie aber,« sagte ich zu der Prinzessin, »dass er, obgleich er stets sehr lächerlich war, noch vor kurzem Ihnen interessant erschien ... im grauen Mantel? ...«

Sie senkte die Augen und antwortete nicht. Gruschnitzki verfolgte den ganzen Abend die Prinzessin, tanzte mit ihr oder als ihr Gegenüber; er verschlang sie mit den Augen, seufzte und belästigte sie mit Flehen und Vorwürfen. Nach der dritten Quadrille hasste sie ihn schon.

»Das habe ich von dir nicht erwartet!« sagte er, indem er auf mich zukam und meinen Arm erfasste.

»Was?«

»Du tanzt mit ihr Mazurka?« fragte er mit feierlicher Stimme. »Sie hat es mir gestanden ...«

»Nun, was ist dabei? Ist es denn ein Geheimnis?«

»Selbstverständlich . . . wie konnte ich von einem Mädel, einer Kokette, etwas anderes erwarten! ... Ich werde mich aber rächen!«

»Klage deinen Mantel an oder deine Epauletten, wozu aber sie beschuldigen? Warum ist sie schuld, dass du ihr nicht mehr gefällst? ...«

»Warum macht sie einem dann zuerst Hoffnungen?«

»Warum hast du gehofft? Wünschen und Erstreben – kann ich wohl begreifen; wer hofft aber auch gleich?«

»Du hast die Wette gewonnen, doch nicht ganz,« sagte er mit boshaftem Lächeln.

Die Mazurka begann. Gruschnitzki wählte bloss die Prinzessin, die anderen Kavaliere engagierten sie auch alle Augenblicke; es war offenbar eine Verschwörung gegen mich – umso besser; sie wollte mit mir sprechen, man hinderte sie daran – sie wird es nun umsomehr wünschen.

Ich drückte ihr zweimal die Hand; beim zweitenmal riss sie sie los, ohne ein Wort zu sagen.

»Ich werde diese Nacht schlecht schlafen,« sagte sie mir, als die Mazurka zu Ende war.

»Daran ist Gruschnitzki schuld.«

»O, nein!«

Und ihr Gesicht wurde so nachdenklich, so traurig, dass ich mir das Wort gab, an diesem Abend unbedingt ihre Hand zu küssen.

Man begann aufzubrechen. Indem ich der Prinzessin in den Wagen half, drückte ich schnell ihr kleines Händchen an meine Lippen. Es war dunkel, und niemand konnte es sehen.

Ich kehrte mit mir selbst sehr zufrieden in den Saal zurück.

An einem grossen Tische assen die jungen Leute zu Abend, unter ihnen war auch Gruschnitzki. Als ich eintrat, schwiegen alle; offenbar hatte man über mich gesprochen. Viele waren vom vorigen Balle nicht gut auf mich zu sprechen, besonders der Dragonerkapitän; jetzt aber schien sich eine feindselige Bande gegen mich unter dem Kommando Gruschnitzkis zu bilden. Er hatte ordentlich ein stolzes und tapferes Aussehen ...

Freut mich sehr; ich liebe Feinde, wenn auch nicht auf christliche Art. Sie amüsieren mich und erregen mein Blut. Stets auf seiner Hut zu sein, jeden Blick aufzufangen, die Bedeutung jedes Wortes, die Absicht zu erraten, Verschwörungen zu vereiteln, sich als betrogen hinzustellen und plötzlich mit einem Stosse das ganze ungeheure und mühselig errichtete Gebäude der geheimen Schliche und Absichten umzuwerfen – das nenne ich Leben.

Im Laufe des Abendessens flüsterte Gruschnitzki und zwinkerte dem Dragonerkapitän zu.

14. Juni

Heute morgen ist Wera mit ihrem Manne nach Kislowodsk abgereist. Ich begegnete ihrem Wagen, als ich zur Fürstin Ligowskaja ging. Sie nickte mir mit dem Kopfe; in ihrem Blicke lag ein Vorwurf. Wer ist denn schuld? Warum will sie mir nicht Gelegenheit geben, sie allein zu sehen? Die Liebe ist wie das Feuer, – ohne Nahrung erlischt sie. Vielleicht tut die Eifersucht, was meine Bitten nicht erreichen konnten.

Ich sass bei der Fürstin eine geschlagene Stunde. Mary kam nicht zum Vorschein: sie war krank. Am Abend war sie auch nicht auf dem Boulevard. Die neu gebildete Bande, mit Lorgnetten bewaffnet, nahm in der Tat ein drohendes Aussehen an. Ich war froh, dass die Prinzessin krank war; sie hätten sich ihr gegenüber eine Frechheit erlaubt.

Gruschnitzki hatte eine zerzauste Haarfrisur und verzweifeltes Aussehen; er schien in der Tat betrübt zu sein, besonders ist seine Eigenliebe gekränkt, aber es gibt doch Menschen, bei denen sogar die Verzweiflung ergötzlich ist! ...

Als ich nach Hause kam, merkte ich, dass mir etwas fehlte. *Ich hatte sie nicht gesehen! Sie war krank!* Sollte ich mich in der Tat verliebt haben? ... Welch ein Unsinn!

15. Juni

Um elf Uhr morgens – der Stunde, wo gewöhnlich die Fürstin Ligowskaja im Bade schwitzt – ging ich an ihrem Hause vorbei. Die Prinzessin sass nachdenklich am Fenster; als sie mich erblickte, sprang sie auf.

Ich trat in das Vorzimmer, niemand von den Dienstboten war da; ich benutzte die Freiheit der hiesigen Sitten und ging ohne Anmeldung in den Salon.

Eine fahle Blässe bedeckte das liebliche Gesicht der Prinzessin. Sie stand am Pianoforte und stützte sich mit der einen Hand auf die Lehne eines Sessels; diese Hand zitterte ein wenig! Ich trat leise auf sie zu und sagte:

»Sind Sie mir böse? . . .«

Sie blickte mich schmachtend und lange an und schüttelte den Kopf; ihre Lippen wollten etwas sagen und konnten es nicht; die Augen füllten sich mit Tränen; sie sank in den Sessel und bedeckte das Gesicht mit den Händen.

»Was ist Ihnen?« sagte ich und nahm ihre Hand.

»Sie achten mich nicht! . . . O, lassen Sie mich allein! ...«

Ich tat einige Schritte . . . Sie richtete sich im Sessel auf; ihre Augen blitzten. Ich blieb stehen, griff nach der Türklinke und sagte: »Verzeihen Sie mir, Prinzessin! Ich habe wie ein Wahnwitziger gehandelt ... dies wird ein zweites Mal nicht geschehen. Ich werde meine Massnahmen treffen ... Warum sollen Sie wissen, was in meiner Seele vorgegangen ist? Sie werden es nie erfahren, und es ist um so besser für Sie. Leben Sie wohl! ...«

Beim Fortgehen schien es mir, als weinte sie.

Bis zum Abend streifte ich zu Fuss in der Umgebung des Maschuk herum, war schrecklich erschöpft, und nach Hause zurückgekehrt, warf ich mich vollkommen ermattet aufs Bett.

Werner kam zu mir.

»Ist es wahr,« fragte er,»dass Sie die Prinzessin Ligowski heiraten?«

»Wieso?«

»Die ganze Stadt spricht davon; alle meine Kranken sind mit dieser wichtigen Neuigkeit beschäftigt, und diese Kranken wissen ja stets alles.«

»Das ist Gruschnitzkis Werk,« dachte ich.

»Um Ihnen, Doktor, die Unrichtigkeit dieser Gerüchte zu beweisen, teile ich Ihnen im Vertrauen mit, dass ich morgen nach Kislowodsk übersiedle...«

»Und die Prinzessin reist ebenfalls? . . .«

»Nein, sie bleibt noch eine Woche hier . . .«

»Also Sie heiraten nicht? . . .«

»Doktor, Doktor! Schauen Sie mich an: sehe ich denn wie ein Bräutigam aus oder wie irgend etwas Ähnliches?«

»Ich sage das nicht . . . Aber Sie wissen, es gibt Fälle,« fügte er mit schlauem Lächeln hinzu,»wo ein Ehrenmann verpflichtet ist zu heiraten, und es gibt Mütter, die wenigstens diesen Fällen nicht vorbeugen ... Also, ich rate Ihnen als Freund, vorsichtiger zu sein. Hier im Bade ist eine zu gefährliche Luft: wieviele schöne junge Leute habe ich gesehen, die eines besseren Loses würdig gewesen wären und die von hier direkt an den Altar traten ... Glauben Sie mir, mich wollte man sogar verheiraten!

Eine Mutter nämlich aus einem kleinen Neste, deren Tochter sehr blass war. Ich hatte das Unglück, ihr zu sagen, dass die Gesichtsfarbe nach der Hochzeit zurückkehren würde; da bot sie mir mit Tränen der Dankbarkeit die Hand ihrer Tochter und ihr ganzes Vermögen an – fünfzig Leibeigene waren es, scheint mir. Aber ich antwortete, dass ich dazu unfähig wäre.«

Werner ging fort, vollkommen überzeugt, dass er mich gewarnt hatte. Aus seinen Worten merkte ich, dass über mich und die Prinzessin verschiedene üble Gerüchte in der Stadt verbreitet waren; das durfte man Gruschnitzki nicht so hingehen lassen!

18. Juni

Es sind schon drei Tage, seit ich in Kislowodsk bin. Ich sehe jeden Tag Wera am Brunnen und auf der Promenade. Am Morgen, wenn ich erwache, setze ich mich ans Fenster und richte die Lorgnette auf ihren Balkon; sie ist schon längst angekleidet und wartet auf das verabredete Zeichen. Wir treffen uns, wie zufällig, im Garten, der sich von unseren Häusern nach der Quelle zu hinstreckt. Die belebende Bergluft hat ihr die Gesichtsfarbe und Kraft wiedergegeben. Nicht umsonst nennt man den Narsan die Heldenquelle. Die hiesigen Einwohner behaupten, dass die Luft in Kislowodsk die Menschen für die Liebe empfänglich mache, dass hier die Lösung aller Romane einträte, die jemals am Fusse des Maschuk begannen. Und in der Tat, hier atmet alles Einsamkeit; hier ist alles geheimnisvoll – die dichten schattigen Lindenalleen, die sich über den Bach beugen, der rauschend und schäumend von Fels zu Fels stürzt und sich den Weg zwischen grünbekleideten Bergen bahnt, – und die Schluchten, voll von Nebel und Schweigsamkeit, deren Verzweigungen sich nach allen Seiten hinstrecken, – und die Frische der aromatischen Luft, geschwängert durch die Düfte des hohen südlichen Grases und der weissen Akazien, – und das ständige süss-einschläfernde Geräusch der eiskühlen Bächlein, die sich am Ende des Tales begegnen, schnell um die Wette laufen und sich schliesslich in den Podkumok stürzen. – In dieser Richtung ist die Schlucht weiter und verwandelt sich in ein grünes Tal; dort windet sich ein staubiger Weg. Jedesmal, wenn ich auf den Weg hinschaue, scheint es mir stets, als käme ein Wagen, und aus dem Fenster des Wagens schaue ein rosiges Gesichtchen. Viele Wagen sind schon diesen Weg gekommen, – jener aber ist noch immer nicht da. – Das Örtchen, das hinter dem Fort liegt, hat Besuch erhalten; in dem Restaurant, das auf einem Hügel errichtet ist, einige Schritte von meiner Wohnung, beginnt am Abend durch die doppelte Reihe von Pappeln Licht zu schimmern; Lärm und Gläserklirren ertönen bis in die späte Nacht.

Nirgends trinkt man so viel Kachetinerwein und Mineralwasser, wie hier.

»Diese zwei Handwerke zu verquicken
Gibt es viele Liebhaber – ich gehöre nicht zu ihnen.«

Gruschnitzki lärmt mit seiner Bande jeden Tag in dem Restaurant und grüsst mich kaum noch.

Er ist erst gestern angekommen und hat schon Zeit gefunden, sich mit drei Greisen zu überwerfen, die vor ihm in die Wanne steigen wollten; das Unglück entwickelt in ihm entschieden eine kriegerische Stimmung.

22. Juni

Endlich sind sie angekommen. Ich sass am Fenster, als ich das Rollen ihres Wagens hörte; mein Herz zuckte ... Was ist es nur? Sollte ich verliebt sein? ... Ich bin so dumm erschaffen, dass man es von mir erwarten kann.

Ich habe bei ihnen zu Mittag gegessen. Die Fürstin schaute mich sehr zärtlich an und verliess die Tochter nicht ... das ist schlimm! Dagegen war Wera eifersüchtig auf sie – und ich bin an beidem schuld. Was tut eine Frau nicht, um ihre Nebenbuhlerin zu kränken? Ich erinnere mich, eine Frau hatte mich liebgewonnen, weil ich eine andere liebte. Es gibt nichts Paradoxeres als Frauenverstand; es ist schwer, die Frauen von etwas zu überzeugen; man muss sie dahinbringen, dass sie sich selbst überzeugen. Die Beweisfolge, durch die sie ihre Vorurteile zerstören, ist sehr originell; um ihre Dialektik zu verstehen, muss man alle Schulregeln der Logik in seinem Verstande umstürzen. Das ist z. B. die gewöhnliche Art:

»Dieser Mensch liebt mich, aber ich bin verheiratet, folglich darf ich ihn nicht lieben.«

Die Frauenart lautet so:

»Ich darf ihn nicht lieben, weil ich verheiratet bin, aber er liebt mich, folglich ...«

Hier folgen einige Punkte, weil der Verstand schon nichts mehr sagt, sondern meistens – die Zunge, die Augen und nach ihnen das Herz, wenn solches vorhanden ist, mitsprechen. Wenn jemals diese Aufzeichnungen eine Frau lesen wird – »Verleumdung!« – wird sie entrüstet ausrufen.

Seit die Dichter schreiben und die Frauen sie lesen (wofür ihnen der tiefste Dank gebührt), sind sie so oft Engel genannt worden, dass sie in der Tat in ihrer Herzenseinfalt diesem Kompliment Glauben schenkten und dabei vergassen, dass dieselben Dichter Nero für Geld als Halbgott gepriesen haben ...

Es kommt mir jedoch nicht zu, mit solcher Bosheit von ihnen zu sprechen, mir, der ausser ihnen nichts in der Welt liebt, mir, der stets bereit war, ihnen Ruhe, Ehrgeiz, Leben zu opfern ... Aber ich versuche ja nicht in einem Anfalle von Ärger und verletzter Eigenliebe von ihnen jenen Zauberschleier herunterzureissen, den nur ein gewohntes Auge durchdringen kann. Nein, alles, was ich über sie sage, ist bloss die Folge–

Der kalten Betrachtungen des Verstandes
Und des traurigen Herzens Erinnerungen.

Die Frauen müssten wünschen, dass alle Männer sie so gut kennten wie ich, weil ich sie hundertmal mehr liebe, seit ich sie nicht fürchte und ihre kleinen Schwächen erkannt habe ...

Nebenbei bemerkt: Werner hat vor kurzem die Frauen mit dem verzauberten Walde verglichen, von dem Tasso in seinem »Befreiten Jerusalem« erzählt.

»Man braucht sich bloss zu nähern,« – sagte Werner, – »so kommen von allen Seiten auf einen solche Schrecken zu, dass Gott erbarm, – die Pflicht, der Stolz, der Anstand, die öffentliche Meinung, der Spott, die Verachtung ... Man muss nur nicht hinschauen, sondern geradeaus gehen; allmählich verschwinden diese Ungeheuer und vor einem breitet sich ein stilles, lichtes Tal aus, in dem die grüne Myrte blüht ... Aber wehe, wenn bei den ersten Schritten einem das Herz erbebt und man sich umschaut!«

24. Juni

Der heutige Abend war voll von Ereignissen. Drei Werst von Kislowodsk, in der Schlucht, durch die der Podkumok fliesst, gibt es einen Felsen, den man »den Ring« nennt; es ist ein von der Natur gebildetes Tor; es erhebt sich auf einem hohen Hügel und die untergehende Sonne wirft durch dieses Tor ihren letzten flammenden Blick auf die Welt. – Eine zahlreiche Kavalkade begab sich dorthin, um den Sonnenuntergang durch das steinerne Fenster zu sehen. Niemand von ihnen, um die Wahrheit zu sagen, dachte an die Sonne. Ich ritt neben der Prinzessin; bei der Rückkehr mussten wir den Podkumok durchwaten. Die Bergbäche, auch die kleinsten, sind besonders dadurch gefährlich, dass ihr Bett ein vollständiges Kaleidoskop ist: jeden Tag verändert es sich unter dem Andrange des Stromes; wo gestern ein Stein lag, ist heute ein Loch. Ich fasste das Pferd der Prinzessin beim Zügel und zog es ins Wasser, das ihm bis an die Knie reichte; wir bewegten uns langsam schräg gegen die Strömung. Wie bekannt, soll man beim Übergange von reissenden Bächen nicht auf das Wasser schauen, weil einem sofort der Kopf schwindelt. Ich hatte vergessen, Prinzessin Mary davor zu warnen.

Wir waren schon in der Mitte, gerade in der Strömung, als sie plötzlich im Sattel wankte.

»Mir wird schlecht!« – sagte sie mit schwacher Stimme.

Ich beugte mich schnell zu ihr und legte die Hand um ihre schmiegsame Taille.

»Schauen Sie nach oben!« – flüsterte ich ihr zu, – »das hat nichts zu sagen, fürchten Sie sich bloss nicht. Ich bin bei Ihnen.«

Ihr wurde besser; sie wollte sich von meiner Hand befreien, aber ich umschlang ihre zarte weiche Taille noch fester. Meine Wange berührte fast die ihrige, von ihr wehte es wie Feuer.

»Was tun Sie mit mir? . . . Mein Gott! . . .«

Ich beachtete ihr Zittern und ihre Verwirrung nicht, und meine Lippen berührten ihre zarte Wange. Sie zuckte zusammen, sagte aber nichts; wir ritten als die Letzten: niemand hatte es gesehen. Als wir ans Ufer kamen, setzten alle in Trab ein. Die Prinzessin hielt ihr Pferd zurück; ich blieb neben ihr; es war klar, dass sie mein Schweigen beunruhigte, aber ich hatte mir geschworen, kein Wort zu sagen – aus Neugier. Ich wollte sehen, wie sie sich aus dieser schwierigen Lage herausfände.

»Entweder verachten Sie mich oder Sie lieben mich sehr!« – sagte sie endlich mit einer Stimme, in der man Tränen hörte. – »Vielleicht wollen Sie sich über mich lustig machen, meine Seele erregen und sie dann verlassen ... Das wäre so gemein, so niedrig, dass die Voraussetzung allein ... O nein! nicht wahr,« – fügte sie mit zärtlichem Vertrauen hinzu, – »nicht wahr, an mir ist nichts, was die Achtung vor mir ausschliessen könnte? Ihre dreiste Handlung ... muss ich, muss ich Ihnen verzeihen, weil ich es gestattet habe ... Antworten Sie, reden Sie doch, ich will Ihre Stimme hören! ...«

In den letzten Worten lag solch eine weibliche Ungeduld, dass ich unwillkürlich lächelte; zum Glück begann es zu dunkeln ... Ich antwortete nichts.

»Sie schweigen?« – fuhr sie fort, – »Sie wollen vielleicht, dass ich Ihnen zuerst sagen soll, dass ich Sie liebe ...«

Ich schwieg.

»Wollen Sie es?« – fuhr sie fort und wandte sich schnell zu mir um ... In der Entschlossenheit ihres Blickes und ihrer Stimme war etwas Furchtbares...

»Wozu?« – antwortete ich und zuckte die Achseln.

Sie versetzte ihrem Pferde einen Schlag mit der Reitgerte und jagte im vollen Galopp auf dem schmalen gefährlichen Wege dahin; das geschah so schnell, dass ich sie kaum einholen konnte und erst, als sie sich schon der anderen Gesellschaft zugesellt hatte. Bis zu ihrem Hause sprach sie und lachte alle Augenblicke. In ihren Bewegungen war etwas Fieberhaftes; mich hatte sie kein einziges Mal angeblickt. – Alle bemerkten diese ungewöhnliche Fröhlichkeit. Und die Fürstin freute sich innerlich beim Anblick ihrer Tochter; die Tochter aber hatte bloss einen Nervenanfall: sie wird die Nacht ohne Schlaf zubringen und wird weinen. Dieser Gedanke bereitete mir einen unermesslichen Genuss: es gibt Augenblicke, wo ich den Vampir begreife ... Und man nennt mich einen guten Burschen, und ich strebe nach dieser Benennung!

Die Damen stiegen von den Pferden und begaben sich zu der Fürstin; ich war erregt und jagte in die Berge, um die Gedanken zu verscheuchen, die sich in meinem Kopfe drängten. Der taufrische Abend atmete eine berückende Kühle aus. Der Mond stieg hinter den dunklen Gipfeln empor. Jeder Schritt meines unbeschlagenen Pferdes hallte dumpf im Schweigen der Schluchten; am Wasserfalle tränkte ich mein Pferd, atmete gierig ein paarmal die frische Luft der südlichen

Nacht ein und trat den Rückweg an. Ich ritt durch das Dörfchen. Die Lichter begannen in den Fenstern zu verlöschen; die Schildwachen auf dem Festungswalle und die Kosaken auf den umliegenden Posten riefen einander gedehnt zu ... In einem der Häuser des Dörfchens, das am Rande der Schlucht erbaut war, bemerkte ich eine aussergewöhnliche Beleuchtung; von Zeit zu Zeit ertönte Stimmengewirr und Geschrei, die auf ein militärisches Gelage hinwiesen. Ich stieg vom Pferde und schlich mich ans Fenster; ein schlechtgeschlossener Fensterladen gestattete mir die Gesellschaft zu sehen und ihre Worte zu hören. Man sprach von mir.

Der Dragonerkapitän, erhitzt vom Weine, schlug mit der Faust auf den Tisch und verlangte Aufmerksamkeit.

»Meine Herren!« – sagte er, –»das ist zu toll. Man muss Petschorin vorkriegen! Diese Petersburger Leichtfüsse sind stets aufgeblasen, bis man ihnen eins auf die Nase versetzt! Er meint, dass er allein in der Welt gelebt hat, weil er stets reine Handschuhe und geputzte Stiefeln trägt. Und dieses abweisende stolze Lächeln! Ich bin überzeugt, dass er feige ist, – ja, ein Feigling ist.«

»Ich meine es auch,« sagte Gruschnitzki.»Er liebt sich mit Scherz los-zukaufen. Ich habe ihm einmal solche Dinge gesagt, dass ein anderer mich auf der Stelle zerstückelt hätte, Petschorin aber stellte alles als lächerlich da. Ich habe ihn selbstverständlich nicht gefordert, denn das war seine Sache; ausserdem wollte ich auch nicht anbinden ...«

»Gruschnitzki ist auf ihn böse, weil er die Prinzessin abspenstig gemacht hat,« sagte jemand.

»Was euch einfällt! Ich habe gewiss der Prinzessin ein wenig den Hof gemacht, aber ich liess es sein, weil ich nicht heiraten will, und ein junges Mädchen zu kompromittieren gehört nicht zu meinen Grundsätzen.«

»Ja, ich versichere Sie, dass er der grösste Feigling ist, das heisst Petschorin, aber nicht Gruschnitzki; – Gruschnitzki ist ein braver Bursche und ausserdem mein wahrer Freund!« – sagte von neuem der Dragonerkapitän.–»Meine Herren! Niemand verteidigt ihn hier? Niemand? Um so besser? Wollen Sie seinen Mut erproben? Das wird Sie amüsieren ...«

»Wir wollen es, aber wie?«

»Also hört zu: Gruschnitzki ist auf ihn besonders böse – er erhält die erste Rolle! Er wird irgend eine Kleinigkeit als Vorwand gebrauchen

und Petschorin zum Duell fordern ... Wartet! nun kommt der Witz ...
Er wird ihn also fordern: gut! Dies alles – die Forderung, die
Vorbereitungen, die Bedingungen – wird möglichst feierlich und
furchtbar sein; ich übernehme es. Ich werde dein Sekundant sein, mein
armer Freund! Also gut! Jetzt aber kommt der Haken: in die Pistolen
stecken wir keine Kugeln. Ich versichere, dass Petschorin Angst haben
wird – ich werde sie auf sechs Schritt aufstellen, zum Teufel noch
einmal! Sind Sie einverstanden, meine Herren?«
»Fein ausgeheckt! . . . Wir sind einverstanden! ... Warum auch nicht?
...« – ertönte es von allen Seiten.
»Und du, Gruschnitzki?«
Ich erwartete mit Beben Gruschnitzkis Antwort; eine kalte Wut packte
mich bei dem Gedanken, dass, wenn nicht der Zufall gewollt, ich zum
Spott für diese Dummköpfe hätte dienen können. Wenn Gruschnitzki
nicht einverstanden gewesen wäre, ich würde ihm um den Hals
gefallen sein. Aber nach einigem Schweigen erhob er sich von seinem
Platze, reichte dem Kapitän die Hand und sagte sehr würdevoll:
»Gut, ich bin einverstanden!«
Es ist schwer, die Begeisterung der ganzen ehrenwerten Gesellschaft
zu beschreiben.
Ich kehrte nach Hause zurück, von zwei verschiedenen Gefühlen
erregt. Das eine war Wehmut.
»Warum hassen sie mich alle?« – dachte ich. – »Warum? Habe ich
jemand gekränkt? Nein. Gehöre ich etwa zu den Menschen, deren
Anblick allein schon Missgunst erzeugt?«
Und ich fühlte, dass eine giftige Bosheit allmählich meine Seele
erfüllte ...
»Nehmen Sie sich in acht, Herr Gruschnitzki!« – sagte ich, im Zimmer
auf- und abschreitend, – »mit mir scherzt man nicht in dieser Weise.
Sie können den Beifall Ihrer dummen Kameraden teuer bezahlen. Ich
bin Ihnen kein Spielzeug! ...«
Ich habe die ganze Nacht nicht geschlafen. Am Morgen war ich gelb
wie eine Pomeranze. Ich traf die Prinzessin am Brunnen.
»Sind Sie krank?« – sagte sie und schaute mich scharf an.
»Ich habe die Nacht nicht geschlafen.«
»Ich auch nicht . . . Ich habe Sie vielleicht . . . grundlos beschuldigt?
Aber erklären Sie sich, ich kann Ihnen alles verzeihen ...«
»Wirklich alles? . . .«

»Alles . . . Sagen Sie nur die Wahrheit . . . nur schneller . . . Sehen Sie, ich habe viel nachgedacht, versucht, Ihr Benehmen zu erklären und zu rechtfertigen; vielleicht fürchten Sie Hindernisse seitens meiner Verwandten ... das hat nichts zu sagen. Wenn sie erfahren werden ... (ihre Stimme zitterte) ... ich werde sie bitten. Oder ist es Ihre eigene Lage ... aber Sie sollen wissen, dass ich alles für den, den ich liebe, opfern kann ... Oh, antworten Sie schneller – haben Sie Erbarmen ... Sie verachten mich nicht – nicht wahr?«

Sie erfasste meine Hand.

Die Fürstin ging vor uns mit Weras Manne und hatte nichts gesehen, aber uns konnten die promenierenden Kranken sehen, die neugierigsten Klatschbasen von allen neugierigen, und ich befreite schnell meine Hand von ihrem leidenschaftlichen Drucke.

»Ich werde Ihnen die volle Wahrheit sagen,« – antwortete ich der Prinzessin, – »ich werde mich nicht rechtfertigen, noch meine Handlung erklären: ich liebe Sie nicht.«

Ihre Lippen erblassten ein wenig.

»Verlassen Sie mich,« – sagte sie kaum hörbar.

Ich zuckte die Schultern, wandte mich um und ging fort.

25. Juni

Ich verachte mich zuweilen . . . Verachte ich etwa aus diesem Grunde auch die anderen? ... Ich bin edler Triebe unfähig geworden; ich fürchte, mir selbst lächerlich zu erscheinen. Ein anderer an meiner Stelle würde der Prinzessin »son coeur et sa fortune« angeboten haben; aber gegen mich besitzt das Wort »heiraten« eine Zaubergewalt: wie leidenschaftlich ich auch eine Frau liebe, wenn sie mir zu fühlen gibt, dass ich sie heiraten soll – dann, lebewohl Liebe! Mein Herz verwandelt sich in Stein, und nichts kann es von neuem entflammen. Ich bin zu allen Opfern bereit, ausser diesem; zwanzigmal setzte ich mein Leben, sogar meine Ehre aufs Spiel ... meine Freiheit aber verkaufe ich nicht. Warum ist sie mir so wertvoll? Was habe ich von ihr? Wozu bereite ich mich vor? Was erwarte ich von der Zukunft? – Eigentlich gar nichts. Es ist eine angeborene Furcht, eine unerklärliche Ahnung ... Es gibt ja Menschen, die sich unerklärlicherweise vor Spinnen, Schwaben, Mäusen fürchten ... Soll ich eingestehen? Als ich noch ein Kind war, hat eine alte Frau meiner Mutter über mich wahrgesagt; sie hat mir *den Tod durch eine böse Frau* prophezeit. Das hat mich damals tief erschüttert; in meiner Seele entstand eine unüberwindliche Abneigung gegen die Ehe ... Indessen aber sagt mir etwas, dass ihre Prophezeiung in Erfüllung gehen wird; ich werde wenigstens versuchen, dass sie möglichst spät in Erfüllung geht.

26. Juni

Gestern war hier ein Zauberkünstler Apfelbaum angekommen. An der Türe des Restaurants war ein langes Plakat angeschlagen, das dem hochverehrten Publikum ankündigte, dass der obengenannte wunderbare Künstler, Akrobat, Chemiker und Optiker die Ehre haben wird, am heutigen Tage um acht Uhr abends im Saale des Klubs (mit anderen Worten – im Restaurant) eine grossartige Vorstellung zu geben; Billetts wären zu zwei und einem halben Rubel zu haben.

Alle wollten den wunderbaren Taschenspieler sehen; sogar die Fürstin Ligowskaja hatte, trotzdem ihre Tochter krank ist, ein Billett genommen.

Heute nachmittag ging ich an Weras Fenstern vorbei; sie sass allein auf dem Balkon; zu meinen Füssen fiel ein Zettel nieder.

»Komm heute um zehn Uhr abends zu mir über die grosse Treppe; mein Mann ist nach Pjatigorsk gefahren und kehrt erst morgen früh zurück. – Meine Diener und Stubenmädchen werden nicht zu Hause sein; ich habe ihnen, wie den Bedienten der Fürstin, Billetts zu der Vorstellung gegeben. – Ich erwarte dich; komm unbedingt.«

»Aha!« – dachte ich, – »endlich geschieht es nach meinem Willen.«

Um acht Uhr ging ich, den Zauberkünstler zu sehen. Das Publikum versammelte sich gegen neun Uhr; die Vorstellung begann. In den hinteren Reihen erkannte ich die Diener und die Stubenmädchen Weras und der Fürstin. Alle waren zur Stelle. Gruschnitzki sass in der ersten Reihe, mit einer Lorgnette bewaffnet. Der Zauberkünstler wandte sich jedesmal an ihn, wenn er ein Taschentuch, eine Uhr, einen Ring oder dergleichen brauchte.

Gruschnitzki grüsste mich schon seit einiger Zeit nicht, und heute schaute er mich ein paarmal ziemlich dreist an. Dies alles soll ihm nicht vergessen werden, wenn wir Abrechnung halten müssen.

Gegen zehn Uhr stand ich auf und ging fort. Draussen war es dunkel, wie im Grabe. Schwere kalte Wolken lagen auf den Gipfeln der umliegenden Berge; nur ab und zu rauschte ein sterbender Wind in den Wipfeln der Pappeln, die das Restaurant umgeben; an den Fenstern drängte sich eine Menge. Ich stieg den Berg hinab, bog in das Tor ein und beschleunigte meine Schritte. Plötzlich schien es mir, als ob jemand mir folgte. Ich blieb stehen und schaute mich um. In der Dunkelheit konnte man nichts unterscheiden; aus Vorsicht jedoch ging ich um das Haus herum, als ob ich promenierte. Als ich an den Fenstern der Prinzessin vorbeiging, hörte ich von neuem Schritte hinter mir; ein Mann, gehüllt in einen Mantel, lief an mir vorbei. Dies beunruhigte mich; ich schlich mich jedoch an die Haustüre und lief eilig die dunkle Treppe hinauf. Eine Tür öffnete sich, eine kleine Hand erfasste die meine ...

»Hat dich niemand gesehen?« – fragte im Flüstertone Wera und schmiegte sich an mich.

»Niemand.«

»Glaubst du jetzt, dass ich dich liebe? Oh, ich habe lange geschwankt, mich lange gequält ... aber du tust mit mir alles, was du willst.«

Ihr Herz klopfte stark, die Hände waren kalt wie Eis. Nun begannen Vorwürfe voll Eifersucht, Klagen; sie verlangte von mir, dass ich ihr alles gestehen sollte, und sagte, dass sie mit Demut meine Untreue ertragen würde, weil sie einzig und allein mein Glück wünsche. Ich glaubte nicht ganz daran, aber beruhigte sie mit Schwüren, Versprechungen und dergleichen.

»Also du heiratest Mary nicht? Du liebst sie nicht? ... Und sie denkt ... Weisst du, sie ist in dich wahnsinnig verliebt, die Ärmste! ...«

Gegen zwei Uhr nachts öffnete ich das Fenster, band zwei Schals zusammen und liess mich von dem oberen Balkon auf den unteren hinab und hielt mich dabei an eine Säule. Bei der Prinzessin war noch Licht. Irgend etwas zog mich zu diesem Fenster. Der Vorhang war nicht ganz herabgelassen, und ich konnte einen neugierigen Blick in das Innere des Zimmers werfen. Mary sass auf ihrem Bette und hatte die Hände um die Knie geschlungen; ihr dichtes Haar war unter einer Nachthaube, die mit Spitzen besetzt war, gesammelt; ein grosses dunkelrotes Tuch bedeckte ihre weissen Schultern und die kleinen Füsschen verbargen sich in bunten persischen Pantoffeln. Sie sass unbeweglich da und hatte den Kopf auf die Brust gesenkt; vor ihr lag auf einem Tischchen ein aufgeschlagenes Buch, aber ihre unbeweglichen Augen, voll von unbeschreiblicher Traurigkeit, schienen zum hundertsten Male ein und dieselbe Seite zu durcheilen, während ihre Gedanken weit, weit waren ...

In diesem Augenblicke regte sich jemand hinter einem Busche. Ich sprang vom Balkon auf das Gras. Eine unsichtbare Hand packte mich an der Schulter.

»Aha!« – sagte eine grobe Stimme: –»du bist erwischt! ... du wirst mir nicht mehr nachts zu Prinzessinnen gehen!«

»Halte ihn fester!« – rief ein anderer, der hinter der Ecke hervorsprang. Es waren Gruschnitzki und der Dragonerkapitän.

Ich schlug mit der Faust den letzteren auf den Kopf, er verlor das Gleichgewicht, und ich eilte in die Büsche. Alle Pfade des Gartens, der sich am Abhang vor unseren Häusern hinzog, waren mir bekannt.

»Diebe! Hilfe! . . .« schrien sie.

Ein Gewehrschuss ertönte; der rauchende Pfropfen fiel fast zu meinen Füssen nieder.

Nach einer Minute war ich schon in meinem Zimmer, kleidete mich aus und legte mich hin. Kaum hatte mein Diener die Türe abgeschlossen, als Gruschnitzki und der Kapitän zu klopfen anfingen.

»Petschorin! Schlafen Sie? Sind Sie da? ...« – rief der Kapitän.

»Ich schlafe!« – antwortete ich ärgerlich.

»Stehen Sie auf! . . . Diebe sind da … Tscherkessen ...«

»Ich habe Schnupfen,« – antwortete ich; –»ich fürchte mich zu erkälten.«

Sie gingen fort. Ich hatte ihnen unnützerweise geantwortet; sie hätten mich wenigstens noch eine Stunde im Garten gesucht. Die Aufregung wurde unterdessen furchtbar gross. Aus dem Fort sprengte ein Kosak heran. Alles war in Bewegung; man begann in allen Büschen die Tscherkessen zu suchen – und fand selbstverständlich niemand. Viele aber sind wahrscheinlich der festen Überzeugung geblieben, dass, wenn die Besatzung mehr Tapferkeit und Schnelligkeit gezeigt hätte, so würden wenigstens zwei Dutzend von den Räubern auf der Stelle geblieben sein.

27. Juni

Heute morgen drehten sich alle Gespräche an der Quelle bloss um den nächtlichen Überfall der Tscherkessen. Nachdem ich das vorgeschriebene Quantum von Narsan getrunken und ein dutzendmal die lange Lindenallee abgeschritten hatte, begegnete ich Weras Mann, der soeben aus Pjatigorsk angekommen war. Er nahm mich am Arm, und wir gingen in das Restaurant, um zu frühstücken; er war furchtbar beunruhigt wegen seiner Frau.

»Wie sie sich heute nacht erschreckt hat!« – sagte er. –»Und es musste gerade passieren, als ich verreist war.«

Wir setzten uns zum Frühstück neben die Türe, die in ein Eckzimmer führt, wo sich etwa zehn junge Leute befanden, unter ihnen war auch Gruschnitzki. Das Schicksal gab mir zum zweiten Male Gelegenheit, ein Gespräch zu hören, das über das Geschick von Gruschnitzki entscheiden sollte. Er hatte mich nicht gesehen, und folglich konnte ich keine Absicht argwöhnen; aber dies verstärkte bloss seine Schuld in meinen Augen.

»Ja, waren es denn in der Tat Tscherkessen?« – fragte jemand. –»Hat sie denn jemand gesehen?«

»Ich werde Ihnen die volle Wahrheit erzählen,« – antwortete Gruschnitzki, –»aber bitte, verraten Sie mich nicht. Die Sache verhielt sich so: gestern kam ein Mann zu mir, den ich Ihnen nicht nennen werde, und erzählte, dass er abends in der zehnten Stunde gesehen habe, wie jemand in das Haus von Ligowski hineingeschlichen wäre. Ich muss erwähnen, dass die Fürstin hier war und die Prinzessin zu Hause. Da bin ich denn mit dem Mann unter die Fenster gegangen, um dem Glücklichen aufzulauern.«

Offen gesagt, ich erschrak, obwohl mein Gegenüber mit seinem Frühstück sehr beschäftigt war; er konnte Dinge hören, die für ihn ziemlich unangenehm waren, wenn Gruschnitzki zufällig die Wahrheit entdeckt hätte; aber geblendet vor Eifersucht ahnte er sie nicht.

»Also, sehen Sie,« – fuhr Gruschnitzki fort, –»wir nahmen ein Gewehr mit, das blind geladen war, bloss um ihn zu erschrecken, und gingen hin. Bis zwei Uhr warteten wir im Garten. Endlich – Gott weiss, woher er erschien, jedoch nicht aus dem Fenster, denn es wurde nicht geöffnet, aber wahrscheinlich kam er durch die Glastüre, die sich hinter der Säule befindet, – also endlich, sage ich, sahen wir, wie jemand vom Balkon herunterkam . . . Was sagt ihr zu der Prinzessin? Ah! Na, ich lobe mir die jungen Damen aus Moskau! Woran soll man nach solch einem Vorfall noch glauben?

Wir wollten ihn ergreifen, aber er riss sich los und stürzte, wie ein Hase, in das Gebüsch; da schoss ich denn auf ihn. –«

Rings um Gruschnitzki ertönte ein misstrauisches Murmeln.

»Ihr glaubt nicht?« – fragte er. –»Ich gebe euch mein Ehrenwort, dass dies alles vollkommene Wahrheit ist, und zum Beweise kann ich euch sogar diesen Herrn nennen.«

»Sage, sage, wer ist es?« – erklang es von allen Seiten.

»Petschorin ist es,« – antwortete Gruschnitzki.

In diesem Augenblick erhob er seine Augen – ich stand in der Türe ihm gegenüber; er errötete furchtbar. Ich trat an ihn heran und sagte langsam und deutlich:

»Ich bedauere sehr, dass ich erst eingetreten bin, als Sie schon zur Bestätigung der gemeinsten Verleumdung Ihr Ehrenwort gegeben hatten. Meine Anwesenheit hätte Sie von einer überflüssigen Gemeinheit befreit.«

Gruschnitzki sprang von seinem Platze auf und wollte hitzig werden.

»Ich ersuche Sie,« – fuhr ich in demselben Tone fort, –»ich ersuche Sie, sofort Ihre Worte zurückzunehmen; Sie wissen sehr gut, dass dies aus der Luft gegriffen ist. Ich glaube nicht, dass die Gleichgültigkeit einer Frau zu Ihren glänzenden Vorzügen solch eine furchtbare Rache verdient. Denken Sie gut nach: indem Sie Ihre Meinung aufrecht erhalten, verlieren Sie das Recht auf den Ruf eines anständigen Menschen und riskieren Ihr Leben.«

Gruschnitzki stand mit gesenkten Augen in starker Aufregung vor mir. Aber der Kampf des Gewissens mit der Eigenliebe dauerte nicht lange. Der Dragonerkapitän, der neben ihm sass, stiess ihn mit dem Ellenbogen; er zuckte auf und antwortete mir schnell, ohne die Augen zu erheben:

»Mein Herr, wenn ich etwas ausspreche, so glaube ich es auch und bin bereit, es zu wiederholen ... Ich fürchte Ihre Drohungen nicht und bin zu allem bereit.«

»Das letzte haben Sie schon bewiesen,« – antwortete ich kalt, nahm den Dragonerkapitän am Arm und verliess mit ihm das Zimmer.

»Was wünschen Sie?« – fragte der Kapitän.

»Sie sind Gruschnitzkis Freund und werden wahrscheinlich sein Sekundant sein?«

Der Kapitän verbeugte sich sehr würdevoll.

»Sie haben es erraten,« – erwiderte er, – »ich bin sogar verpflichtet, sein Sekundant zu sein, weil die Beleidigung, die ihm zugefügt ist, auch mich betrifft; ich war mit ihm gestern nacht zusammen,« – fügte er hinzu und reckte seine gebeugte Gestalt.

»Ah! Also Sie habe ich so ungeschickt auf den Kopf geschlagen? ...« Er wurde gelb und blau; eine versteckte Wut drückte sich auf seinem Gesichte aus.

»Ich werde die Ehre haben, Ihnen heute meinen Sekundanten zu schicken,« – sagte ich, verbeugte mich sehr höflich und gab mir den Anschein, als bemerkte ich seine rasende Wut nicht.

Auf der Treppe des Restaurants traf ich Weras Mann. Er schien mich zu erwarten.

Er erfasste meine Hand mit einem Gefühle, das Begeisterung ausdrückte.

»Edler junger Mann!« – sagte er mit Tränen in den Augen. –»Ich habe alles gehört! Solch ein Schuft! Undankbarer! ... Das hat man davon, wenn man solche Leute in einem anständigen Hause empfängt! Gott sei Dank, ich habe keine Töchter! Aber Sie wird die belohnen, für die Sie Ihr Leben riskieren. Seien Sie von meiner Schweigsamkeit, so lange sie von Belang ist, überzeugt,« – fuhr er fort. –»Ich war selbst jung und habe gedient; ich weiss, dass man sich in diese Sachen nicht mischen soll. Leben Sie wohl!«

Der Ärmste! er freute sich, dass er keine Töchter hatte ...

Ich ging direkt zu Werner, traf ihn zu Hause und erzählte ihm alles – meine Beziehungen zu Wera und der Prinzessin, und auch das Gespräch, das ich erlauscht, und aus dem ich die Absicht dieser Herren erfahren hatte, mich zum Narren zu halten, indem sie mich zwingen wollten, mich mit blindgeladenen Pistolen zu schiessen. Jetzt aber überschritt die Sache die Grenzen eines Scherzes; sie hatten wahrscheinlich solch eine Lösung nicht erwartet.

Der Doktor war einverstanden, mein Sekundant zu sein; ich gab ihm einige Weisungen über die Bedingungen des Zweikampfes. Er sollte darauf bestehen, dass die Angelegenheit möglichst geheim gehalten würde, denn obwohl ich zu jeder Zeit bereit war, mich dem Tode preiszugeben, war ich doch keineswegs geneigt, mir meine Zukunft in dieser Welt auf immer zu verderben.

Danach ging ich nach Hause. Nach einer Stunde kehrte der Doktor von der Unterhandlung zurück.

»Gegen Sie existiert in der Tat eine Verschwörung,« – sagte er. – »Ich traf bei Gruschnitzki den Dragonerkapitän und noch einen Herrn, dessen Namen ich mich nicht entsinne. Ich blieb einen Augenblick im Vorzimmer stehen, um die Galoschen abzunehmen. Nebenan gab es einen schrecklichen Lärm und Streit ... – »Darauf gehe ich in keinem Falle ein!« – sagte Gruschnitzki, – »er hat mich öffentlich beleidigt. Damals war es eine andere Sache ...«

»Was geht es dich an?« – antwortete der Kapitän, – »ich übernehme alles. Ich war fünfmal bei Zweikämpfen Sekundant und weiss schon, wie man es einrichten muss. Ich habe über alles nachgedacht. Bitte, störe mich bloss nicht. Angst einem einjagen, ist nicht schlimm. Und wozu soll man sich einer Gefahr aussetzen, wenn man es vermeiden kann?« – In diesem Augenblicke trat ich ein. Sie schwiegen plötzlich. Unsere Unterhandlung zog sich ziemlich lange hin; endlich beschlossen wir die Sache folgendermassen: etwa fünf Werst von hier gibt es eine abgelegene Schlucht, sie fahren morgen um vier Uhr früh dorthin, und wir brechen eine halbe Stunde nach ihnen auf; die Distanz ist auf sechs Schritt festgesetzt – das verlangte Gruschnitzki selbst. – Der Getötete soll auf die Rechnung der Tscherkessen kommen. Ich habe nun folgenden Verdacht: sie, das heisst die Sekundanten, haben wahrscheinlich ihren früheren Plan ein wenig geändert und wollen Gruschnitzkis Pistole allein mit einer Kugel laden. Dies gleicht ein wenig einem Morde, aber in Kriegszeiten, und besonders in einem asiatischen Kriege, ist List gestattet; Gruschnitzki jedoch scheint etwas anständiger als seine Genossen zu sein. Wie meinen Sie: sollen wir ihnen zeigen, dass wir es erraten haben?«

»Um keinen Preis in der Welt, Doktor! Seien Sie unbesorgt; ich werde ihnen nicht nachgeben.«

»Was wollen Sie denn tun?«

»Das ist mein Geheimnis.«

»Geben Sie acht, fallen Sie nicht hinein ... es ist ja auf sechs Schritt!«

»Doktor, ich erwarte Sie morgen um vier Uhr; die Pferde werden da sein ... Leben Sie wohl.«

Bis zum Abend sass ich zu Hause und hatte mich in mein Zimmer eingeschlossen. Ein Diener kam, um mich zu der Fürstin zu bitten – ich liess sagen, ich wäre krank.

Zwei Uhr nachts . . . ich kann nicht schlafen ... Und ich müsste schlafen, damit morgen die Hand nicht zittert. Übrigens ist es schwer, auf sechs Schritt fehlzuschiessen. Ah! Herr Gruschnitzki! Ihre Mystifikation wird Ihnen nicht gelingen ... wir werden die Rollen tauschen: jetzt werde ich auf Ihrem bleichen Gesicht die Zeichen von geheimer Furcht suchen. Warum haben Sie selbst diese verhängnisvollen sechs Schritt bestimmt? Sie denken, dass ich Ihnen ohne Wehr meine Stirn darbieten werde ... aber wir werden losen ... und dann ... wenn aber sein Glück stärker ist? Wenn aber mein Stern mich schliesslich verlässt? ... Und es soll mich nicht wundern, da er so lange meinen Launen treu gedient hat. Was denn? Wenn ich sterben soll, so sterbe ich. Ein geringer Verlust für die Welt; ja, und ausserdem ist es mir selbst schon mächtig langweilig. Ich gleiche einem Menschen, der auf einem Balle gähnt und bloss darum nicht schlafen geht, weil sein Wagen noch nicht da ist. Aber der Wagen steht zu Diensten ... leben Sie wohl! ... Ich durcheile im Gedächtnis meine ganze Vergangenheit und frage mich unwillkürlich: wozu habe ich gelebt? zu welchem Zwecke bin ich geboren? ... Und sicher muss der Zweck existiert haben, und wahrscheinlich hatte ich eine hohe Bestimmung, denn ich fühle in meiner Seele unermessliche Kräfte ... Aber ich habe diese Bestimmung nicht erkannt, ich habe mich durch Lockmittel von leeren und undankbaren Leidenschaften hinreissen lassen; aus ihrem Schmelzofen bin ich hart und kalt wie Eisen hervorgegangen, habe aber auf ewig das Feuer der edlen Bestrebungen – die schönste Blüte des Lebens – verloren. Und wie oft habe ich seit dieser Zeit schon die Rolle eines Beiles in den Händen des Schicksals gespielt! Wie ein Henkerbeil fiel ich auf die Köpfe der verdammten Opfer nieder, oft ohne Bosheit, stets ohne Mitleid ... Meine Liebe hat niemand Glück gebracht, weil ich nichts opferte für die, die ich liebte: ich liebte meinetwegen, zu meinem eigenen Vergnügen. Ich befriedigte bloss ein sonderbares Bedürfnis des Herzens, verschlang voller Gier ihre Gefühle, ihre Zärtlichkeit, ihre Freuden und Leiden – und konnte nie mich sättigen. So verfällt der von Hunger Gequälte ermattet in einen Schlaf und erblickt prachtvolle Gerichte und schäumenden Wein; er verschlingt mit Entzücken die Gaukelgeschenke der Phantasie, und ihm wird scheinbar leichter, aber kaum ist er erwacht – verschwindet auch der Traum ... es bleibt der verstärkte Hunger und die Verzweiflung. Und vielleicht werde ich morgen sterben! ... und auf Erden bleibt kein einziges Wesen, das mich vollkommen verstanden hätte.

Die einen halten mich für schlechter, die andern – für besser, als ich es in der Tat bin ...
Die einen werden sagen: er war ein guter Bursche, die andern – er war ein Schuft. Das eine wie das andere wird falsch sein. Lohnt es sich da noch der Mühe zu leben? Man lebt aber doch – aus Neugier: man erwartet etwas Neues ... Es ist lächerlich und ärgerlich!

Es sind schon anderthalb Monate, seit ich in der Festung N. bin. Maxim Maximytsch ist auf die Jagd gegangen ... ich sitze allein am Fenster. Graue Wolken haben die Berge bis zum Abhang bedeckt; die Sonne scheint durch den Nebel wie ein gelber Fleck. Es ist kalt; der Wind pfeift und rüttelt an den Fensterläden ... Es ist langweilig! ... Ich will mein Tagebuch, das durch so viele merkwürdige Ereignisse unterbrochen wurde, fortsetzen.

Ich lese die letzte Seite: lächerlich! – Ich dachte zu sterben; es war unmöglich: ich habe den Kelch der Leiden noch nicht geleert und fühle jetzt, dass mir noch lange zu leben bevorsteht.

Wie klar und scharf hat sich die ganze Vergangenheit in meinem Gedächtnis eingeprägt! Kein einziges Zeichen, keine einzige Schattierung hat die Zeit verwischt!

Ich erinnere mich, dass ich im Laufe der Nacht, die dem Zweikampf vorausging, keinen Augenblick geschlafen habe. Ich konnte nicht lange schreiben; eine geheime Unruhe ergriff mich. Über eine Stunde wanderte ich im Zimmer auf und ab; schliesslich setzte ich mich hin und schlug einen Roman von Walter Scott auf, der auf meinem Tische lag: es waren die Puritaner von Schottland. Ich las zuerst mit Anstrengung, dann vergass ich mich, hingerissen von der Zauberphantasie.

Endlich brach der Morgen an. Meine Nerven waren beruhigt. Ich schaute in den Spiegel; eine matte Blässe bedeckte mein Gesicht, das Spuren einer qualvollen Schlaflosigkeit aufwies; aber die Augen leuchteten stolz und unerbittlich, obwohl sie von dunkelbraunen Schatten umgeben waren. Ich war mit mir zufrieden.

Ich befahl die Pferde zu satteln, kleidete mich an und lief zu dem Badehause hinunter. Als ich in dem kalten Wasser des Narsans untertauchte, fühlte ich, wie meine körperlichen und geistigen Kräfte zurückkehrten. Ich verliess die Wanne frisch und gestärkt, als ob ich auf einen Ball ginge. Nun behaupten Sie bitte noch, dass die Seele vom Körper nicht abhängt! ...

Bei meiner Rückkehr fand ich den Doktor bei mir vor. Er trug graue Reithosen, eine seidene Jacke und eine Tscherkessenmütze. Ich lachte laut auf, als ich diese kleine Gestalt unter der ungeheuer grossen Fellmütze erblickte; Werner hatte überhaupt kein kriegerisches Gesicht, und diesmal war es noch länger, als gewöhnlich.

»Warum sind Sie so traurig, Doktor?« – sagte ich zu ihm. »Haben Sie denn nicht an hundertmal die Menschen mit der grössten Gleichgültigkeit in jene Welt geleitet? Stellen Sie sich vor, ich hätte Gallenfieber; ich kann gesund werden, kann aber auch sterben; das eine wie das andere liegt in der Ordnung der Dinge.

Versuchen Sie, mich als einen Kranken zu betrachten, der von einem Ihnen unbekannten Leiden befallen ist – und da wird Ihre Neugier bis zum höchsten Grade gespannt sein. Sie können jetzt an mir einige wichtige physiologische Beobachtungen machen ... Ist denn das Erwarten eines gewaltsamen Todes keine wirkliche Krankheit?«

Dieser Gedanke setzte den Doktor in Erstaunen, und er wurde fröhlicher.

Wir bestiegen die Pferde. Werner klammerte sich mit beiden Händen an die Zügel, und wir traten die Reise an – im Nu jagten wir durch den Ort, an dem Fort vorbei, und ritten in eine Schlucht hinein, durch die sich der Weg schlängelte, halb bewachsen mit hohem Grase; alle Augenblicke wurde er von einem rauschenden Bache durchschnitten, den man durchwaten musste, zur grössten Verzweiflung des Doktors, weil sein Pferd jedesmal im Wasser stehen blieb.

Ich erinnere mich eines blaueren und frischeren Morgens nicht! Die Sonne war kaum über den grünen Gipfeln erschienen, und die Verschmelzung der ersten Wärme ihrer Strahlen mit der sterbenden Kühle der Nacht verlieh allen Gefühlen eine süsse erwartungsvolle Stimmung; in die Schlucht drang noch kein freudiger Strahl des jungen Tages, er vergoldete nur die Spitzen der Felsen, die zu beiden Seiten über uns hingen. Die Büsche mit dichten Blättern, die in den tiefen Spalten wuchsen, umgaben uns beim leisesten Wehen des Windes mit einem silbernen Regen. Ich erinnere mich – damals liebte ich die Natur mehr, als jemals zuvor. Wie neugierig betrachtete ich jeden Tautropfen, der an dem breiten Blatte einer Weinrebe zitterte und Millionen von bunten Strahlen widerspiegelte;

wie gierig versuchte mein Blick die nebelige Ferne zu durchdringen! Dort wurde der Weg immer schmäler, die Felsen blauer und furchtbarer, und schliesslich schienen sie sich zu einer undurchdringbaren Wand zu vereinigen. Wir ritten schweigend dahin.

»Haben Sie Ihr Testament gemacht?« – fragte plötzlich Werner.

»Nein.«

»Und wenn Sie getötet werden? . . .«

»Die Erben werden sich schon finden.«

»Haben Sie denn keine Freunde, denen Sie Ihr letztes Lebewohl senden möchten? ...«

Ich schüttelte den Kopf.

»Gibt es denn nicht eine Frau auf der Welt, der Sie etwas zur Erinnerung hinterlassen möchten? ...«

»Wollen Sie, Doktor,« – erwiderte ich ihm, – »dass ich Ihnen meine Seele offenbare? ... Sehen Sie, ich habe die Jahre hinter mir, wo man beim Sterben den Namen seiner Geliebten auf den Lippen hat und dem Freunde einen Büschel pomadisierter oder unpomadisierter Haare hinterlässt. Wenn ich an den nahen und möglichen Tod denke, so denke ich bloss an mich allein; andere tun auch dies nicht mal. – Freunde, die mich morgen vergessen oder, noch schlechter, mir Gott weiss was für Unglaubliches nachsagen werden; Frauen, die in den Armen eines anderen über mich lachen werden, um die Eifersucht zu dem Verstorbenen in ihm nicht zu erregen – na, Gott mit ihnen! Aus dem Lebenssturm habe ich nur einige Ideen davongetragen – und kein einziges Gefühl. Ich lebe schon lange nicht mit dem Herzen, sondern mit dem Kopfe. Ich erwäge, untersuche meine eigenen Leidenschaften und Handlungen mit strenger Neugier, aber ohne Teilnahme. In mir sind zwei Menschen: der eine lebt im vollen Sinne des Wortes, der andere grübelt und urteilt über ihn; der erste wird vielleicht von Ihnen und der Welt auf ewig Abschied nehmen und der zweite ... der zweite? ... Schauen Sie, Doktor: dort oben auf dem Felsen, rechts, stehen drei schwarze Gestalten, sehen Sie sie? Das sind, scheint es, unsere Gegner ...«

Wir ritten schneller.

Am Fusse des Felsens, in den Büschen, waren drei Pferde angebunden; wir banden unsere Pferde auch dort an und stiegen den schmalen Pfad zu dem Plateau hinauf, wo uns Gruschnitzki mit dem Dragonerkapitän und seinem zweiten Sekundanten erwartete. Dieser hiess Iwan Ignatjewitsch; seinen Familiennamen habe ich nie gehört.

»Wir erwarten Sie schon lange hier,« – sagte der Dragonerkapitän mit einem ironischen Lächeln.

Ich zog meine Uhr heraus und zeigte sie ihm.

Er entschuldigte sich und sagte, dass seine Uhr vorginge.

Einige Minuten herrschte peinliches Schweigen; endlich unterbrach es der Doktor und wandte sich an Gruschnitzki.

»Mir scheint,« – sagte er, –»dass Sie, meine Herren, nachdem Sie beide sich bereit gezeigt haben, sich zu schiessen und dadurch den Bedingungen der Ehre nachzukommen, sich erklären und die Sache gütlich beilegen könnten.«

»Ich bin bereit,« – sagte ich.

Der Kapitän blinzelte Gruschnitzki zu, und der letztere nahm in der Meinung, dass ich Angst hätte, ein stolzes Aussehen an, obgleich bis zu diesem Augenblick eine fahle Blässe seine Wangen bedeckt hatte. Seit dem Augenblick, wo wir angekommen waren, richtete er zum ersten Male seine Augen auf mich; aber in dem Blick lag eine gewisse Unruhe, die auf einen inneren Kampf hindeutete.

»Nennen Sie Ihre Bedingungen,« – sagte er, –»und alles, was ich für Sie tun kann, seien Sie versichert ...«

»Meine Bedingungen sind folgende: Sie werden heute noch Ihre Verleumdung öffentlich zurücknehmen und mich um Entschuldigung bitten ...«

»Mein Herr, ich bin überrascht, wie Sie wagen können, mir solche Dinge anzubieten!«

»Was könnte ich Ihnen denn anderes anbieten, als dies? ...«

»Wir werden uns schiessen.«

Ich zuckte die Schultern.

»Bitte. Bedenken Sie aber, dass einer von uns unbedingt getötet wird.«

»Ich wünsche, dass Sie es wären ...«

»Und ich bin ganz vom Gegenteil überzeugt ...«

Er wurde verwirrt, errötete und lachte dann gezwungen.

Der Kapitän nahm ihn am Arm und führte ihn zur Seite; sie flüsterten lange. Ich war in ziemlich friedfertiger Stimmung angekommen, dies alles aber begann mich zu ärgern.

Der Doktor trat zu mir.

»Hören Sie,« – sagte er mit sichtlicher Unruhe, –»Sie haben wahrscheinlich die Verschwörung vergessen? ... Ich verstehe nicht, eine Pistole zu laden, aber in diesem Falle ... Sie sind ein sonderbarer Mensch! Sagen Sie ihnen, dass Sie ihre Absicht kennen – und sie werden es nicht wagen ... Was für ein Einfall? Man wird Sie wie einen Vogel erschiessen ...«

»Bitte, beunruhigen Sie sich nicht, Doktor, und warten Sie ab ... Ich werde alles so einrichten, dass es auf ihrer Seite keinen Vorteil geben wird. Erlauben Sie ihnen zu flüstern ...«

»Meine Herren! es wird langweilig,« – sagte ich laut, –»wenn wir uns schiessen sollen, na, dann los damit. Sie haben gestern Zeit gehabt, sich auszusprechen.«

»Wir sind bereit,« – antwortete der Kapitän. –»Stellen Sie sich bitte auf, meine Herren! Doktor, haben Sie die Güte, sechs Schritt abzumessen ...«

»Stellen Sie sich auf!« – wiederholte Iwan Ignatjewitsch mit quiekender Stimme.

»Erlauben Sie!« – sagte ich. –»Noch eine Bedingung – da wir auf den Tod kämpfen, so sind wir verpflichtet, unser möglichstes zu tun, damit es geheim bleibt und unsere Sekundanten keine Verantwortung tragen. Sind Sie einverstanden? ...«

»Vollkommen einverstanden.«

»Also, ich habe folgendes erdacht. Sehen Sie auf dem Gipfel dieses steilen Felsens rechts das schmale Plateau? Von dort bis zum Fusse werden es gegen dreissig Klafter sein, wenn nicht mehr; unten liegen spitze Steine. Jeder von uns stellt sich dicht am Rande des Plateaus auf; in dieser Weise wird sogar die kleinste Wunde tödlich sein – dies muss mit Ihrem Wunsche übereinstimmen, denn Sie haben selbst die sechs Schritt bestimmt. Wer verwundet wird, fliegt unbedingt hinunter und wird zerschmettert. – Die Kugel nimmt der Doktor heraus, und da wird man sehr leicht diesen plötzlichen Tod durch einen ungeschickten Sprung erklären können. Wir werden das Los werfen, wer zuerst schiessen soll. Ich erkläre zum Schluss, dass ich mich nicht anders schiessen werde.«

»Bitte!« – sagte der Kapitän, blickte bedeutungsvoll Gruschnitzki an, der zum Zeichen seines Einverständnisses mit dem Kopfe nickte.

Sein Gesicht wechselte alle Augenblicke die Farbe. Ich hatte ihn in eine peinliche Lage gebracht. Wenn er unter gewöhnlichen

Bedingungen sich mit mir schösse, so könnte er auf mein Bein zielen, mich leicht verwunden und in dieser Weise seiner Rache genügen, ohne sein Gewissen zu sehr zu belasten; jetzt aber musste er in die Luft schiessen oder ein Mörder werden oder schliesslich seine niederträchtige Absicht aufgeben und sich einer gleichen Gefahr mit mir unterziehen. Ich möchte nicht in diesem Augenblick an seiner Stelle gewesen sein. Er nahm den Kapitän zur Seite und begann ihm etwas mit grossem Eifer zu sagen; ich sah, wie seine blaugewordenen Lippen zitterten, aber der Kapitän wandte sich mit einem verächtlichen Lächeln von ihm ab.

»Du bist ein Dummkopf!« – sagte er ziemlich laut zu Gruschnitzki, – »du verstehst nichts! ... Also gehen wir, meine Herren!«

Ein schmaler Pfad führte zwischen Gebüsch auf den steilen Abhang hinauf; die Trümmer von Felsen bildeten die unsicheren Stufen dieser natürlichen Treppe; wir klammerten uns an die Büsche und begannen den Aufstieg. Gruschnitzki ging voraus, seine Sekundanten folgten ihm, und dann kam ich mit dem Doktor.

»Ich wundere mich über Sie,« – sagte der Doktor und drückte mir stark die Hand. – »Gestatten Sie mir, Ihren Puls zu fühlen! ... Oh! Er ist fieberhaft! ... Auf dem Gesicht aber merkt man nichts ... nur die Augen glänzen heller, als gewöhnlich.«

Plötzlich fielen kleine Steine mit Geräusch unter unsere Füsse. Was gab es? Gruschnitzki war gestolpert; der Zweig, an dem er sich festhielt, brach ab, und er wäre auf dem Rücken hinabgerutscht, wenn ihn seine Sekundanten nicht gefasst hätten.

»Nehmen Sie sich in acht!« – rief ich ihm zu. – »Fallen Sie nicht zu früh; es ist ein schlimmes Zeichen. Denken Sie an Julius Cäsar.«

Endlich hatten wir den Gipfel des hervorstehenden Felsens erreicht; das Plateau war mit feinem Sande bedeckt, wie gemacht für einen Zweikampf. – Ringsum drängten sich, im goldenen Nebel des Morgens verschwindend, die Gipfel der Berge gleich einer unzähligen Herde, und im Süden erhob sich in all seiner weissen Grösse der Elbrus und schloss die Kette der Eisgipfel ab, zwischen denen schon flockige Wolken, von Osten hergetrieben, dahineilten. Ich trat an den Rand des Plateaus und schaute hinab; der Kopf schwindelte mir fast. Dort unten schien es dunkel und kalt, wie im Grab; mit Moos bedeckte spitze Felsstücke, die vom Gewitter und von der Zeit hinabgeschleudert waren, warteten auf ihr Opfer.

Das Plateau, auf dem wir uns schiessen sollten, bildete ein fast regelrechtes Dreieck. Von dem hervorstehenden Winkel mass man sechs Schritt ab und beschloss, dass der, dem beschieden wäre, als erster das feindliche Feuer zu empfangen, sich mit dem Rücken nach dem Abgrunde ganz in dem Winkel aufstellen sollte; wenn er nicht getötet würde, sollten die Gegner ihre Stellungen wechseln.

Ich beschloss, alle Vorteile Gruschnitzki zu überlassen; ich wollte ihn erproben; in seiner Seele konnte ein Funke von Grossmut erwachen – und dann hätte sich alles zum besten entschieden, jedoch die Eigenliebe und die Charakterschwäche sollten triumphieren!... Ich wollte das volle Recht gewinnen, ihn nicht zu schonen, wenn das Schicksal mich begünstigen würde. Wer hätte solch einen Vertrag mit seinem Gewissen nicht auch abgeschlossen?

»Werfen Sie das Los, Doktor!« – sagte der Kapitän.

Der Doktor zog aus der Tasche eine silberne Münze und hielt sie in die Höhe.

»Schrift!« – rief Gruschnitzki hastig aus, wie ein Mensch, den plötzlich ein Freundesstoss erweckt hat.

»Adler!« – sagte ich.

Die Münze flog hinauf und fiel klirrend hin; alle stürzten hin, um zu sehen.

»Sie haben Glück!« – sagte ich zu Gruschnitzki. – »Sie schiessen zuerst! Aber denken Sie daran, dass, wenn Sie mich nicht töten, ich nicht fehlschiessen werde – ich gebe Ihnen mein Ehrenwort!«

Er errötete; er schämte sich, einen wehrlosen Menschen zu töten; ich blickte ihn fest an. Einen Augenblick schien es mir, als würde er sich zu meinen Füssen stürzen und um Verzeihung flehen, aber wie soll man solch eine niederträchtige Absicht eingestehen? ... Ihm blieb nur ein Mittel übrig – in die Luft zu schiessen! Eins konnte es aber verhindern: der Gedanke, dass ich einen zweiten Zweikampf verlangen würde.

»Es ist Zeit!« – flüsterte mir der Doktor zu und zupfte mich am Ärmel. – »Wenn Sie jetzt nicht sagen, dass wir ihre Absicht kennen, ist alles verloren. Sehen Sie, er ladet schon die Pistolen ... wenn Sie selbst nichts sagen, so werde ich es ...«

»Um keinen Preis in der Welt, Doktor,« – antwortete ich und hielt ihn zurück. – »Sie werden alles verderben; Sie haben mir Ihr Wort gegeben, nicht zu stören ... Was geht es Sie an? Vielleicht möchte ich getötet werden ...«

Er schaute mich erstaunt an.

»Oh, das ist etwas anderes . . . Sie sollen sich nur über mich in jener Welt nicht beklagen ...«

Der Kapitän hatte indessen seine Pistolen geladen, flüsterte lächelnd Gruschnitzki etwas zu und überreichte ihm die eine Pistole, mir die andere.

Ich stellte mich im Winkel des Plateaus auf, stützte mich mit dem linken Fuss gegen einen Stein und beugte mich ein wenig nach vorn, um im Fall einer leichten Verwundung nicht hinabzustürzen.

Gruschnitzki stellte sich mir gegenüber auf und begann nach gegebenem Zeichen die Pistole zu heben. Seine Knie zitterten. Er zielte mir gerade auf die Stirn.

Eine unbeschreibliche Wut loderte in meiner Brust auf.

Plötzlich liess er die Pistole sinken und wandte sich, bleich wie Kalk, zu seinem Sekundanten.

»Ich kann nicht,« – sagte er mit dumpfer Stimme.

»Feigling!« – antwortete der Kapitän.

Der Schuss erdröhnte. Die Kugel hatte mein Knie geritzt. Ich machte unwillkürlich einige Schritte nach vorn, um mich schneller vom Rande zu entfernen.

»Na, Bruder Gruschnitzki, schade, dass du fehlgeschossen hast!« – sagte der Kapitän. – »Jetzt ist die Reihe an dir, stell dich auf! Umarme mich vorher: wir werden uns nicht mehr sehen!«

Sie umarmten sich; der Kapitän konnte sich kaum vor Lachen halten.

»Fürchte dich nicht!« – fügte er hinzu und blickte verschmitzt Gruschnitzki an. – »Alles in der Welt ist dummes Zeug ... Die Natur ist dumm, das Schicksal blöde und das Leben keinen Groschen wert!«

Nach dieser tragischen Phrase, mit einer anständigen Würde hervorgebracht, kehrte er zu seinem Platz zurück. Iwan Ignatjewitsch umarmte auch mit Tränen Gruschnitzki, und er blieb mir allein gegenüber. Ich versuche noch jetzt, mir zu erklären, welcher Art das Gefühl damals in meiner Brust war: es waren Ärger der gekränkten Eigenliebe und Verachtung und auch Wut, die bei dem Gedanken entstand, dass dieser Mensch, der mich jetzt mit solcher Sicherheit, mit solcher ruhigen Dreistigkeit anblickte, mich noch vor zwei Minuten wie einen Hund töten wollte, ohne sich der geringsten Gefahr auszusetzen, denn wenn ich ein wenig stärker am Knie verwundet worden wäre, würde ich unbedingt vom Felsen abgestürzt sein.

Ich schaute ihm einige Augenblicke scharf ins Gesicht und suchte wenigstens eine leise Spur von Reue zu bemerken. Mir schien es aber, dass er ein Lächeln unterdrückte.

»Ich rate Ihnen, vor dem Tode zu Gott zu beten,« – sagte ich ihm.

»Sorgen Sie nicht mehr um meine Seele, als um Ihre eigene. Ich bitte Sie um eins: schiessen Sie rascher.«

»Und Sie nehmen Ihre Verleumdung nicht zurück? Sie bitten mich nicht um Verzeihung? ... Denken Sie gut nach: sagt Ihnen Ihr Gewissen nichts?«

»Herr Petschorin!« – rief der Dragonerkapitän. – »Sie sind nicht hier, um Beichten abzunehmen, gestatten Sie diese Bemerkung ... Wir wollen schneller ein Ende machen; es könnte jemand durch die Schlucht kommen – und uns sehen.«

»Gut. Doktor, kommen Sie zu mir.«

Der Doktor trat heran. Der arme Doktor! er war bleicher als Gruschnitzki vor zehn Minuten.

Die folgenden Worte sprach ich absichtlich einzeln, laut und deutlich aus, wie man ein Todesurteil vorliest.

»Doktor, diese Herren haben wahrscheinlich in der Eile vergessen, eine Kugel in meine Pistole zu legen. Ich bitte Sie, sie von neuem und – gut zu laden.«

»Es kann nicht sein!« – rief der Kapitän aus. – »Unmöglich! Ich habe beide Pistolen geladen; vielleicht ist die Kugel aus Ihrer Pistole herausgerollt ... Das ist nicht meine Schuld! Sie haben aber kein Recht, sie von neuem zu laden ... Gar kein Recht ... Dies ist vollkommen gegen die Regeln, ich erlaube es nicht ...«

»Gut!« – sagte ich zu dem Kapitän. – »Wenn so, dann werde ich mich mit Ihnen unter denselben Bedingungen schiessen ...«

Er wurde verlegen.

Gruschnitzki stand mit gesenktem Kopfe, verwirrt und düster.

»Lass sie!« – sagte er schliesslich zu dem Kapitän, der die Pistole den Händen des Doktors entreissen wollte. – »Du weisst doch selbst, dass sie im Rechte sind.«

Erfolglos machte der Kapitän ihm verschiedene Zeichen – Gruschnitzki wollte sie nicht sehen.

Indessen hatte der Doktor die Pistole geladen und überreichte sie mir.

Als es der Kapitän sah, spie er aus und stampfte mit dem Fusse.
»Ein Dummkopf bist du, Bruder!« – sagte er. »Ein flacher Dummkopf!
... Wenn du dich schon auf mich verlassen hast, so solltest du auch auf
mich hören ... Es geschieht dir recht! Krepiere wie eine Fliege ...«
Er wandte sich ab und im Fortgehen murmelte er: –»Es ist aber doch
gegen alle Regeln.«
»Gruschnitzki!« – sagte ich. –»Es ist noch Zeit: nimm deine
Verleumdung zurück, und ich verzeihe dir alles. Es ist dir nicht
gelungen, mich zum Narren zu halten, und meine Eigenliebe ist
befriedigt. Vergiss nicht, wir waren einst Freunde ...«
Sein Gesicht flammte auf, die Augen blitzten ...
»Schiessen Sie!« – antwortete er. –»Ich verachte mich, und Sie hasse
ich. Wenn Sie mich nicht töten, ermorde ich Sie nachts meuchlings.
Für uns beide ist auf Erden kein Platz ...«
Ich schoss . . .
Als der Rauch sich verzogen hatte, war Gruschnitzki nicht mehr auf
dem Plateau ... Nur der Staub wogte noch wie eine leichte Säule am
Rande des Abgrundes ...
Alle schrien einstimmig auf.
»Finita la comedia!« – sagte ich dem Doktor.
Er antwortete nicht und wandte sich mit Schrecken ab.
Ich zuckte mit den Schultern und verneigte mich gegen die
Sekundanten Gruschnitzkis.
Indem ich den Pfad hinabstieg, bemerkte ich zwischen den Spalten der
Felsen den blutbedeckten Leichnam Gruschnitzkis. Ich schloss
unwillkürlich die Augen.
Ich band mein Pferd los und ritt im Schritt nach Hause; auf meinem
Herzen lag ein Stein. Die Sonne erschien mir trübe; ihre Strahlen
wärmten mich nicht.
Kurz vor dem Orte bog ich rechts in die Schlucht ein. Der Anblick
eines Menschen würde mir unerträglich gewesen sein; ich wollte allein
sein. Ich liess die Zügel fallen, senkte den Kopf auf die Brust, ritt lange
dahin und befand mich endlich an einer mir völlig unbekannten Stelle.
Ich lenkte das Pferd zurück und begann den Weg zu suchen; die Sonne
ging schon unter, als ich mich Kislowodsk näherte, erschöpft auf
erschöpftem Pferde.
Mein Diener sagte mir, dass Werner dagewesen wäre, und übergab mir
zwei Briefe: der eine von ihm, der zweite ... von Wera.

Ich öffnete den ersten; er hatte folgenden Inhalt:

»Alles ist in möglichst bester Ordnung; der Leichnam ist entstellt hergebracht; die Kugel ist aus der Brust entfernt. Alle sind überzeugt, dass die Ursache seines Todes ein Unglücksfall ist; nur der Kommandant, dem Ihr Streit wahrscheinlich bekannt ist, schüttelte den Kopf, sagte aber nichts. Gegen Sie gibt es gar keine Beweise, und Sie können ruhig schlafen ... wenn Sie es können ... Leben Sie wohl.«

Lange entschloss ich mich nicht, den zweiten Brief zu öffnen ... Was konnte sie mir schreiben? ... Eine dunkle Ahnung erregte meine Seele. Da ist er, dieser Brief, der sich Wort für Wort unverwischbar in mein Gedächtnis eingeprägt hat.

»Ich schreibe dir in der vollen Überzeugung, dass wir uns nie mehr sehen werden. Vor einigen Jahren, als wir uns trennten, dachte ich auch so, aber dem Himmel beliebte es, mich zum zweiten Male zu versuchen; ich habe dieser Versuchung nicht widerstanden, mein schwaches Herz unterwarf sich von neuem der bekannten Stimme ... du wirst mich darum nicht verachten – nicht wahr? Dieses Schreiben wird gleichzeitig Abschied und Beichte sein; ich fühle mich verpflichtet, dir alles zu sagen, was sich in meinem Herzen angesammelt hat, seit ich dich liebe. Ich will dich nicht anklagen – du hast mir gegenüber gehandelt, wie jeder andere Mann gehandelt hätte; du hast mich geliebt, wie dein Eigentum, wie die Quelle von Freuden, Aufregungen und Kummer, die sich gegenseitig abwechselten, und ohne die das Leben langweilig und eintönig ist. Ich habe dies von Anfang an begriffen ... Aber du warst unglücklich, und ich habe mich geopfert in der Hoffnung, dass du einmal mein Opfer schätzen, dass du einmal meine tiefe Zärtlichkeit, die von keinen Bedingungen abhängt, begreifen wirst. Seit jenem Augenblicke ist viel Zeit verflossen; ich bin in alle Geheimnisse deiner Seele eingedrungen ... habe mich überzeugt, dass es eine nutzlose Hoffnung war. Es war mir bitter! Aber meine Liebe war mit meiner Seele verwachsen: sie wurde dunkler, aber sie erlosch nicht.

Wir trennen uns auf ewig; du kannst jedoch überzeugt sein, dass ich nie einen anderen lieben werde: meine Seele hat alle ihre Schätze, ihre Tränen und ihre Hoffnungen für dich erschöpft. Die einmal dich geliebt hat, kann nicht ohne gewisse Verachtung die anderen Männer sehen, nicht darum, weil du besser bist als sie – o nein! aber in deiner Natur ist etwas Besonderes, dir nur allein Eigentümliches, etwas Stolzes und

Geheimnisvolles; in deiner Stimme liegt, was du auch sagst, eine unbesiegbare Macht.

Niemand versteht so ständig geliebt sein zu wollen, bei keinem ist das Böse so anziehend, niemandes Blick verspricht soviel Wonne, niemand versteht besser seine Vorzüge zu benutzen, und niemand kann so wahrhaft unglücklich sein, wie du, weil niemand so versucht, sich selbst vom Entgegengesetzten zu überzeugen.

Jetzt muss ich dir den Grund meiner eiligen Abreise erklären; er wird dir wenig bedeutend erscheinen, weil er mich allein betrifft. Heute früh kam mein Mann zu mir und erzählte mir von deinem Streite mit Gruschnitzki. Offenbar hatte sich mein Gesicht sehr verändert, weil er mir lange und fest in die Augen schaute; ich fiel beinahe in Ohnmacht bei dem Gedanken, dass du dich heute schiessen sollst und dass ich die Ursache bin; mir schien, dass ich den Verstand verlieren würde ... Jetzt aber, wo ich denken kann, bin ich überzeugt, dass du am Leben bleibst: es ist unmöglich, dass du ohne mich stirbst, – unmöglich! Mein Mann ging lange im Zimmer auf und ab; ich weiss nicht, was er mir gesagt hat, erinnere mich nicht, was ich ihm geantwortet ... Wahrscheinlich habe ich ihm gesagt, dass ich dich liebe ... Ich erinnere mich bloss, dass er am Schluss unseres Gespräches mich durch ein schreckliches Wort beleidigt hat und hinausgegangen ist. Ich hörte, wie er befahl, den Wagen anzuspannen ... Über drei Stunden sitze ich schon am Fenster und erwarte deine Rückkehr ... Aber du bist am Leben, du kannst nicht sterben! ... Der Wagen ist fast fertig ... Lebewohl, lebewohl! ... Ich bin verloren – aber was tut es? Wenn ich überzeugt sein könnte, dass du dich meiner stets erinnern würdest – ich sage nicht – lieben – nein, bloss dich meiner erinnern ... Lebewohl! Man kommt ... ich muss den Brief verbergen ...

Nicht wahr, du liebst Mary nicht? Du wirst sie nicht heiraten? – Höre, du musst mir dieses Opfer bringen: ich habe deinetwegen alles in der Welt verloren ...«

Wie wahnsinnig lief ich auf den Hof hinaus, sprang auf meinen »Tscherkessen«, den man im Hofe herumführte, und jagte im vollen Galopp auf dem Wege nach Pjatigorsk. Ich trieb das erschöpfte Pferd erbarmungslos an, das mit mir prustend und ganz im Schaum den steinigen Weg dahinraste.

Die Sonne hatte sich schon hinter einer schwarzen Wolke verborgen, die auf dem Rücken der westlichen Berge ruhte; in der Schlucht war es dunkel und feucht. Podkumok brauste dumpf und eintönig, über die Steine dahineilend. Ich galoppierte dahin, und der Atem stockte mir vor Ungeduld. Der Gedanke, sie in Pjatigorsk nicht anzutreffen, schlug wie ein Hammer auf mein Herz. Einen Augenblick, noch einen einzigen Augenblick sie sehen, Abschied nehmen, ihre Hand drücken ... Ich betete, fluchte, weinte, lachte ... nein, nichts kann meine Unruhe, meine Verzweiflung ausdrücken! ... Bei der Möglichkeit, sie auf immer zu verlieren, wurde Wera mir das teuerste in der Welt, teuerer, als das Leben, die Ehre, das Glück! Weiss Gott, welche sonderbaren, welche wahnsinnigen Gedanken sich in meinem Kopfe bewegten ... Und indessen jagte ich immerfort dahin und trieb erbarmungslos das Pferd an ... Und da ... merkte ich plötzlich, dass mein Pferd schwerer atmete; es stolperte schon ein paarmal auf ebenem Wege ... Fünf Werst fehlten bis Essentuki, einem Kosakendorfe, wo ich ein anderes Pferd erhalten konnte. Alles würde gerettet sein, wenn mein Pferd noch für zehn Minuten aushielt! Aber plötzlich, während es einen kleinen Abhang hinaufkletterte, stürzte es bei einer scharfen Biegung zu Boden. Ich sprang schnell ab, wollte das Pferd aufheben, zog es an dem Zügel – umsonst; ein kaum hörbares Gestöhn drang durch seine zusammengepressten Zähne; nach einigen Minuten war es verendet. Ich blieb allein in der Steppe, nachdem ich die letzte Hoffnung verloren hatte; ich versuchte, zu Fuss zu gehen – meine Füsse versagten: ermattet durch die Aufregungen des Tages und die schlaflose Nacht fiel ich in das nasse Gras und weinte wie ein Kind.

Und lange lag ich unbeweglich und weinte bitter, ohne zu versuchen, die Tränen und das Schluchzen zurückzuhalten. Ich dachte, meine Brust ginge in Stücke; meine ganze Festigkeit, meine ganze Kaltblütigkeit waren wie Rauch verschwunden. Die Seele war kraftlos, der Verstand schwieg, und wenn in diesem Augenblick mich jemand gesehen hätte, er würde sich mit Verachtung abgewandt haben.

Nachdem der nächtliche Tau und der Bergwind meinen brennenden Kopf erfrischt hatten und meine Gedanken in die gewohnte Ordnung gekommen waren, da begriff ich, dass es nutzlos und sinnlos wäre, dem verlorenen Glücke nachzujagen. Was wollte ich noch? – Sie sehen? – Wozu? War nicht alles zwischen uns zu Ende? Ein bitterer Abschiedskuss würde meine Erinnerungen nicht bereichern, und nach ihm würde es uns bloss schwerer fallen, uns zu trennen. Mir war es jedoch angenehm, dass ich weinen konnte. Übrigens waren vielleicht die Ursache – überreizte Nerven, die schlaflos verbrachte Nacht, die zwei Minuten der Pistole gegenüber und der leere Magen. Alles geschieht zu unserem Besten! Dieses neue Leiden hat in mir, um in militärischer Sprache zu reden, eine glückliche Diversion erzeugt. Weinen ist gesund, und ausserdem hätte wahrscheinlich, wenn ich nicht geritten wäre und nicht gezwungen gewesen wäre, auf dem Rückweg fünfzehn Werst zu Fuss zurückzulegen, auch diese Nacht der Schlaf meine Augen nicht geschlossen.

Ich kehrte nach Kislowodsk um fünf Uhr morgens zurück, warf mich auf das Bett und schlief den Schlaf Napoleons nach Waterloo. Als ich erwachte, war es schon dunkel. Ich setzte mich an das geöffnete Fenster und öffnete meinen Rock – der Bergwind kühlte meine Brust, die durch den schweren Schlaf der Übermüdung noch nicht beruhigt war. In der Ferne auf der anderen Seite des Flusses, durch die Wipfel der dichten Linden, die ihn beschatten, schimmerten Lichter in den Gebäuden des Forts und des Ortes. Im Hofe bei uns war alles still, im Hause der Fürstin war es dunkel.

Der Doktor trat ein; seine Stirn war düster; gegen seine Gewohnheit reichte er mir nicht die Hand.

»Woher kommen Sie, Doktor?«

»Von der Fürstin Ligowskaja; ihre Tochter ist krank – Nervenschwäche ... Dies ist aber nicht die Hauptsache, sondern, – die Vorgesetzten ahnen, und obwohl man nichts Positives beweisen kann, rate ich Ihnen doch, vorsichtiger zu sein. Die Fürstin sagte mir heute, dass sie wüsste, dass Sie sich wegen ihrer Tochter geschossen hätten. Ihr hat dieser alte Mann alles erzählt! ... wie heisst er doch? Er war Zeuge Ihres Rencontre mit Gruschnitzki im Restaurant. Ich bin gekommen, Sie zu warnen. – Leben Sie wohl. Vielleicht sehen wir uns nicht mehr: man wird Sie irgendwohin versetzen.«

Er blieb auf der Schwelle stehen: er wollte mir die Hand drücken ... und wenn ich ihm den leisesten Wunsch gezeigt hätte, so würde er mir um den Hals gefallen sein, aber ich blieb kalt wie Stein – und er ging fort.

So sind die Menschen! alle sind sie so: sie kennen im voraus alle schlechten Seiten einer Handlung, helfen, raten, halten sie sogar für gut, da sie die Unmöglichkeit eines anderen Mittels einsehen, – und dann waschen sie sich die Hände und wenden sich voll Entrüstung von dem ab, der die Kühnheit hatte, die ganze Schwere der Verantwortung auf sich zu nehmen. Alle sind sie so, sogar die Besten, die Klügsten.

Am andern Morgen ging ich, nachdem ich den Befehl von der höheren Behörde erhalten hatte, zum Fort N. zu reisen, zu der Fürstin, um Abschied zu nehmen.

Sie war erstaunt, als ich ihr auf die Frage, ob ich etwas besonders Wichtiges zu sagen habe, antwortete, dass ich ihr Glück wünschte und dergleichen mehr.

»Und ich muss mit Ihnen sehr ernst sprechen.«

Ich setzte mich schweigend.

Offenbar wusste sie nicht, wie sie anfangen sollte; ihr Gesicht färbte sich dunkelrot, ihre dicken Finger trommelten auf dem Tisch; endlich sagte sie mit stockender Stimme:

»Hören Sie, Monsieur Petschorin, ich denke, dass Sie ein ehrenwerter Mann sind.«

Ich verneigte mich.

»Ich bin sogar davon überzeugt,« – fuhr sie fort, – »obwohl Ihr Benehmen ein wenig zweifelhaft ist, aber Sie können Gründe haben, die ich nicht kenne, und die müssen Sie mir jetzt anvertrauen. Sie haben meine Tochter gegen Verleumdung in Schutz genommen, haben sich ihretwegen geschossen – folglich Ihr Leben riskiert ... Antworten Sie nicht, ich weiss, dass Sie es nicht eingestehen werden, weil Gruschnitzki getötet ist (sie bekreuzigte sich). Gott wird ihm verzeihen – – und ich hoffe, auch Ihnen ... Das geht mich nichts an ... ich darf Sie nicht verurteilen, weil meine Tochter, obwohl unschuldig, doch die Ursache davon war. Sie hat mir alles gesagt ... ich denke, alles. Sie haben ihr Ihre Liebe gestanden ... sie hat ihrerseits es auch getan! (Hier seufzte die Fürstin schwer). Aber sie ist krank, und ich bin überzeugt, dass es keine einfache Krankheit ist. Ein geheimer Kummer tötet sie; sie gesteht es nicht ein, aber ich bin überzeugt, dass Sie die Ursache sind ... Hören Sie – Sie meinen vielleicht, dass ich nach Rang und Titel, nach ungeheurem Reichtum frage – glauben Sie mir, ich wünsche meiner Tochter nur Glück. Ihre jetzige Stellung ist nicht beneidenswert, aber sie kann sich verändern; Sie haben Vermögen; meine Tochter liebt Sie; sie ist so erzogen, dass sie das Glück eines Mannes ausmachen wird. Ich bin reich, sie ist mein einziges Kind ... Sagen Sie, was hält Sie zurück? ... Sehen Sie, ich sollte Ihnen dies alles nicht sagen, aber ich verlasse mich auf Ihr Herz, Ihre Ehre – denken Sie daran, ich habe eine einzige Tochter ... eine einzige ...«

Sie weinte.

»Fürstin!« – sagte ich. – »Es ist mir unmöglich, Ihnen zu antworten; gestatten Sie mir, mit Ihrer Tochter allein zu sprechen ...«

»Nie!« – rief sie aus und erhob sich in starker Aufregung vom Stuhle.

»Wie Sie wünschen,« – antwortete ich und schickte mich an fortzugehen.

Sie dachte einen Augenblick nach, gab mir mit der Hand ein Zeichen, dass ich warten sollte, und ging hinaus.

Es vergingen fünf Minuten; mein Herz klopfte stark, die Gedanken aber waren ruhig und der Kopf kalt; so sehr ich auch in meiner Brust wenigstens einen Funken Liebe zu der lieben Mary suchte, blieben meine Bemühungen doch nutzlos.

Da öffnete sich die Türe, und sie trat ein. Mein Gott! wie verändert war sie, seit ich sie nicht gesehen hatte – und war es denn lange her?

Als sie bis in die Mitte des Zimmers gekommen war, wankte sie; ich sprang auf, reichte ihr die Hand und führte sie bis zum Sessel.

Ich stand ihr gegenüber. Wir schwiegen lange; ihre grossen Augen, erfüllt von unbeschreiblicher Trauer, schienen in meinen Augen etwas wie Hoffnung zu suchen; ihre bleichen Lippen versuchten vergebens zu lächeln, ihre zarten Hände, die auf den Knien zusammengefaltet lagen, waren so mager und durchsichtig, dass sie mich dauerte.

»Prinzessin!« – sagte ich – »Sie wissen, dass ich mich über Sie lustig gemacht habe? ... Sie müssen mich verachten.«

Auf ihren Wangen zeigte sich eine krankhafte Röte.

Ich fuhr fort:

»Folglich können Sie mich nicht lieben...«

Sie wandte sich ab, stützte sich auf den Tisch, bedeckte die Augen mit der Hand, und mir schien es, als schimmerten Tränen in ihnen.

»Mein Gott!« – sagte sie kaum hörbar.

Dies wurde unerträglich; noch einen Augenblick – und ich wäre ihr zu Füssen gefallen.

»Sie sehen also selbst,« – sagte ich mit möglichst fester Stimme und gezwungenem Lächeln – »Sie sehen selbst, dass ich Sie nicht heiraten kann. Wenn Sie es jetzt sogar wünschten, würden Sie es bald bereuen. Mein Gespräch mit Ihrer Mutter hat mich gezwungen, mich Ihnen so offenherzig und so grob zu erklären; ich hoffe, dass sie sich im Irrtum befindet – Sie können sie leicht vom Gegenteil überzeugen. Sie sehen, ich spiele in Ihren Augen die kläglichste und niedrigste Rolle und gestehe es sogar ein – das ist alles, was ich für Sie tun kann. Welche schlechte Meinung Sie über mich auch hätten, ich beuge mich ihr ... Sehen Sie, ich bin Ihnen gegenüber gemein! ... Nicht wahr, wenn Sie mich sogar geliebt haben, von diesem Augenblicke an verachten Sie mich? ...«

Sie wandte sich zu mir, bleich wie Marmor, bloss die Augen blitzten wundervoll.

»Ich hasse Sie . . .« sagte sie.

Ich dankte, verbeugte mich ehrfurchtsvoll und ging fort. Nach einer Stunde jagte ich auf einer Kuriertroika aus Kislowodsk dahin. Einige Werst vor Essentuki erkannte ich in der Nähe des Weges den Leichnam meines wackern Pferdes; der Sattel war wahrscheinlich von einem vorbeireitenden Kosaken abgenommen worden, und an Stelle des Sattels sassen auf seinem Rücken zwei Raben. Ich seufzte und wandte mich ab...

Und hier in diesem langweiligen Fort durcheile ich jetzt in Gedanken die Vergangenheit und frage mich oft: warum habe ich diesen Weg nicht betreten, den das Schicksal mir öffnete, wo mich stille Freuden und seelische Ruhe erwarteten? ... Nein, ich hätte mich mit diesem Lose nicht vertragen! Ich bin wie ein Matrose, der auf dem Deck eines Räuberschiffes geboren und gross geworden ist: seine Seele ist mit den Stürmen und Kämpfen verwachsen und, hinausgeworfen an den Strand, langweilt und sehnt er sich, wie stark ihn auch der schattige Wald lockt und wie schön ihm auch die friedliche Sonne leuchtet; er wandert den ganzen Tag den sandigen Strand entlang, lauscht dem eintönigen Murmeln der heranrollenden Wellen und schaut in die nebelige Ferne, – schimmert nicht dort, auf dem blassen Streifen, der den blauen Strom von den grauen Wölkchen teilt, das ersehnte Segel, das im Anfang dem Flügel einer Seemöve gleicht und sich allmählich von den schäumenden Wellen löst und im gleichmässigen Fluge sich dem einsamen Hafen nähert?...

Der Fatalist

Einmal geschah es, dass ich zwei Wochen in einem Kosakendorfe auf dem linken Flügel unserer Linie verlebte; hier stand auch ein Bataillon Infanterie; die Offiziere versammelten sich der Reihenfolge nach beieinander, am Abend spielte man Karten. Eines Abends, als das Boston uns langweilte, warfen wir die Karten unter den Tisch und sassen sehr lange bei dem Major S. – Das Gespräch war gegen die Gewohnheit interessant. Man sprach darüber, dass der mohammedanische Aberglaube, das Schicksal des Menschen stehe im Himmel geschrieben, auch unter uns viele Anhänger fände; jeder erzählte allerhand ungewöhnliche Fälle pro und contra.

»Dies alles beweist nichts, meine Herren!« – sagte der alte Major. – »Niemand von Ihnen war Zeuge jener sonderbaren Fälle, durch die Sie Ihre Meinungen bestätigen.«

»Gewiss, niemand,« – erwiderten viele, – »aber wir haben es von glaubwürdigen Menschen gehört...«

»Das ist alles Unsinn!« – sagte jemand. – »Wo sind die glaubwürdigen Menschen, die das Verzeichnis gesehen haben, wonach die Stunde unseres Todes bestimmt ist? ... Und wenn es tatsächlich eine Vorherbestimmung gibt, wozu sind uns dann der Wille und der Verstand gegeben? Warum müssen wir über unsere Handlungen Rechenschaft geben?«

In diesem Augenblicke erhob sich ein Offizier, der in einer Ecke des Zimmers gesessen hatte, trat langsam an den Tisch heran und warf auf alle einen ruhigen und feierlichen Blick. Er war von Geburt Serbe, wie man aus seinem Namen ersehen konnte.

Das Äussere des Leutnants Wulitsch entsprach vollkommen seinem Charakter. Der hohe Wuchs und die braune Gesichtsfarbe, das schwarze Haar, die dunklen, durchdringenden Augen, die grosse, aber regelmässige Nase – eine Eigentümlichkeit seiner Nation –, das traurige und kalte Lächeln, das immer um seine Lippen irrte, – dies alles schien zusammenzukommen, um ihm das Aussehen eines besonderen Wesens zu verleihen, das unfähig ist, seine Gedanken und Leidenschaften mit denen zu teilen, die das Schicksal ihm als Kameraden gegeben hat.

Er war tapfer, sprach wenig aber scharf; niemandem vertraute er seine seelischen und Familiengeheimnisse an; Wein trank er fast gar nicht; den jungen Kosakenmädchen – deren Reize schwer zu begreifen sind, wenn man sie nicht gesehen hat – machte er nie den Hof. Man erzählte jedoch, dass die Frau des Obersten gegen seine ausdrucksvollen Augen nicht gleichgültig sei, aber er wurde ernstlich böse, wenn darauf angespielt wurde.

Er hatte nur eine einzige Leidenschaft, die er auch nicht verbarg – die Leidenschaft des Spieles. Am grünen Tisch vergass er alles, und gewöhnlich verlor er; aber das ständige Unglück reizte bloss seine Hartnäckigkeit. Man erzählte sich, dass er einmal während einer Expedition in der Nacht auf einem Kissen die Bank gehalten habe; er hatte furchtbares Glück. Plötzlich ertönten Schüsse, man schlug Alarm, alle sprangen auf und stürzten zu den Waffen.

»Va banque!« – rief Wulitsch, ohne sich zu erheben, einem der hitzigsten Spieler zu.

»Sieben!« – antwortete der und eilte fort.

Trotz der allgemeinen Aufregung spielte Wulitsch zu Ende: die Karte hatte gewonnen. Als er zu seinen Kameraden stiess, war das Feuer schon im starken Gange. Wulitsch kümmerte sich weder um die Kugeln, noch um die Säbel der Tschetschenzen, – er suchte seinen glücklichen Partner.

»Die Sieben hat gewonnen!« – rief er, als er ihn endlich in der ersten Reihe der Schützen erblickte, die den Feind aus dem Walde zu verdrängen anfingen. Wulitsch trat heran, zog seine Börse und Brieftasche hervor und gab sie dem glücklichen Gewinner ab, trotz der Vorstellung über das Unpassende der Zahlung. Nachdem er diese unangenehme Pflicht erfüllt hatte, stürzte er vor, riss die Soldaten mit sich und schoss sich mit den Tschetschenzen ganz kaltblütig bis zum Ende des Gefechts. Als der Leutnant Wulitsch an den Tisch herantrat, schwiegen alle in der Erwartung einer originellen Auslassung.

»Meine Herren!« – sagte er (seine Stimme war ruhig, obwohl im Tone tiefer, als gewöhnlich). – »Meine Herren, wozu der leere Streit? Sie wünschen Beweise? Ich schlage Ihnen vor, an sich selbst zu erproben, ob ein Mensch nach freiem Willen über sein Leben verfügen kann, oder ob jedem von uns der verhängnisvolle Augenblick vorher bestimmt ist ... Wer ist bereit?«

»Ich nicht, ich nicht!« – ertönte es von allen Seiten. –

»Das ist ein wunderlicher Kauz! Welch ein Einfall!«...

»Ich biete eine Wette an,« – sagte ich scherzend.

»Welcher Art?«

»Ich behaupte, dass es keine Vorherbestimmung gibt,« – sagte ich und schüttete auf den Tisch zwanzig Dukaten – alles, was ich in der Tasche hatte.

»Ich nehme sie an,« – antwortete Wulitsch mit dumpfer Stimme. – »Major, Sie werden Richter sein. Hier sind fünfzehn Dukaten; die übrigen fünf schulden Sie mir, und Sie werden die Güte haben, sie hinzuzufügen.«

»Gut,« – sagte der Major, – »ich begreife bloss nicht, um was es sich handelt, und wie Sie den Streit entscheiden werden?«...

Wulitsch ging schweigend in das Schlafzimmer des Majors; wir folgten ihm. Er trat an die Wand, an der Waffen hingen und nahm aufs Geratewohl vom Nagel eine der Pistolen. Wir begriffen ihn immer noch nicht; als er aber den Hahn aufspannte und Pulver auf die Zündpfanne streute, schrien viele unwillkürlich auf und packten seine Hände.

»Was willst du tun? Höre, das ist ja Wahnsinn!« – riefen sie ihm zu.

»Meine Herren!« – sagte er langsam und befreite seine Hand. – »Wer ist bereit, die zwanzig Dukaten für mich zu bezahlen?«

Alle schwiegen und entfernten sich.

Wulitsch trat in das andere Zimmer und setzte sich an einen Tisch; alle folgten ihm. Er bat durch ein Zeichen, uns um ihn zu setzen. Wir gehorchten schweigend; in diesem Augenblicke hatte er über uns eine geheimnisvolle Macht. Ich blickte ihm fest in die Augen, aber er begegnete ruhig und unbeweglich meinem forschenden Blick, und seine blassen Lippen lächelten. Trotz seiner Kaltblütigkeit schien es mir jedoch, als läse ich den Stempel des Todes auf seinem bleichen Gesicht. Ich habe bemerkt – und viele alte Krieger haben meine Beobachtung bestätigt –, dass oft auf dem Gesichte eines Menschen, der nach einigen Stunden sterben soll, ein sonderbarer Stempel des unvermeidlichen Schicksals liegt, so dass sich ein geübtes Auge schwer irren kann.

»Sie werden heute sterben!« – sagte ich ihm.

Er wandte sich schnell zu mir um, antwortete aber langsam und ruhig:

»Vielleicht ja, vielleicht auch nicht...«

Dann wandte er sich zu dem Major und fragte ihn:

»Ist die Pistole geladen?«

Der Major erinnerte sich in seiner Verwirrung nicht genau.

»Lass es doch, Wulitsch!« – rief jemand. – »Die Pistole ist sicher geladen, wenn sie am Kopfende gehangen hat. Wozu der Scherz!«... »Ein dummer Scherz!« – sekundierte ein anderer.

»Ich wette fünfzig Rubel gegen fünf, dass die Pistole nicht geladen ist!« – rief ein dritter. Eine neue Wette wurde gebildet.

Mich langweilte diese lange Zeremonie.

»Hören Sie,« – sagte ich, – »entweder erschiessen Sie sich oder Sie hängen die Pistole an ihren früheren Platz, und wir gehen schlafen.«

»Selbstverständlich!« – riefen viele aus. – »Gehen wir schlafen!«

»Meine Herren, ich bitte Sie, sich nicht vom Platze zu rühren!« – sagte Wulitsch und setzte den Lauf der Pistole an die Stirn. Alle waren wie versteinert.

»Herr Petschorin!« – fügte er hinzu. – »Nehmen Sie eine Karte und werfen Sie sie in die Höhe.«

Ich nahm vom Tische, wie ich mich noch jetzt erinnere, Coeur-As und warf es in die Höhe; der Atem stockte allen. Aller Augen drückten Furcht und eine unbestimmte Neugier aus und eilten von der Pistole zu dem verhängnisvollen As hin und her, das in der Luft zitternd langsam niedersank; in dem Augenblick, als die Karte den Tisch berührte, drückte Wulitsch auf den Hahn ... die Pistole versagte!

»Gott sei Dank!« – riefen viele aus. – »Sie ist nicht geladen...«

»Wollen mal sehen!« – sagte Wulitsch. Er zog von neuem den Hahn auf und zielte auf eine Mütze, die über dem Fenster hing. Ein Schuss ertönte – das Zimmer war voll Rauch; als er sich verzogen hatte, nahm man die Mütze herunter: sie war in der Mitte durchschossen und die Kugel tief in die Wand eingedrungen.

Etwa drei Minuten konnte niemand ein Wort hervorbringen. Wulitsch strich ganz ruhig meine Dukaten in seine Börse ein.

Man begann zu diskutieren, warum die Pistole zum ersten Male nicht losgegangen wäre; einige behaupteten, dass wahrscheinlich die Zündpfanne verstopft gewesen sei; andere meinten flüsternd, dass das Pulver das erstemal feucht gewesen sei und dass Wulitsch später frisches hinzugenommen habe; ich aber behauptete, dass die letzte Annahme unrichtig wäre, weil ich die ganze Zeit die Augen von der Pistole nicht abgewendet hätte.

»Sie haben Glück im Spiel!« – sagte ich zu Wulitsch...

»Zum ersten Male im Leben,« antwortete er mit einem selbstzufriedenen Lächeln –»das ist besser, als Hazardspiel.«
»Dafür aber ein wenig gefährlicher.«
»Was? Glauben Sie jetzt an Vorherbestimmung?«
»Ja, ich glaube daran. Ich begreife jetzt nur nicht, warum es mir schien, als müssten Sie heute unbedingt sterben...«
Derselbe Mann, der vor kurzem noch ganz ruhig auf seine Stirn gezielt hatte, wurde jetzt plötzlich verwirrt und fuhr auf.
»Es ist genug!« – sagte er sich erhebend. »Unsere Wette ist beendet, und jetzt sind Ihre Bemerkungen, scheint mir, unpassend...«
Er nahm seine Mütze und entfernte sich. Dies erschien sonderbar – und nicht vergebens.

Bald gingen alle nach Hause, unterhielten sich in verschiedener Weise über die sonderbaren Einfälle von Wulitsch und nannten mich wahrscheinlich einstimmig einen Egoisten, weil ich eine Wette mit einem Menschen eingegangen war, der sich erschiessen wollte; als ob er ohne mich keine günstige Gelegenheit finden konnte ... Ich ging durch die leeren Gässchen des Dorfes nach Hause; der volle Mond, rot wie der Schein eines Brandes, zeigte sich hinter dem zackigen Horizont der Häuser; die Sterne schimmerten ruhig am dunkelblauen Himmel, und mir wurde lächerlich zu Mute, als ich mich erinnerte, dass es einst sehr weise Menschen gab, welche meinten, dass die himmlischen Lichter an unseren nichtigen Streitigkeiten um ein Fleckchen Erde oder um irgendwelche erdichteten Rechte Anteil nehmen. Ja, und nun? Diese Lichter, die nach Meinung jener Menschen nur angezündet sind, um ihre Schlachten und Triumphe zu beleuchten, brennen im früheren Glanze, ihre Leidenschaften und Hoffnungen sind dagegen längst mit ihnen erloschen, wie ein Feuer, das ein sorgloser Wanderer am Rande eines Waldes angesteckt hat! Welche Willenskraft verlieh ihnen dafür aber die Überzeugung, dass der ganze Himmel mit seinen unzähligen Bewohnern auf sie mit stummer, aber unveränderter Teilnahme hinabschaute!...
Und wir, ihre kläglichen Nachkommen, wandern auf der Erde herum ohne Überzeugungen und Stolz, ohne Genuss und Furcht, ausser jener unwillkürlichen Angst, die das Herz bei dem Gedanken an das unvermeidliche Ende zusammenpresst; wir sind nicht mehr fähig zu grossen Opfern, weder für das Wohl der Menschheit, noch für unser eigenes Glück, weil wir die Unmöglichkeiten erkennen, und wir gehen

gleichgültig von Zweifel zu Zweifel über, wie unsere Vorfahren sich aus einem Irrtum in den anderen stürzten, ohne, wie sie, Hoffnung oder jenen unbestimmten, wenn auch starken Genuss zu haben, den die Seele in jedem Kampfe gegen die Menschen oder gegen das Schicksal findet...

Noch viele ähnliche Gedanken durchzogen meinen Kopf; ich hielt sie nicht zurück, weil ich es nicht liebe, bei einem abstrakten Gedanken stehen zu bleiben – und wozu führt es?...

In meiner ersten Jugend war ich ein Träumer; ich wollte abwechselnd bald düstere, bald freudige Bilder liebkosen, die mir meine unruhige und gierige Phantasie vormalte. Aber was ist mir davon geblieben? Nur Müdigkeit, wie nach einem nächtlichen Kampfe mit einem Gespenst, und eine dunkle Erinnerung voll Bedauern.

In diesem vergeblichen Kampf habe ich die Glut der Seele und die Beharrlichkeit des Willens erschöpft, die für das wirkliche Leben nötig sind; ich trat in dieses Leben ein, nachdem ich es schon in Gedanken durchlebt hatte, und mir wurde es langweilig und widerwärtig wie dem, der eine schlechte Nachahmung eines ihm längst bekannten Buches liest.

Das Ereignis an diesem Abend hatte auf mich einen ziemlich tiefen Eindruck gemacht und meine Nerven gereizt. Ich weiss nicht bestimmt, ob ich jetzt an Vorherbestimmung glaube oder nicht, aber an diesem Abend glaubte ich fest daran. Der Beweis war krass, und trotzdem ich mich über unsere Vorfahren und ihre bereitwillige Astrologie lustig gemacht hatte, geriet ich doch unwillkürlich in ihr Geleise. Aber ich hielt mich rechtzeitig auf diesem gefahrvollen Wege an, und da ich es mir zur Regel mache, nichts entschieden zu verwerfen und an nichts blindlings zu glauben, liess ich die Metaphysik fallen und begann unter die Füsse zu schauen. Solch eine Vorsicht war sehr am Platze: ich stiess auf etwas Dickes und Weiches, anscheinend aber Lebloses, und wäre beinahe gefallen. Ich beugte mich – der Mond schien schon gerade auf den Weg – und was sah ich? Vor mir lag ein Schwein, das mit einem Säbel mitten durchgehauen war ... Kaum hatte ich Zeit, es zu betrachten, als ich das Geräusch von Schritten vernahm: zwei Kosaken kamen aus einem Gässchen gelaufen. Einer trat zu mir heran und fragte mich, ob ich einen betrunkenen Kosaken gesehen, der ein Schwein verfolgt hätte. Ich erklärte ihnen, dass ich den Kosaken nicht gesehen hätte, und zeigte ihnen das unglückliche Opfer seiner unbändigen Tapferkeit.

»Solch ein Räuber!« – sagte der zweite Kosak. –»Wenn er zu viel Most getrunken hat, beginnt er alles zu zerstückeln, was ihm unter die Hand kommt. Gehen wir ihm nach, Jeremeitsch, man muss ihn binden, sonst...«

Sie entfernten sich, ich aber setzte meinen Weg mit grösster Vorsicht fort und erreichte endlich meine Wohnung.

Ich wohnte bei einem alten Korporal, den ich wegen seines guten Charakters, besonders aber wegen der hübschen Tochter, Nastja, gern hatte.

Sie erwartete mich, wie gewöhnlich, an der Pforte, in einen Pelz gehüllt; der Mond beleuchtete ihre lieblichen Lippen, die von der nächtlichen Kälte blau geworden waren. Als sie mich erkannte, lächelte sie, aber ich hatte keine Lust, mich mit ihr zu beschäftigen.

»Leb wohl, Nastja!« – sagte ich im Vorübergehen. Sie wollte etwas antworten, aber seufzte bloss. Ich schloss die Tür meines Zimmers hinter mir, steckte ein Licht an und warf mich auf das Bett; der Schlaf aber liess diesmal länger als gewöhnlich auf sich warten. Der Osten begann schon zu erblassen, als ich einschlief, aber offenbar stand es im Himmel geschrieben, dass ich mich diese Nacht nicht ausschlafen sollte. Um vier Uhr morgens klopften zwei Fäuste an mein Fenster. Ich sprang auf, – was ist geschehen?...«.

»Steh auf und kleide dich an!« – riefen mehrere Stimmen mir zu.

Ich kleidete mich schnell an und ging hinaus.

»Weisst du, was geschehen ist?« – riefen zugleich drei Offiziere, die zu mir gekommen waren; sie waren bleich, wie der Tod.

»Was denn?«

»Wulitsch ist getötet.«

Ich war wie versteinert.

»Ja, getötet!« – fuhren sie fort . . . »Gehen wir schnell hin.«

»Ja wohin denn?«

»Auf dem Wege wirst du es erfahren.«

Wir gingen. Sie erzählten mir alles, was geschehen war, und fügten allerhand Bemerkungen über die sonderbare Vorherbestimmung, die ihn von einem unvermeidlichen Tode eine halbe Stunde vor seinem Tode gerettet hatte, hinzu. Wulitsch ging allein durch eine dunkle Strasse; ihm begegnete der betrunkene Kosak, der das Schwein zerstückelt hatte, und wäre vielleicht ohne ihn zu bemerken vorbeigegangen, wenn Wulitsch nicht plötzlich stehen geblieben wäre und ihm nicht gesagt hätte:

»Wen suchst du, Bruder?«

»*Dich!*« – antwortete der Kosak, schlug mit dem Säbel auf ihn und hieb ihn von der Schulter fast bis zum Herzen durch...

Die zwei Kosaken, die mir begegnet waren und den Mörder verfolgten, kamen herangelaufen und hoben den Verwundeten auf, aber er lag schon in den letzten Zügen und sagte nur drei Worte: »Er hat recht!«

Ich allein begriff die dunkle Bedeutung dieser Worte: sie bezogen sich auf mich; ich habe dem Armen unwillkürlich sein Schicksal vorausgesagt.

Mein Instinkt hatte mich nicht getäuscht; ich hatte in der Tat auf seinem veränderten Gesicht den Stempel des nahen Todes gelesen.

Der Mörder hatte sich in eine leere Hütte, am Ende des Dorfes, eingeschlossen, – wir gingen dorthin. Eine Menge Frauen lief weinend in derselben Richtung; ab und zu sprang ein Kosak, der sich verspätet hatte, auf die Strasse hinaus, hing in der Eile seinen Dolch an und überholte uns im Laufe. Es herrschte eine furchtbare Aufregung.

Endlich kamen wir hin und sahen rings um die Hütte, deren Türen und Fensterläden von innen geschlossen waren, eine Menge Offiziere und Kosaken sich lebhaft unterhalten; Frauen heulten, klagten und redeten. Unter ihnen fiel mir das bedeutende Gesicht einer alten Frau ins Auge, das wahnsinnige Verzweiflung ausdrückte. Sie sass auf einem dicken Balken, gestützt auf ihre Knie, und hielt den Kopf in den Händen: – es war die Mutter des Mörders. Ihre Lippen bewegten sich von Zeit zu Zeit ... flüsterten sie ein Gebet oder einen Fluch?

Man musste sich jedoch zu etwas entschliessen und den Verbrecher ergreifen. Niemand wagte als erster zu beginnen.

Ich trat an das Fenster und schaute durch einen Spalt eines Fensterladens; – der Arme lag auf dem Boden und hielt in der rechten Hand eine Pistole; der blutbefleckte Säbel lag neben ihm. Die ausdrucksvollen Augen rollten schrecklich; ab und zu zuckte er zusammen und griff sich an den Kopf, als ob er sich unklar an das Gestrige erinnere. Ich konnte keine grosse Entschlossenheit in diesem unsteten Blicke entdecken und sagte zum Major, er möge die Kosaken die Tür sprengen und dann eindringen lassen, weil es besser wäre, es jetzt zu tun, als später, wenn er vollständig zu sich gekommen sei.

In diesem Augenblicke trat ein alter Kosakenoffizier an die Tür und rief ihn beim Namen; er antwortete auch.

»Du hast gesündigt, Freund Jefimytsch!« – sagte der Kosakenoffizier. – »Dir bleibt also nichts übrig, als dich zu ergeben.«

»Ich ergebe mich nicht!« – antwortete der Kosak.

»Denke an Gott! Du bist doch kein verfluchter Tschetschenze, sondern ein ehrlicher Christ. Na, wenn du auch gesündigt hast, jetzt ist nichts zu machen, – dem Schicksal kann niemand entgehen!«

»Ich ergebe mich nicht!« – schrie der Kosak drohend, und man hörte, wie der aufgezogene Hahn knackte.

»He da, Tante!« – sagte der Offizier zu der Alten. – »Überrede deinen Sohn, vielleicht hört er auf dich ... Man erzürnt ja bloss Gott. Und schau, die Herren warten auch über zwei Stunden.«

Die Alte blickte ihn scharf an und schüttelte den Kopf.

»Wassili Petrowitsch,« – sagte der Offizier und trat zu dem Major heran. – »Er wird sich nicht ergeben – ich kenne ihn. Und wenn man die Türe sprengt, wird er viele erschlagen. Befehlen Sie lieber, dass man ihn erschiesst. Im Fensterladen ist ein breiter Spalt.«

In dieser Minute zuckte mir ein sonderbarer Gedanke durch den Kopf: ich wollte, gleich Wulitsch, das Schicksal versuchen.

»Warten Sie,« – sagte ich zu dem Major. – »Ich ergreife ihn lebendig.«

Ich befahl dem Offizier, ein Gespräch mit ihm anzuknüpfen, und stellte an der Tür drei Kosaken auf, die bereit sein sollten, sie auf ein gegebenes Zeichen einzustossen und mir zur Hilfe zu kommen; ich ging um die Hütte herum und näherte mich dem verhängnisvollen Fenster; mein Herz klopfte stark.

»Ach du Verfluchter!« – schrie der Offizier. – »Machst du dich über uns lustig? Oder meinst du, wir würden mit dir nicht fertig werden?«

Er begann aus aller Kraft an die Tür zu klopfen; ich legte das Auge an den Spalt, verfolgte alle Bewegungen des Kosaken, der von dieser Seite keinen Angriff erwartete – und plötzlich riss ich den Laden ab und stürzte mich mit dem Kopfe nach unten durch das Fenster. Ein Schuss ertönte gerade an meinem Ohr, die Kugel riss mir eine Epaulette ab, aber der Rauch, der das Zimmer erfüllte, hinderte meinen Gegner, den Säbel, der neben ihm lag, zu finden. Ich packte ihn an den Händen; die Kosaken stürzten herein, und es vergingen keine drei Minuten, da war der Verbrecher gebunden und unter Bewachung abgeführt. Das Volk zerstreute sich; die Offiziere beglückwünschten mich – und in der Tat, es war Grund dazu vorhanden.

Nach diesem allen muss man wohl Fatalist werden! Aber wer weiss bestimmt, ob er von etwas überzeugt ist oder nicht? ... Und wie oft halten wir Sinnestäuschung oder einen Fehler des Verstandes für Überzeugung! ... Ich liebe es, an allem zu zweifeln; diese Neigung hindert die Entschlossenheit des Charakters nicht; im Gegenteil, was mich betrifft, so gehe ich stets kühner vorwärts, wenn ich nicht weiss, was mich erwartet. Schlimmeres als der Tod kann nicht geschehen – und den Tod kann man nicht vermeiden.

Als ich in das Fort zurückgekehrt war, erzählte ich Maxim Maximytsch alles, was mit mir geschehen und wovon ich Zeuge gewesen war, und wollte seine Meinung über Vorherbestimmung erfahren. Im Anfang begriff er dieses Wort nicht, aber ich erklärte es ihm, so gut ich es konnte, und da schüttelte er bedeutungsvoll den Kopf und sagte:

»Ja . . . gewiss! Das ist eine ziemlich wunderliche Sache! ... Übrigens versagen diese asiatischen Pistolen oft, wenn sie schlecht geschmiert sind, oder wenn man nicht genügend stark mit dem Finger drückt. Offen gesagt, die liebe ich auch nicht, – sie passen auch schlecht für uns; der Kolben ist zu klein – man kann sich jeden Moment die Nase verbrennen ... Dafür sind aber ihre Säbel aller Achtung wert!«...

Dann fügte er nach einigem Nachdenken hinzu:

»Ja, schade um den armen Burschen ... Der Teufel hat ihn auch geplagt, nachts einen Betrunkenen anzusprechen! ... Übrigens war es ihm offenbar so beschieden!«...

Mehr konnte ich aus ihm nicht herausbringen: er liebt überhaupt keine metaphysische Diskussion.

Ende